Anatolij Marienhof

Der rasierte Mann

und Zyniker

Die Andere Bibliothek

Herausgegeben
von Hans Magnus Enzensberger

Anatolij Marienhof

Der rasierte Mann und Zyniker

Zwei Romane

Aus dem Russischen
von Brigitte van Kann
und Gregor Jarcho

Eichborn Verlag
Frankfurt am Main
2001

ISBN 3-8218-4502-3

Der rasierte Mann

Viel beschäftigte mich ein von mir gemaltes Landschaftsbild, in dessen Vordergrund sich ein dürrer Baum ausbreitete. Ich lebte damals auf dem Lande; Kenner und Richter meiner Kunst waren die umliegenden Nachbarn. Einer von ihnen schüttelte den Kopf, nachdem er das Bild betrachtet hatte, und sagte: »Ein guter Maler wählt einen hochgewachsenen, gesunden Baum, an dem frische grüne Blätter sind – und keinen dürren.« ***Gogol***

Erstes Kapitel

1

Wir laufen über die Erde, springen von einer Straßenbahn in die andere, jagen in Zügen dahin, und wozu das alles? Um unser Unglück beim Schopf zu packen.

Der eine bekommt es in Form eines äußerst vergänglichen Wesens zu fassen, mit der Stimme eines murmelnden Bächleins und Spiegeln der Seele im Gesicht, daß man sich hinsetzen und Gedichte verfassen möchte. Der andere – in der heimtückischen Annehmlichkeit eines verantwortungsvollen Postens. Ein dritter – in Gestalt eines Freundes mit einem großen Herzen, in das man restlos hineinpaßt. Nicht etwa zusammengerollt wie ein Kringel, gekrümmt wie eine Brezel oder der Griff eines Spazierstocks. Nichts dergleichen. Selbst wenn man sich gerade macht wie ein Pfeil und die Gelenke knacken läßt.

Mein Unglück habe ich an einem räudigen Herbsttag in Pensa erwischt. Passiert ist es vor fünfzehn Jahren.

Skovoroda sagte von Moses, er habe die unsichtbare Gestalt Gottes »gezeichnet, als entwerfe er einen Plan, einfach und grob, mit den allernotwendigsten Linien, und darauf die Gemeinschaft der Jidden gegründet«.

Ich schreibe ein Buch über mein Unglück, welches vielleicht noch unsichtbarer ist. Ich möchte es Moses gleichtun.

2

Unser privates Pustarjov-Gymnasium war in einem abgewirtschafteten Gebäude aus schmuddeligem Backstein untergebracht. Das Gebäude erschien den Pensaern riesig. Bei uns sagte man:

»Und wo wohnen Sie, bester Vasilij Petrovič?«

»Ich wohne am Springbrunnen, in dem großen zweistöckigen Haus, Pjotr Vasiljevič.«

Es versteht sich, daß das Gebäude mit den vier Stockwerken der Stolz der Stadt war. Man zeigte es Fremden. Man erwähnte es in Familienchroniken. Mit ihm brüsteten sich die Pensaer Patrioten, wenn ihr uralter Streit mit den Tambover Patrioten aufflammte. Das Haus stand an der Hauptstraße. Die Straße war krumm, bucklig. Schwer und kurzatmig kroch sie den Berg hinauf, mühsam die höckrigen, löchrigen, schlecht und nachlässig gepflasterten Sohlen des Fahrdamms voranschiebend.

Auf dem Berg hockte ein Zaun. Welk. Mit Galle gestrichen. Auseinandergefallen wie ein Haufen Bretter. Einem Gefängnis ähnlich. Aber auch Oberst Botkin, dem Kommandeur des Primorsker Dragonerregiments, das in Pensa Quartier bezogen hatte. Der Glockenturm der Kirche hatte Ähnlichkeit mit dem Pensaer Gouverneur von Lilienfeld-Toile, einem akkuraten Fünfziger mit nie lächelndem Mund.

3

Aus Nižnij Novgorod, aus irgendeiner Adelsanstalt, wurde eine Sehenswürdigkeit an unser Pustarjov-Gymnasium versetzt. Ich gestehe, daß ich schon immer einen Hang zu Sehenswürdigkeiten hatte. Sei es der graubärtige Erzpriester, Zögling des Pagencorps, ein schöner Mann, der die Mönchskapuze trug wie den funkelnden Tschako eines Blauen Kürassiers, oder der großspurige Wolfshund mit den vielen Medaillen hauptstädtischer Hundeausstellungen, ständiger Begleiter des Polizeimeistertöchterleins mit dem Gesichtchen aus Klosterwachs und Augen vom zarten Blau frisch gefallenen Schnees in frostklaren Nächten.

Als die Sehenswürdigkeit aus dem Adelsinstitut an unserem Gymnasium auftauchte, begann vom ersten Blick an ein unsichtbares Äderchen unter meiner rechten Braue zu zucken, und in Wirklichkeit nicht existierende Ameisen liefen mir über den Rücken.

Auf der Stelle wollte ich zu ihm laufen, klägliche Worte stammeln, diensteifrig um ihn herumscharwenzeln, ihm zu Gefallen sein, ihm schöntun mit Augen, die vor Schmeichelei glänzten.

Die Überwindung des widerwärtigen Wunsches erforderte eine qualvolle Anstrengung. Ich leistete sie. Doch eine schwere, kalte Hand blieb auf meiner Brust liegen.

Außerdem beneidete ich definitiv Saša Fraber und war wütend auf ihn. Zu meiner Verblüffung hatte er nicht nur den Institutsschüler neben sich ans Pult gesetzt, als wäre nichts dabei, er befleißigte sich anfangs auch noch eines gönnerhaften Tons im Umgang mit ihm. Saša Fraber – ein Gymnasiast mit Radiergummi, Uhr, einem Bleistift in einer Blechhülse, einem Federmesser mit drei Klingen, Nagelreiniger, Zahnstocher, Feile und Schere. Wandte man sich mit einer Frage an Saša Fraber, selbst mit der allernichtigsten und unwichtigsten, antwortete er gewöhnlich: »Darüber muß ich nachdenken.«

Und legte die Haut seiner Stirn in schwere Falten. Saša Fraber liebte es nicht, wenn man ihn zur Eile antrieb: »Wenn du meine Meinung hören willst, bitte, stör mich nicht beim Denken.«

In einem solchen Moment wäre es unklug gewesen, ihm ein unverzichtbares Heft oder Buch unter den Arm zu schieben: »Siehst du denn nicht, daß ich denke?«

schrie er den vorschnellen Kameraden an und schleuderte das unglückselige Buch wutentbrannt auf den Boden.

In meinen Augen wuchsen Frabers kleine Fehler an jenem Tag mit ungeheurer Geschwindigkeit und nahmen gespenstische Ausmaße an. Ich sagte mir: »Der Fall ist sonnenklar: Der dickärschige ›Nachdenker‹ hat ihn dir weggenommen. Jetzt ergötze dich daran, wie dieser niederträchtige Blechhülsenstift ohne die geringste heimliche Erregung mit deinem Institutsschüler auf dem Korridor herumspaziert. Wie er ohne das leiseste Erschauern die Hand auf seinen glänzenden Lackgürtel legt. Wie er ohne Herzklopfen seine idiotische, mit Pomade fixierte Bürste mit einem Schildpattkamm kämmt, der sich in seinen Fingern biegt wie ein Streifen Papier.«

Ein Krampf zerbiß mir die Kehle.

4

Ich habe bereits erwähnt, daß ich mein Unglück vor fünfzehn Jahren beim Schopf packte. Ja, jetzt sagt es sich leicht: Mein Unglück.

Nach fünfzehn Jahren darauf zu kommen ist keine große Sache: So kommt der »Bräutigam« am Vorabend seiner goldenen Hochzeit zu dem Schluß, daß er sich, wie der letzte Esel, vor einem halben Jahrhundert in eine unverbesserliche Hexe verliebte. Und der siebzigjährigen »Braut« blitzt die Erkenntnis auf, daß sie ihr mutwilliges Herz im vorigen Jahrhundert leichtfertig einem gefühllosen Klotz schenkte. Was ist ihre verspätete Weisheit wert? Was können ihre Greisentränen ändern? Liebe Hexe, teurer Klotz, bemüht euch, eure goldene Hochzeit fröhlich zu begehen. Nun nehmt euch schon in die Arme. Lächelt. Nehmt Glückwünsche entgegen. Mögen eure zahlreichen Kinder, Enkel und Urenkel denken, daß ihr ein vortreffliches Leben gelebt habt. Mögen sie glauben, daß ihr glücklich seid. Trotzdem werden sie alle eure Fehler wiederholen oder ihre eigenen machen. Einige werden wahrscheinlich ihre Lebensgefährtinnen und -gefährten wechseln. In diesem Fall werden sie im Alter die dummen Treuebrüche bereuen. Es wird ihnen vorkommen, als hätten sie das Glück an dem Tag verloren, an dem sie ihrer ersten Freundin oder ihrem ersten Geliebten davonliefen. Weil die Vielfalt sie lehren wird, daß es in der Liebe keine Vielfalt gibt. Sie werden sich sagen: »Es war die Mühe nicht wert. Gute Ware ist wichtiger als eine hohlköpfige Geliebte. Letzten Endes schläft es sich mit einer Idiotin nur halb so süß, wie es scheint.« Wenn die letzten Umarmungen nur wiederholen, was sie in der ersten Nacht erfahren haben, werden sie erkennen, daß an alledem die verlogenen, geheimnisvollen Wörter schuld sind, mit denen Phantasten ganz gewöhnliche Dinge benennen. Sie werden versichern, man müsse die Poesie bekämpfen wie eine Magenverstimmung, weil selbst der harmloseste Durchfall jeden Augenblick in Dysenterie umschlagen könne. Im Gespräch werden sie das Lexikon des Zeitungsreporters, des Schöffen, des Gynäkologen verwenden. Sie werden sagen: »Geschlechtsakt«, »Koitus«, »Beischlaf«. Und als Zyniker ins Grab gehen, bis ins Mark von der Liebe enttäuscht. Ihre Urgroßmütter dagegen waren am Vorabend ihrer goldenen Hochzeit lediglich von ihren arbeitsamen Liebsten enttäuscht.

5

Wie fette Erpel schwammen die Pfützen über das von der Zeit und schlechtem Wetter zerfaserte Trottoir. Aufgeweichte Zigarettenstummel, Selbstgedrehte, Bierflaschenpfropfen, Streichholz- und Papirossyschachteln hüpften hoch wie mit Straßenkot bespritzte Fußgänger. Zeitungsfetzen schleppten ausgefranste Spitzen von Unterröcken mit sich. Pferdeäpfel rollten wie runde, goldene Nüsse.

In Gedanken versunken, betrachtete ich eifriger denn je meine Nasenspitze. Ich habe nun einmal die Angewohnheit, beim Nachdenken zu betrachten, was die Betrachtung am wenigsten wert ist.

Unser Pensa ist still und menschenleer. Selbst das Trottoir der Hauptstraße belebte sich nur in Ausnahmefällen: wenn ein angeheiterter Radfahrer darauf herumfuhr oder wenn eine Kutscherstute, den Schwanz zu einem Knäuel zusammengebunden wie der Knoten auf dem Kopf einer alten Jungfer, sich für das Schaufenster des Galanteriewarengeschäfts der Gebr. Slonimskij interessierte.

Plötzlich bekam ich einen gehörigen Denkzettel gegen das Schienbein. »Sollte etwa«, dachte ich, »der einzige Motorradfahrer in Pensa einen in der Krone haben?« Glücklicherweise erwies sich meine Vermutung als falsch. Ich öffnete den Mund, um den Jungen zu beschimpfen, der einen Lehnstuhl auf dem Kopf schleppte – und sah drei Schritt vor mir die kleinen Lackhufe meiner Sehenswürdigkeit über den schartigen Asphalt klappern.

»Mein Gott, mein Gott, er ist ja ohne Galoschen.«

Ich fühlte, wie sich eine warme, dickflüssige, beinahe mütterliche Unruhe aus meinem Herzen ergoß: »Ach, er wird bestimmt nasse Füße bekommen und sich den Schnupfen holen. Nur gut, wenn es kein bösartiger ist. Es gibt ja die verschiedensten Schnupfen. Wie kann man nur ohne Galoschen gehen! Vielleicht anderswo, aber doch nicht in unserem gesegneten Pensa.«

Keine einzige Gymnasiastin ging an ihm vorbei, ohne sich umzusehen. Ich ließ den Gedanken nicht zu, daß es an seiner Mütze mit dem roten Rand und dem ungewöhnlichen, mit einer Krone geschmückten Wappen liegen könnte. Oder an seinen flachen goldenen Knöpfen mit den tanzenden Hirschen. Oder an den weißen Handschuhen aus Sämischleder mit den schwarzen Ziernähten. Oder an dem Mantel mit den roten Biesen und dem wie bei einem Kavalleristen unter dem Rückengürtel blitzenden Schlitz.

Wenn es daran liegt, warum sehen sich die Gymnasiastinnen dann nicht nach Isaak Isaakovič Lavrinovič um?

Isaak Isaakovič ist ein bekannter Pensaer »tailor«. Selbst wenn Isaak Isaakovič morgens um neun Uhr aus dem Haus ging – er zog den Palmerston an und setzte den Zylinder auf. In Isaak Isaakovičs Zylinder spiegelten sich auf wundersame Weise die Gegenstände der Umgebung. Eine gewöhnliche Petroleumlaterne, eine der wenigen Laternen, die die Hauptstraße in mondlosen Nächten erhellten, verwandelte sich in die verführerische Mademoiselle Piff-Paff aus unserem berühmten Kabarett »Eremitage«. Diese Person, dünn wie eine Papirossa, war aus Langeweile darauf verfallen, unwesentliche Verbesserungen von höchst bescheidener Phantasie in ihre professionelle Gymnastik einzuführen, was ihr sehr zustatten kam: Piff-Paff brach während eines Winters mehr Herzen, als Oberst Botkin Toasts »auf das schöne Geschlecht« ausbrachte.

Der unschuldige Luftballon an der Schnur, der sich in Isaak Isaakovičs Zylinder spiegelte, verkehrte sich augenblicklich in den rasierten Kopf des Polizisten Utroba aus dem ersten Revier. Der grimmige Polizist sagte von sich: »Ich bin überzeugter Jiddenhasser und deshalb auch ihr uneigennütziger Verfolger.«

Was jedoch die violette Glaskugel im Fenster der Apotheke des Provisors Markuzin betrifft, so verwandelte sie sich in Madame Tuzik mit den Augenbrauen wie Friedrich Nietzsches Schnurrbart, die vielbrüstige, wohlgerundete, gastfreundliche Betreiberin des solidesten Bordells in Pensa: »Firma existiert seit 1887.«

Es sei erwähnt, daß unsere Pensaer Laienschauspieler sich immer den Zylinder und den Palmerston von Lavrinovič ausliehen, wenn sie ein Stück aus dem Aristokratenleben inszenierten.

6

Als sie sich an meiner Sehenswürdigkeit vorbeigeschlängelt hatten, flüsterte ein pausbäckiges, vor Aufregung blinzelndes Mädchen einem anderen pausbäkkigen Mädchen zu, das vor Entzücken blaß geworden war:

»Schrecklich aufgeblasen.«

Worauf das zweite wie ein Echo erwiderte:

»Furchtbar interessant.«

Und gleichzeitig brach es aus beiden wie ein Stöhnen hervor:

»A-a-ch.«

Er aber schien nicht einmal zu bemerken, daß er auf seinen Knöpfen mit den tanzenden Hirschen ihre bescheidenen Veilchenaugen davontrug.

Dafür breitete sich auf meinem Gesicht unziemlicherweise ein törichtes Lächeln aus. Ich verabscheute, ich haßte es, konnte aber nichts dagegen tun. Zugleich gelang es mir nicht, meine Bewegungen aus der völligen Unterwerfung unter den Rhythmus seines Körpers zu befreien. Ich empfand sogar die qualvolle Wonne, mit seinem schaukelnden Gang zu gehen, mich genauso in den Hüften zu wiegen, genauso sorgsam den Kopf zu halten wie er. Obendrein – heute erscheint es mir unglaublich – verspürte ich ein schmerzhaftes Reißen in den Wangenknochen und Gesichtsmuskeln: als ob sie sich dehnten bei dem Versuch, die ovale Form seines Gesichts anzunehmen.

Mir kamen meine Selbstgespräche als Abc-Schütze in den Sinn. Meistens wurden sie beim Morgengebet in der Aula geführt, während Vater Smakovnicin ein

Kapitel aus dem Evangelium vorlas. Ich blickte auf einen Jungen, dessen niedliche Schnauze gerühmt wurde, und dachte: »Was für eine Schweinerei, Volodka Morozov ist hübsch, und ich bin häßlich. Daran sind nur Papa und Mama schuld, hol sie der Teufel. Sie hätten sich mehr Mühe geben können, diese Holzköpfe!« Dann stellte ich mir die Frage: »Würdest du, Miška, mit Volodka Morozov tauschen? Sieh dir seine edle Nase an, und du hast so ein plattes Ding.« Manchmal hätte ich beinahe aufgeschrien: »Nie-im-Leben. Zum Henker mit der Nase von Volodka. Mein plattes Ding gefällt mir besser.«

Wo ist der stolze Abc-Schütze geblieben?

7

Die Ecke. Ohne zu feilschen, bezahlt der goldlivrierte Portier des »Eremitage« den Einspänner. Piff-Paff fährt nur auf aufblasbaren Reifen, weshalb es in Pensa jedes Jahr mehr davon gibt.

Hinter dem »Eremitage« begann der Heuplatz. Verkaufsstände, Buden, Zelte, hölzerne Lädchen, die Backsteinreihen der Fleischerläden. Ringsum gewaltiger Schmutz. Grunzend und schnaufend liegt er da, wie ein vollgefressenes Schwein.

Mit wachsender Unruhe blicke ich auf die kleinen Lackhufe, die vor meinen Augen dahinfliegen.

Ich gebe zu, es war einer der wenigen Fälle in meinem Leben, in denen die Vorahnung mich nicht trügen wollte.

Es heißt, einigen sei die Vorahnung ein guter Ratgeber. In wichtigen Situationen versuchen diese Glückspilze vor allem, ihren Verstand nicht zu bemühen. Um so mehr hören sie auf jene geheimnisvolle, wer weiß woher kommende Stimme. Da diesen Leuten alles im Leben glatt und erfolgreich gelingt, komme ich zu dem Schluß, daß die Wissenschaft vom Menschen keinen

Pfifferling wert ist. Sollten der Bauch oder das Filetstück bessere Ratgeber sein als der Kopf, muß man eben auf sie hören.

Was allerdings mich betrifft, so haben sie mir im Lauf von drei Jahrzehnten immer nur Ratschläge gegeben, die nichts taugten. Der Hintern unterschied sich nicht sonderlich vom besten Freund, die Frau – nicht vom Darm, das Gehirn – nicht vom Herzbeutel. Deshalb hatte ich keinen Grund, Vorahnungen den Vorzug zu geben. Meistens sprang ich sogar ziemlich unverschämt mit ihnen um.

Wenn ich im Kino neben einer bezaubernden Unbekannten saß, die meine Phantasie erregte, wie eine Lampe mit gelbem Schirm oder grelle, gestreifte Tapeten (eine Umgebung, in der sich eine wunderbare halbe Stunde und ein widerwärtiger Tag verbringen lassen), flüsterte die Vorahnung mir zu: »Idiot, nutze die Gelegenheit. Ich versichere dir, in diesen herrlichen Knien, unter der Seide, durchsichtig und leicht wie Dampf, fließt heißes, dunkles Blut. Du Feigling fürchtest dich, sie mit den Fingerspitzen zu berühren? Ein anderer, nicht so ein Esel wie du, wäre längst auf dem Weg zu dem, was wir diskret unser Glück nennen.« Jedesmal gab ich zur Antwort: »Verschwinde. Ich schaffe es auch ohne deine Ratschläge, immer wieder eins aufs Maul zu kriegen.«

8

So eine Pfütze! »Ich gebe ihm meine Galoschen.«

Das war mein erster Gedanke. Der zweite war vernünftiger. Er wies mich rechtzeitig in die Schranken. Im Abkühlen sagte ich mir: »Du dummes Tier, auch wenn ihn nur ein Veršok vom Untergang trennte, selbst dann würde er deine blöden Galoschen nicht benutzen, die schon mehrfach beim Vulkaniseur waren und abgewetzt sind wie eine alte Schlange.«

Er geht durch die Pfütze, als balancierte er auf einer Schiene. Ich erinnere mich an meine Kindheit, und mein Herz schmerzt vor Zärtlichkeit.

Mit papierleichten Händen tastet er nach dem durchsichtigen, unzuverlässigen, trügerischen Geländer.

Zuerst klopft der Wunsch bei mir an, dann verschafft er sich gewaltsam Zutritt: zu ihm hinlaufen, ihn mit der Schulter stützen und murmeln: »Ich flehe Sie an!« Aber ich bin zu schüchtern.

9

Nach allem, was ich über mich weiß, bin ich zu Heroischem imstande. Es müßten sich nur die passenden Umstände ergeben. Dann könnte es passieren, daß auch ich mit gefälltem Bajonett vorwärts stürme, und nicht zurück. Natürlich nur, wenn ich überzeugt bin, daß der Mensch, dem ich den Garaus machen muß, es wirklich verdient hat. Aber zu meiner Schande kenne ich bis jetzt keinen Menschen, dem ich mit Vergnügen den Bauch aufschlitzen würde.

Als ich den Institutsschüler aus einer großen Pfütze zog und seine aufgequollenen Hefte, Bücher und die bräunlich verfärbte Mütze mit der Krone herausfischte, lächelte er ein erstauntes, vor Hilflosigkeit bezauberndes Lächeln, an die Schauspielerin Orchidejeva erinnernd, die in der letzten Saison die Julia gespielt und in der Szene des lyrischen Abschieds von Romeo vor den Augen von »ganz Pensa« die Hose verloren hatte.

Die Ärmste mußte mitten im Winter die Stadt verlassen, weil ihr die Gymnasiasten von der Galerie bei jeder Aufführung an der dramatischsten Stelle zuriefen: »Orchidejeva, halt die Reit-ho-sen fest!«

Dann zog ich mein Taschentuch und machte mich bebend daran, seine Arme, seinen Mantel, seine Hose, seine Schuhe abzuwischen.

Als das Taschentuch naß war, nahm ich den Ärmel des eigenen Mantels. Er lächelte immer noch, aber nicht mehr ganz so hilflos. Nach seinen schmalen, streichholzgeraden Lippen zu urteilen, schien mir sogar, als hätten wir bereits die Rollen getauscht. Es sah aus, als hätte nicht er »die Hose verloren«, sondern ich.

Das einzige, was er getan hatte, seit er wieder auf den Beinen stand, war, seine Handschuhe angewidert aufs Trottoir zu werfen und, um mir bei der Orientierung zu helfen, ein paarmal mit kaum merklicher Herablassung den Finger zu bewegen:

»Bitte, hier noch, und hier, und hier. Ich bin Ihnen sehr dankbar. Nein, doch nicht da – an den Stegen. Merci.«

Als ich alles, was aus der Pfütze zu fischen war, herausgefischt hatte, und alles, was abzuwischen und abzureiben war, abgewischt und abgerieben hatte, sagte er:

»Es scheint, wir sind noch nicht miteinander bekannt?«

Und brachte ein zerstreutes Lächeln zustande, als könne er sich beim besten Willen nicht an den eigenen Familiennamen erinnern.

Ich murmelte:

»Titičkin.«

Teilnahmsvoll drückte er mir die Hand und sagte sehr leise, gedämpft, als hülle er die geliebten Laute in rauchfarbene Zärtlichkeit:

»SPREEGART.«

Zweites Kapitel

1

Das gleiche »Spreegart« ist sein letztes Wort gewesen. Sein letztes Wort! Betrunken und betäubt, mit brandigen Lidern, schwerer als die Läden der Warenlager in Kitajgorod, aus denen die Schlösser wie eiserne Beulen ragen, mit einem Kopf, der am seidenen Faden hing, mit Haaren, verfilzt wie das Fell unter einem Hundeschwanz (das Schicksal hatte es gewollt, daß er mit dreißig kahl zu werden begann), mit schlaffen Händen, weiß wie Adjutantenachselschnüre, mit Klümpchen von Erbrochenem auf dem Seidenhemd und der Krawatte aus der Rue de la Paix brachte er es fertig, so zärtlich »Spreegart!« zu sagen wie das erste »Ich liebe dich«.

Ich hätte damals viel darum gegeben, in sein betrunkenes, selbstverliebtes Hirn zu blicken.

Ich wollte ihn aufhängen – als jämmerliches, vollgekotztes Nichts. Er aber setzte sich im letzten Augenblick das schwarze Leuchten des Engels der Unterwelt auf sein kahles Haupt.

Bisher hatte ich von allen letzten Worten die der Gräfin de Vercellis am bemerkenswertesten gefunden. »Sie hörte auf zu sprechen und kämpfte schweigend den Todeskampf. Plötzlich ertönte in der Stille das Geräusch eines Gases, das ihrem Körper entfuhr.

›Wunderbar‹, sagte sie, ›eine Frau, die dazu imstande ist, ist noch nicht tot.‹«

Niemand wird sagen, Jean-Jacques' Aristokratin habe ihr Selbstporträt schlecht vollendet. Aber wenn jemand meinen Freund so gekannt hätte, wie ich ihn gekannt habe, würde er nichts gegen meinen Verrat an der Gräfin de Vercellis einzuwenden haben. Wenn sie die geistige Großmutter von Anatole France ist, hat sich mein Freund mit seinem erstaunlichen »Spreegart!« unversehens zum Enkel Dostojevskijs gemacht.

2

Ich erhängte meinen Freund mit der Portierenschnur. Die Schnur endete in einer schweren Quaste von der Farbe des Wachstuchs, das man für Kompressen nimmt. Die Quaste blieb wie ein Bart an seinem Unterkiefer hängen. Sie machte ihn einem Assyrer ähnlich.

Ich hätte nie gedacht, daß er in der Schlinge so schön sein würde. Aus irgendeinem Grunde wurde er nicht blau, streckte die Zunge nicht heraus und rollte die bläulichen Kugeln aus dem erstarrten Rauch einer Orientzigarette nicht aus ihren Höhlen. Seine Finger verkrampften sich nicht, wie es sich eigentlich gehörte. Im Gegenteil – es schien, als wären sie noch länger geworden. Er hatte sich gerade an diesem Tag maniküren lassen. Habe ich erwähnt, daß seine Finger ungewöhnlich lang, fein und spitz waren – wie Bleistifte, die man zum ersten Mal mit einem besonderen Spitzer gespitzt hat? Ich kann Leute nicht ausstehen, die derart perfekt gespitzt sind (Saša Fraber). Ein Mensch sollte nachlässig gespitzt sein, ungleichmäßig – mit einer Rasierklinge oder besser noch – mit einem Tischmesser. Doch seine Finger waren wunderschön!

Ich band die Portierenschnur an einen in die Decke geschraubten Haken. Weil das Zimmer hoch war und ich kurzbeinig bin, mußte ich einen ganzen Turm errichten: auf den Tisch einen Thonet-Stuhl, auf den Stuhl das trichterlose Grammophon, auf das Grammophon – Shakespeares Gesammelte Werke in der Brockhaus-Ausgabe. Vor kurzem hatte mein Freund nach einem Blick auf den goldgeprägten Einband gesagt:

»Er hat zwei Buchstaben mehr im Namen als ich.«

Ich brummte mir in den Bart:

»Armer Shakespeare!«

Wie viele tausend Pud schwer der Körper eines sinnlos Betrunkenen ist! Als hätte sich Spreegart an Pflastersteinen überfressen.

Dabei fiel mir ein, daß er den geräucherten Aal, die Zitrone und die gesalzenen Pistazien kaum angerührt hatte.

Neben ihm am Tisch saß Lidočka Gradopolskaja. Er flüsterte ihr zu:

»Lidočka, ich labe mich an Ihnen.«

Ihre Augen klangen wie goldene Schlittenglöckchen.

Einmal hatte Spreegart mir gestanden:

»Ich weiß, was mich noch auf dem Sterbebett quälen wird.«

»Was?«

»Hör zu.« Mit verschleiertem Blick begann er zu erzählen:

»Ich war damals noch grün wie eine Gurke. Wenn man in meiner Gegenwart sagte, ›er bat um ihre Hand und ihr Herz‹, ahnte ich nicht, daß damit, in menschliche Sprache übersetzt, einzig und allein gemeint ist: ›Laß uns miteinander schlafen.‹ In jener naiven Zeit wohnten wir im Sommer in der Nachbarschaft der Przyryżeckis, einer polnischen Familie, deren Oberhaupt im Militärdienst stand. Unsere Väter spielten Wint, unsere Mütter kochten Konfitüre, wir spielten mit den kleinen Pans ›Butterloch‹, und ich sandte der flinkäugigen Jadzia unhörbare Seufzer nach. Als wir einmal durch die zur Schlucht abfallenden Gärten gingen, zeigte mir Jadzia ein Schlupfloch in dem hohen Zaun, der das polnische Sommerhaus umgab. Vier Stunden später stahl ich mich bereits zum ersten nächtlichen Rendezvous meines Lebens. Der verfluchte Riesenmond hing wie ein Spiegelei am Himmel. Jadzia saß auf der Fensterbank, bleich und hin und wieder unter ihrem durchbrochenen Schultertuch erschauernd. Ihre flinken Augen waren wie von den Pupillen verschluckt. Von gierigen, wunderbaren, gleichzeitig irgendwie kuhartigen Pupillen. Ich saß neben ihr und...«

Er stöhnte auf.

»... erstarrte.«

»Und dann?«

»Ich erstarrte! ... Das war alles.«

Er begann, tragisch von einer Ecke in die andere zu gehen, den turkmenischen Teppich mit schweren Mörderschritten tretend.

»Noch auf dem Sterbebett werde ich mich daran erinnern und mit den Zähnen knirschen. Ich erstarrte? Ach, ich Hundesohn! Die eigene Agonie habe ich mir verpfuscht.«

Er legte seinen Kopf auf meine Knie:

»Miška, ist ein so zartes, so zerbrechliches Gewissen in unserer Zeit nicht ein unsinniger Luxus? Sechzehn Jahre Gewissensbisse!«

3

Ich habe schwache Arme und ein krankes Kreuz. Mindestens einmal im Monat trifft mich ein Hexenschuß. Spreegart liebte es, mir die rettenden Schröpfköpfe anzusetzen: Geschickt warf er brennende Papierchen in die gläsernen Münder und saugte sich mit ihnen an meinem Rücken fest. Meine purpurrote Haut blähte sich und füllte die kleinen Behälter. Ich stöhnte und knirschte mit den Zähnen. Es war wie eine Folter. Er fühlte sich als Folterknecht. Kurz vor dem Ende der Vorstellung setzte er mir zum Spaß zwei Schröpfköpfe auf die Gesäßbacken. Ich schrie, schimpfte, stieß Verwünschungen aus. Doch er klatschte in die Hände, brach in lautes Gelächter aus, rief meine Frau herein und zeigte auf mich:

»Ninočka, sieh ihn dir an. Ist er nicht hübsch?«

Sie kreischte:

»Oh, wie entsetzlich! Wie entsetzlich!«

Und griff nach seinem Arm:

»Es kommt mir hoch. Bei Gott, es kommt mir hoch. Es steht mir schon bis hier.«

Sie rannte aus dem Zimmer. Mein Freund mußte sie beruhigen. Die Schröpfköpfe nahm Matrjona von meinem Rücken ab. Sie ist eine menschenfreundliche Frau. Mit der Vaseline verrieb sie ihre Tränen und ihr Mitleid auf meinem purpurroten Rücken.

Mein morscher Rücken hat mich immer davon abgehalten, meine Frau auf den Armen vom Sessel ins Bett zu tragen. Die Ärmste mußte jedesmal selbst auf nackten Füßen über den Boden schlurfen. Das machte mein Liebesleben natürlich nicht schöner. Aber dennoch zog ich es kleinmütig vor, weniger von dem zu bekommen, was mir laut Programm zustand, wenn ich mir nur das Kreuz nicht verrenkte.

Doch meinen betrunkenen Freund schleppte ich auf dem Buckel durch das ganze Zimmer. Ich kletterte mit ihm auf den Tisch. Ich rutschte auf einer Pistazienschale aus, stieß eine Flasche um, geriet mit dem Absatz in eine Dose Sprotten in Delikateßöl, Marke »Prima«, und zertrat ein Lachsauge. Das Grammophon ächzte unter unserem doppelten Gewicht. Die Shakespeare-Bände verrutschten unter meinen Füßen.

Noch schwieriger war es, ihm die Schlinge über den Kopf zu werfen. Vielmehr den Kopf durch die Schlinge zu ziehen. Aus irgendeinem Grunde (aus Unerfahrenheit, versteht sich) versuchte ich die ganze Zeit die zweite Variante, obwohl die erste ungleich einfacher war. Ich kam mir vor wie eine Alte mit zitternden Händen, die das winzige Nadelöhr verflucht. Es fehlte noch, daß ich das Ende meines *Fadens* mit Spucke angefeuchtet hätte. Ich trieb die Absurdität so weit, mir mein berühmtes Pincenez mit der goldenen Fassung auf die Nase zu setzen. Auf meiner nichtigen Nase macht es in allen Lebenslagen einen feierlichen Eindruck. Wie die goldene Brezel über dem heruntergekommenen Lädchen in Pensa, das mit Backwaren handelt.

Mein Freund machte noch zwei, drei Bewegungen. Beinahe elegant. Er stellte sich förmlich auf die Zehenspitzen, um einen Blick in die Unsterblichkeit zu werfen.

Vor dem Fenster dehnte und reckte sich der frühe Morgen, unrasiert, aufgedunsen, borstig. Vorteilhaft unterstrich er die Eleganz des Toten. Die Bügelfalte der Hose wurde noch tadelloser. Der nachlässig hochgeklappte Kragen des Jacketts verdeckte das mit Erbrochenem bespritzte Hemd. Das seidene Einstecktuch in der Brusttasche schien wie eine weiße Blüte. Die Schlinge hatte sein Haar in Unordnung gebracht und mit jener überraschenden Nachlässigkeit in Strähnen gelegt, welche die Brennschere eines Barbiers nicht zustande bringt. Selbst die brandigen, vom Aquarell der Ewigkeit bereits berührten Lider waren leichter geworden.

Ich schlug ihm die Faust in den Bauch. Er schaukelte kurz und maß mir eine Verbeugung zu.

Ich stieß einen Schrei aus:

»Lackaffe.«

Und er …

Unsinn! Unsinn! Leichen haben noch nie gesprochen. Das ist gegen ihre Regeln.

Ich brüllte aus voller Kehle: »Ruhe!«

Während ich wie ein Apfel die Treppe hinunterrollte, sagte ich immer wieder vor mich hin:

»Du, mein lieber Freund, hast dir zu Lebzeiten genug Scherze auf meine Kosten erlaubt. Es reicht. Es reicht völlig.«

4

Der Boulevard. Die stumpfnasigen Laternen tragen eiserne Maulkörbe. Weshalb? Werden nicht irgendwelche Idioten auf die Idee kommen, daß sie vor Schreck zu bellen anfangen, wütend werden, sich auf die Passanten stürzen und ihnen die Hosen mitsamt den Schenkeln zerreißen?

Es ist im übrigen alles möglich. Diese Laterne hat gesehen, wie meinem Freund der assyrische Bart wuchs. Vielleicht jault sie nur aus Feigheit nicht. Damit ich sie, zur Gesellschaft, nicht auch noch erdrossele.

Ich laufe über den nassen Fußweg in der Mitte des Boulevards. Beinahe fröhlich. Wie ein vom Friedhof zurückkehrender leerer Katafalk.

Wie kommt das? An meinen Hämorrhoiden leide ich genug. Jetzt sondert wenigstens meine Seele kein Blut mehr ab.

Ich bin ruhig. Ich habe meinen Frieden gefunden. Nur der Wind hier erbost mich etwas. Er treibt meine Seele in die Enge: Er packt sie an der Gurgel.

Du hast deinen Frieden gefunden? Kretin.

Ich bin einmal auf der Straße hinter einem hungernden Menschen hergegangen. Wie grauer Kautschuk spannte sich die Haut über den Knochen seines Gesichts. Sein Mund war dunkel, wie eine Braue. Seine Augen lagen in den Höhlen wie Stücke verfaulten Rindfleischs, das die Lider mit Fett getränkt hatte, als wären sie aus Packpapier. Der Mensch knurrte und kratzte mit den Fingernägeln an den spiegelnden Scheiben, hinter denen rote hölzerne Klötze statt holländischem Käse lagen, angeschnittene Blöcke mit aufgemalten Tränen statt Schweizer Käse, lange silberne Säcke, mit Sägespänen gefüllt, statt Würsten; fette Schinken aus Pappmaché und schließlich Eier, die der Drechsler gelegt hatte.

Der Mensch hatte vor Hunger den Verstand verloren und war leichtgläubig und kindlich geworden. An der Ecke Gazetnyj/Tverskaja blieb er plötzlich stehen. Seine verklebten Augen bohrten sich ins Trottoir. Ich blickte in dieselbe Richtung – auf dem Trottoir glitzerte etwas Silbernes. Der Unglückliche kreischte, sprang darauf zu und faßte mit zitternden glücklichen Fingern ... in Spucke. Glitschig, rund, zwischen seinen Fingern zerfließend.

Jetzt frage ich mich: »Teurer Freund, gleicht nicht der Frieden, den du gefunden hast, dem Silberrubel jenes hungernden Menschen?«

An einem kahlen Ast – eine Krähe. Wer hat sie dort aufgehängt? Ist es nicht Selbstmord gewesen? Sollte es den Krähen auf dieser Welt so gut gehen, daß sie sich nie auf eigenen Wunsch zum Teufel scheren?

Ich nehme einen Stein von der Erde und werfe ihn auf den verdammten Vogel. Er bleibt am Ast hängen, wie ein alter Schuh.

Ich fliehe.

Ach, hätte nur Skovoroda mein Herz erzogen! Wäre ich nicht tapferer geworden, wenn er auch mich von klein auf zwischen Särgen zurückgelassen hätte, angeblich, damit ich den Klang seiner Querflöte aus dem nahen Hain besser höre?

Hinter mir klatscht der Wind in die Hände. Undeutlich, wie von der Galerie, höre ich »Zugabe«. Ich halte mir die Ohren zu: »Zugabe.« Was will er eigentlich? Ich verstehe. Er möchte, daß ich noch jemanden aufhänge. Zum Beispiel meine Zimmerwirtin – sie hat ebenfalls einen unbequemen Charakter. Stachlig. Vorletzte Woche, als ich meine Butter auf ihren Küchenfußboden gelegt hatte, hat sie Petroleum darüber gegossen. Um mir das Knallen mit den Absätzen abzugewöhnen, spuckt sie mir heimlich in die Suppe. Die Erfinderische. Sie gibt mir den Rest, wenn ich sie nicht aufhänge. Vorgestern habe ich durchs Schlüsselloch mit eigenen Augen gesehen, wie sie mitten in der Nacht in einer blechernen Zahnpulverdose Wanzen gesammelt hat. Riesige, schwarze, fette Wanzen. Meine Wirtin klaubte sie unter den bunten, fächerförmig an der Wand hängenden Postkarten hervor, aus den Rauten des Matratzenbezugs, aus Tapetenritzen und Nagellöchern. Sie schlug sie mit dem Stiel der Dielenbürste von der Wand. Wie reife Beeren fielen sie auf sie herab. Dann zog sie ihr Hemd aus und setzte sich rittlings auf den Stiel, nach Art einer Hexe, die zum Hexensabbat aufbricht. Als sie die Arme hob, wurde sie ein vierköpfiger Drache. Am nächsten Tag ließ sie die ekelerregenden Insekten aus der Zahnpulverdose in mein Bett.

5

Ich setzte mich auf eine Bank. Gerne hätte ich geschlafen. An die sechs Male seufzte ich herzhaft.

Auf dem abgenutzten, tückischen Gras lag umgekippt die Bude, in der im Sommer ein Fräulein, sommersprossiger als der südliche Nachthimmel, Eis verkauft hatte.

Ich dachte: »Mein armer Freund liebte Gurken mehr als Eis und Apfelsinen.«

Plötzlich kam eine Frau aus der Bude gekrochen. Sie schüttelte ihre rötlichen Röcke, rückte den Hut mit den Hahnenfedern zurecht, klemmte sich eine Papirossa zwischen die Zähne und begann, nachdem sie sich neben mich gesetzt hatte, die soeben verdiente Banknote von der Mitte her glattzustreichen.

Ich kombinierte: »Gleich wird sie in den Strumpf gesteckt. Wie es die Prostituierten im Kino machen.«

Ich wandte mich ab, denn ich fürchtete, ihr nacktes Bein über dem Knie würde mich an den Hals meines Freundes erinnern, das rote Strumpfband – an die Schlinge.

Die Frau berührte mich am Ellbogen und begann ihr Sprüchlein mit der strammen Stimme eines Offiziers:

»Junge, he, Junge ...«

Aber sie wurde heiser, begann zu husten und schneuzte sich in den Sand. Aus irgendeinem Grund fiel mir ein altes Rätsel ein: Der Arme wirft es auf den Boden, der Gehörnte nimmt es mit.

»Junge, ist das eine Unordnung überall. Ins Dampfbad dürfen wir nicht, und im Zimmer wohnt leider Gottes die liebe Mama. Gehen wir ...«

Sie nickte mit dem Hahnenschwanz zur Bude.

»... Ich erzähle dir ein Märchen.«

Ich wandte mich zu ihr um, unsere Augen trafen sich, und ich stieß einen Schrei aus: »Piff-Paff!«

6

»Ach, du meine Herzensbrecherin, Löwin von Pensa!« Ich streichle ihre schmutzigen Handflächen, die spitzen Knie, wärme ihre Finger mit meinem Atem, binde ihr die offenen Schnürsenkel zu.

Wie liebt doch der russische Mensch allen möglichen Mist. Die Laus tituliert er Viechlein, Tierchen, Entchen, Kühchen. »Zar Konstantin hetzt die Pferde über den Staketenzaun«, sagt er, wenn er die scheußlichen Viecher mit dem Kamm herauskämmt. Den Floh nennt er kleiner Dickwanst, Buchfinkchen, kleines Fräuleinchen, dickbäuchiges Hündchen, braunes Hengstchen.

»Steigt ins Zelt hinein, kriegt den Recken klein.« Oder noch süßer: »Mein Liebster schläft mit mir, aber streicheln läßt er sich nicht.«

Das ist die Weisheit des Volkes!

Der russische Mensch? Dumm. Vulgär. Vollkommen überflüssig. Ein gegenstandsloses Trugbild der Natur.

7

Pensa. Aus dem Kronleuchter wachsen Eiszapfen. Auch Piff-Paff ist so ein kristallener Zapfen. Der flinke tatarische Kellner, die Frackschöße gespreizt und eine Serviette unter dem glühendheißen Teller, trägt auf ausgestrecktem Arm das Roastbeef herein, das blutet wie das Haupt des Propheten.

Das Tafelgeschirr im »Eremitage« ist altertümlich, mit Aufschriften. Auf meinem Teller steht in halbslawischer, verschlungener Schrift: »Lachend schreibt Amor seine Schwüre mit dem Pfeil ins Wasser.«

Auf einem Plüschdiwan, dessen Troddeln an den Polsterrollen abgerissen sind, schläft, eine Flasche »Aï« unter dem Kopf, ein Gutsbesitzer aus Sarai. Er atmet nach Weiberart mit dem Bauch. Mit einem weichen, gluckernden Bauch, der die weiße Zunge des Hemds herausstreckt.

Mein Freund sagt großspurig:

»Mademoiselle, Sie lassen sich gehen.«

Und das, weil in Piff-Paffs Nasenloch, das dem perlmutternen Nest einer Perle gleicht, golden ein Seidenhärchen glänzt.

8

»Wie schön er gewesen ist, Miška.«

»Warum gewesen? Warum sagst du gewesen, Piff-Paff?«

»Die Bolschewiken werden ihn erschossen haben. Die haben doch alle hübschen Jungs totgeschossen.«

Piff-Paff zerknüllt wütend den Rubelschein.

»Ist vielleicht auch besser, daß sie ihn unter die Erde gebracht haben. Für Adler hat sich's ausgeadlert.«

Sie rafft ihre Röcke. Das Strumpfband schimmert auf, rot wie die Schlinge, und ihr Bein, nackt wie sein Hals.

Ich schreie.

9

Die dunkle Sonne schaukelt in einem unsichtbaren Spinnennetz. Schaukelt? Die Schultern saugen meinen Kopf ein. Ich bin ohne Kopf. Das Entsetzen hat mich kopflos gemacht. Die Handflächen kriechen aus den Taschen wie Augen aus den Höhlen. Ich lasse die Handschuhe fallen. Sie liegen auf dem Trottoir. Ich habe Angst, sie aufzuheben. Sie sind wie abgehackte Hände. Ich fliehe, mit den Stümpfen in die Luft schlagend.

Mein Freund schaukelt jetzt auch. Mit gestreckten Beinen. Er hat Finger wie eine Maus. Ich habe einmal eine Maus betrachten können. Sie lief nicht auf Füßen in der Falle umher, sondern auf Händen, mit Fingern und Fingernägeln von Tizian.

Und die Beine? Mein Freund hatte schöne Beine. Mit wunderbaren Füßen, wie ein Schwein. Die Leute sehen einen Dreck, was um sie herum ist. Sie bilden sich ein, ein Schwein hätte häßliche Füße. Doch ein Schwein hat die elegantesten Füße der Welt. Winzig klein, mit erlesenem Spann, aristokratischer Spitze und hoher Ferse. Ein Schwein geht wie auf französischen Absätzen.

Ich fasse an meine Tasche. Ich bin parteilos, habe aber das Recht, eine Waffe zu tragen. Zu meinem Schrecken brachte mir der Chef der Konotoper GPU die Erlaubnis zusammen mit einem Browning. Er ist ein feiner Kerl, dieser GPU-Mann mit den Ammenaugen.

Was für ein Unsinn! Ich habe den Revolver nie dabei. Ich fürchte mich vor ihm. Ich habe ihn in der untersten Schublade des Schreibtischs eingeschlossen.

Die Munition ist im verschlossenen Koffer. Sie zusammen mit dem Browning aufzubewahren, wage ich nicht. Plötzlich fangen sie an zu schießen.

Ich sehe mich um. Ich brauche unbedingt einen Pflasterstein. Um mir den Kopf zu zermalmen. Oder sollte ich mir vielleicht auf den Straßenbahnschienen selbst ein Bein stellen? Anderen ein Bein stellen konnte niemand in meiner Klasse besser als ich. Saša Fraber hat einmal mit seinem Weiberhintern alle vierundsechzig Stufen unserer Gymnasiumstreppe nachgezählt. Als er sich wieder berappelt hatte, sagte er, sich den Hintern reibend: »Jetzt muß ich wohl darüber nachdenken, wer mir diesen Tritt gegeben haben könnte.«

Die Straßenbahn, Linie »A«.

Ich werde mich vor Glück bepinkeln, wenn gefräßige Köter meine abgeschnittenen, blutverschmierten Stummel davonschleppen. Im Geiste werde ich mich zusammen mit ihnen daran überfressen. Oder wie Julian Apostata mit den Händen das Blut aus der Wunde schöpfen und, während ich es zur Sonne hochwerfe, laut und deutlich sagen: »Iß dich satt.«

Linie »A«.

Ich speie einen Schrei aus: »An den Pranger! An den Pranger!« Ich stehe auf der Stelle. Die Arme hängen. Die Lippen schlagen bebend aufeinander: »Ach, meine Lieben, ja, schlecht geht's mir ohne Livanuška.« Ich weine. Tränen, so groß wie ein Pincenez. Aber die Gläser passen nicht: Menschen, Kutscher, Laternen – Musselin, trübes Glas, Dampf, Wahnsinn. Ich schluchze. Salz und Wasser machen mich blind.

Drittes Kapitel

1

Ich bin zum erstenmal bei Spreegart zu Hause. Er hat eine silberne Zange in der Hand, die Löwentatzen nachgebildet ist.

»Erlauben Sie, daß ich Sie bediene: Ich spiele bei uns die Hausfrau.«

Er legte Zucker in mein Glas.

»Ich bitte Sie! Ich bitte Sie!«

»Das ist zur Strafe, damit Sie nicht so förmlich sind. Jetzt rühre ich auch noch mit dem Löffel um.«

»Nein wirklich, Sie …«

»Sie sind selber schuld. Wenn Sie …«

Er schien über das Wort zu stolpern, das ihm auf der Zunge lag:

»Ich meine, Sie sind selber …«

Er rümpfte die Nase.

»Pfui, wie widerwärtig dieses ›Sie‹ klingt!«

Er kniff die Augen zusammen.

»Zu Hause heiße ich Leo.«

Noch bevor er zu Ende gesprochen hatte, begann er den Zucker in meinem Glas umzurühren. Das Löffelchen klingelte:

»Rindvieh, da siehst du, wie lieb und nett ich bin.«

Mir blieb nichts anderes übrig, als meine vor Vergnügen rot gewordenen Ohrläppchen mit den Händen zu bedecken.

Währenddessen sann Spreegart über den passenden Ausdruck für sein Gesicht nach. Seine Auswahl war äußerst begrenzt. Später erriet ich fast immer, wofür er sich in diesem oder jenem Fall entscheiden würde. Manchmal gab ich ihm im Scherz den Rat:

»Leo, verzieh sarkastisch die Lippen: Sag eine Gemeinheit.«

»Leo, du bist im Zweifel: Zieh mephistophelisch die Braue hoch.«

»Leo, du verachtest: Kneif die Augen zusammen.«

»Leo, du bist bezwingend: Lächle wie eine Ballerina.«

»Leo, du bist ein prima Kerl: Grübchen auf die Wangen.«

»Leo, du träumst: Betrachte deine Fingernägel.«

2

Er hat Glück, daß er »Leo« heißt. Aber wie zieht man sich aus der Affäre, wenn man »Miška« heißt? Mit »Michail« herausplatzen? Doch ich dachte, »Michail« statt »Miška« zu sagen wäre eine Lüge. Unter anderen Umständen hätte ich es leichten Herzens getan; ich bin ein Mensch ohne Prinzipien. Ganz anders als Saša Fraber. Im Nest einer hauptstädtischen Anhängerin der »Narodnaja Volja« und eines Popen aus Nerčinsk geschlüpft, tat er alles in Einklang mit den Heiligengeschichten der Proudhon-Jünger:

»Ich glaube prinzipiell nicht.«

»Ich verleihe prinzipiell nichts.«

»Ich rauche prinzipiell nicht.«

»Ich bringe prinzipiell das Frühstück von zu Hause mit.«

»Ich gehe prinzipiell dienstags ins Dampfbad.«

Natürlich hätte es mich nichts gekostet, zu sagen: »Ich heiße Michail.« Leo hätte es in der ersten Zeit sehr wahrscheinlich für bare Münze genommen und im Umgang verwendet: »Mögen Sie die ›Schneemaske‹ von Aleksandr Blok, Michail? Mögen Sie etwa keine Konfitüre aus Melonenschalen, Michail?«

Womöglich hätte ich mich eine Zeitlang festlich und außergewöhnlich gefühlt, wie mit dem gestärkten Kragen unter der grauen Gymnasiastenbluse auf dem Ball des Ersten Mädchengymnasiums, zu dem ich eine Einladung von meiner buckligen, grünäugigen Cousine bekommen hatte.

Eine halbe Stunde nach dem ersten Walzer, den ich hinter einer Säule beobachtete, schnitten mir die gestärkten Kragenenden ins Kinn, und der Hemdknopf bohrte sich mir in die Kehle. Ich wurde der unglücklichste Mensch auf Erden, denn ich mußte den Hals mit arroganter Langsamkeit drehen, durch die Nase sprechen, hochmütig blicken, ohne dafür irgendwelche Gründe zu haben – das heißt weder die entsprechend gelackten Schuhe noch den entsprechend gezogenen Scheitel.

Heute würde Leo wie auf der Geige säuseln: »Mögen Sie etwa keine Konfitüre aus Melonenschalen, Michail?« Und morgen, wenn er das Gymnasium betritt, hört er: »Miška, Hurensohn, gratuliere zu dem neuen Pickel auf der Nase. Leute, Miška, der Hornochse, braucht dringend ein Mädchen. Ich schlage vor, wir legen zusammen und bringen Miška zu Madame Tuzik.«

Schließlich erinnere ich mich an jene weit zurückliegenden Zeiten, als ich noch versuchte, auf allen vieren unsere Zavalskaja-Straße zu überqueren, die mir in meinen Knirpsaugen breiter erschien als heute das ganze Leben. Schon damals hat meine Mutter, weit aus dem Fenster gelehnt, gerufen: »Miška, du ersäufst in der Wagenspur! Krabbel schnell zurück, hörst du?«

Im Grunde hat mein Gedächtnis nur das erste Wort gespeichert. Doch ich bin sicher, daß auch die übrigen der Wahrheit entsprechen, denn mit frappierender

Ausdauer pflegte meine Mutter uns allen auf die gleiche Weise zu drohen, allen meinen vier Schwestern und sieben Brüdern, die Schlag auf Schlag, ohne die geringste Streuung und in absolut gleichen Abständen auf die Welt kamen.

Die Geburt eines *Menschen* war in unserer Familie ein keineswegs wichtiges Ereignis. Mein Vater verkündete es gewöhnlich mit folgenden Worten: »Meine Alte hat heute morgen wieder einen Knaben ausgespuckt.«

Vor einigen Wochen bin ich vierunddreißig Jahre alt geworden. Auf die alten Zeiten übertragen, wäre ich Wirklicher Staatsrat. Parteimitglieder nennen mich: »Genosse Titičkin.« Die einflußreichsten Spezialisten: »Michail Stepanovič.« Aber es braucht sich nur jemand einzubilden, die Wände meines Arbeitszimmers wären undurchlässig, und schon dringt an mein Ohr:

»Sie nehmen unserem Miška das Automobil weg.«

»Ach, der arme Miška, das wird er nicht überleben.«

»Der Schwachkopf!«

»Das Automobil, Kuzma Ivanovič, ist für Miška ein Symbol.«

»Der Idiot!«

3

Da ich keinen auch nur annähernd glücklichen Ausweg aus der Lage fand, in die mich Spreegart, ohne es zu wissen, gebracht hatte, zog ich es vor, mich mit quälendem Schweigen aus der Affäre zu ziehen.

Ich blickte auf den goldenen Kreis des Glases, in dem der von septemberfarbenen Ahornblättern umrahmte Lampenschirm schwamm. In ihm versuchte ich die weichen Linien der Hände, das krause Muster des Gangs und die Tiefe der Augen von Leos verblühender Tante zu erkennen. Ich war überzeugt, daß sie – Tante Elja oder Tante Alice, bei dem Namen mochte ich mich nicht aufhalten – diesen Lampenschirm zum Namenstag des alten Spreegart genäht hatte.

Anfangs war das Bild der verblühenden Frau verschwommen, wie ein Abziehbildchen, das man gerade aus dem Spielzeuggeschäft mitgebracht hat. Doch als ich auf dem Lampenschirm die kleinen blutroten Früchte des Vogelbeerbaums und die wunderlich verschlungenen Silberfäden eines herbstlichen Spinnennetzes entdeckte, wurde das Abziehbildchen ungewöhnlich leuchtend in den Farben und genau in den Linien, als hätte man es auf das glänzende Papier eines Kunstbandes übertragen.

Ich sah die Butterteighände einer vierzigjährigen Dame, Lippen, leicht rissig vom späten Gefühl, glatte, heiße Schultern, die nichts mehr zu fürchten schienen als ein hochgeschlossenes Kleid.

Nach der Tante bekam ich Lust, seine Großmutter, seine verstorbene Mutter, den Vater, die Cousine zu sehen.

Ich begann, sie im Zimmer zu suchen.

Die Großmutter präsentierte sich mir im Büffet, das eine ganze Wand sowie den größten Teil der Luft und des Lichts okkupierte. Gerade, grobe Scharniere. Ergrautes Mahagoni. Schwarze Medaillons, die den finsteren Charakter des Imperators Paul bezeugen. Tatzen, die sich in den Boden bohren. Mir bot sich das Bild einer störrischen, mit Wappen und Stammbäumen behängten Alten.

Der runde, drehbare Tisch auf einem Fuß, mit Schleifen aus karelischer Birke, versicherte mir, daß seine verstorbene Mutter eine freundliche, leichtfertige Frau gewesen war.

Um den Vater kennenzulernen, hätte ich ins Arbeitszimmer hinübergehen müssen. Die Augen des Vaters hätte ich in den Tintenfässern gesucht. Seine Hände – im Briefbeschwerer. Seine Nase – im Aschenbecher. Seinen Charakter – in der Anordnung, in der diese Gegenstände auf dem Tisch verteilt waren.

Zu guter Letzt flüsterte mir das breitbrüstige, mit orangefarbenem Samt bezogene Sofa Zweideutiges über seine Cousine zu, die natürlich ein lachlustiges Pummelchen mit goldenem Kraushaar war.

»Leo, haben Sie eine Cousine?«

»Eine Cousine? Wie soll ich sagen? Wenn man das magere Pferd Augusta Cousine nennen will, dann habe ich eine.«

Mir kam der kränkende Gedanke, daß ich mich auch in allem anderen hoffnungslos verrannt hatte. Daß seine Großmutter so wenig dem Büffet, die verstorbene Mutter dem Eßtisch und die Tante dem Lampenschirm entsprachen, wie – davon bin ich felsenfest überzeugt – mein Äußeres, meine Herkunft (Sohn eines Schaffners) und mein ungeschicktes Benehmen meiner feinen inneren Konstitution entsprechen.

Wenn man eine Wahl »unter den Menschenkindern« treffen will, ist es hilfreich, sich an Skovorodas Gleichnis vom Töpfer und dem Weib zu erinnern, dem »die Amouren der Jugendjahre immer noch aufstießen«.

Mit dem Finger auf einen gebrannten Topf zeigend, fragte das Weib:

»Und was kostet dieser Hübsche?«

»Für den mußt du mindestens drei Poluški geben.«

»Und für den garstigen da – natürlich eine Poluška?«

»Für den nehm' ich nicht weniger als zwei Kopeken.«

»Wie kommt denn das?«

»Bei uns, Weib«, sagte der Meister, »wählt man nicht mit den Augen, wir prüfen, ob ein Topf einen reinen Klang hat.«

Seltsam nur, daß in vierunddreißig Jahren niemand meinen »Klang« bemerkt hat. Ich schreibe das im übrigen ganz und gar der Dickfelligkeit meiner Freunde, Kollegen, meines Vaters, meiner Mutter und meiner Frau zu.

Viertes Kapitel

1

Meine Frau!

Ich wende den Kopf ab, um sie nicht sehen zu müssen. Ich fürchte, die Decke gleitet ihr von der Schulter oder ihr nackter Fuß rutscht heraus. Sie hat immer heiße Füße. Meine sind immer kalt. Nachts, im Schlaf, bekämpfen und hassen wir einander genauso wie am Tage. Ich mache aus der Steppdecke einen warmen Schlafsack, sie trennt ihn wieder auf. Sie ist wie eine geöffnete Schere.

Sie hat gelbes Haar, einen Bauch, zart wie eine Wange mit Grübchen, Augen, schlampiger als ein aufgeknöpfter Hosenschlitz, und glänzende Lippen. Als hätte sie an einer Goldmünze gelutscht. Und doch kann man sich unmöglich vorstellen, daß diese glänzenden Stückchen Fleisch Gedichte sprechen, ein Kind küssen oder fremdem Glück zulächeln.

Dafür bemerkt selbst ein von der Phantasie schändlich übergangener Mensch auf den ersten Blick alle Abscheulichkeiten, zu denen sie fähig sind. Als hätten Speichel, Worte, Romanzen und Küsse eine scharf umrissene, feste Form.

Ihre Lippen haben verräterische Konturen angenommen, wie ein Hut, ein Jackett, eine Weste, eine Hose oder Schuhe die Form des Schädels, der Schultern, des

Brustkastens, des Beckens oder der Füße annehmen. Einmal angenommen, bewahren sie ihre Form, selbst wenn sie unter dem Bett herumliegen (Schuhe), über die Stuhllehne geworfen (Hose), auf den Kleiderbügel (Jackett) oder an den Nagel (Hut) gehängt wurden.

2

Ein Julimorgen. Wie rohes Eiweiß ist Nebel auf die Stadt geflossen. Leo und ich fahren im »Mitchell« den Passionsboulevard entlang. Verzweifelt schreiende Linden halten kleine, staubige, wohlriechende Blüten in ihren bebenden Händen.

Leo sitzt breit und majestätisch im Wagen. Ich mache mich klein. Natürlich hält man mich für seinen Schreiber. Am Abend, wenn ich vom Dienst zurückkomme, werde auch ich die Beine übereinanderschlagen, die Augen zusammenkneifen und lässig mit den Fingern auf die violette Karosserie trommeln.

Ich werde den Schriftführer Moskin zu mir ins Automobil setzen. Dafür ist er gut geeignet – er fällt nicht weiter auf, qualmt keine Papirossa, fuchtelt nicht mit den Armen herum. Wenn Moskin im Wagen sitzt, befällt mich nicht diese glitschige Unruhe, und ich rutsche nicht auf den gelben Lederpolstern hin und her vor Angst, man könnte mich für einen Schnürsenkel seiner Halbstiefel oder ein angenagtes Stück seines Schicksals halten.

»Miška, halt bei dem Haus dort an.«

Vor dem lächelnden Fenster im ersten Stock hängt eine bläuliche Gardine. Die Gardine ist mit Spitzen besetzt, wie eine Unterhose.

»Warte einen Augenblick.«

»Ich habe keine Zeit.«

»Schon gut, ich mache schnell.«

Er springt aus dem Wagen.

Ich zünde mir eine Zigarette an.

»Natürlich ist er in dem Zimmer mit dem lächelnden Fenster.«

Ich kaue den Rauch wie ein zähes Stück Suppenfleisch. Der Chauffeur müht sich unter dem Wagen ab.

Ein Kopf mit gelben, zerdrückten, unfrisierten Haaren schiebt sich durch die Gardine. Um den Hals der Frau sind Arme gewickelt, wie ein Schal. Ich erkenne die Rillen auf dem Baumwollrips.

Die Frau mustert das Automobil, mich. Durch den fliederfarbenen Schimmer erkenne ich einen Körper, leicht wie die feine Rauchsäule, die ein Raucher durch die Nase ausstößt.

Der gelbe Kopf verschwindet. Die Rauchsäule löst sich auf. Doch in meiner Phantasie schmilzt sie erst dahin, nachdem sie in silberne Ringe zerfallen ist.

Leo kommt herausgelaufen. Er wischt sich den Mund mit dem Taschentuch: Abscheu, Ekel, zerplatzte Bläschen fremden Speichels, Lippenstiftkrümel.

Er fragt: »Schnell genug?«

Wieder taucht der gelbe Kopf im Fenster auf. Ich präge mir leere Augen ein, die das Gesicht mit Tröpfchen bläulichen Lacks versiegelt haben.

Wie zufällig wird die Gardine aufgerissen. Die feine silberne Rauchsäule brennt mir in den Augen.

Vom Ärmel meines Freundes steigt ein Eiderdaunenfederchen auf meine Uniformbluse um. Ich bin glücklich. Unmerklich rücke ich ein Stück ab, damit es nicht hartherzig wieder hinüberfliegt. Womöglich hätte ich mich sogar entschlossen, dieses Federchen zu stehlen.

»Natürlich, dazu wärst du niederträchtig genug.« Ich sehe meinem Freund nicht in die Augen.

3

Liebe.

Ich erinnere mich an den Philosophen, der auf Menschenherzen mit nicht geringerer Anmut spielte als auf der Geige, der Querflöte, der Bandura und den Gusli. Mir selbst gebe ich den Rat, den er adligen Jünglingen aus Charkov in bezug auf die göttliche Weisheit gab:

»Bitte versuchen Sie nicht zu verstehen, wie diese göttliche Weisheit geboren wurde von einem Vater ohne Mutter und von einer Jungfrau ohne Vater, wie sie auferstanden und wieder zu ihrem Vater emporgestiegen ist und so weiter. Halten Sie es vielmehr wie in der Oper: Geben Sie sich mit dem zufrieden, was sich Ihren Augen bietet, und blicken Sie nicht hinter die Kulissen und die Geheimnisse des Theaters.«

Liebe!

Ähnliches widerfährt uns, wenn wir plötzlich mit unerklärlichem Eifer im Laden eines Trödlers den ganzen Inhalt unseres mageren Portemonnaies für eine Vase ausgeben, die niemand braucht – nur weil sie im Vestibül irgendeiner hochwohlgeborenen Idiotin aus den Zeiten Elisabeths gestanden hat. Oder wir uns aus freien Stücken eine nach Art einer deutschen Krawatte gemusterte Dogge zulegen, die unser Despot wird. Hatten wir uns vor der glücklichen Anschaffung einmal in der Woche ohne besondere tragische Folgen erlaubt, eine Flasche Wein zu trinken oder ein sibirisches Haselhuhn zu verspeisen, so wird das zu einem unerreichbaren Wunschtraum. Dafür frißt das reizende »Hündchen« alles, was ihm beliebt. Nachts bei klirrendem Frost, wenn ihm plötzlich in den Sinn kommt spazierenzugehen, legen wir an der interessantesten Stelle das Buch beiseite oder entlassen ein bemerkenswertes, nie mehr wiederkehrendes Traumgesicht, um aus dem warmen Bett zu steigen und, vor Kälte zitternd, unseren vierbeinigen Freund von Prellstein zu Prellstein zu begleiten. Überhaupt bin ich längst der Überzeugung, daß wir unendlich viel Energie, List, Erfindungsreichtum und Scharfsinn aufwenden, um unsere eigene Existenz so unerträglich wie möglich zu machen.

4

»Wie hat sich der Untergrund verändert, nicht wahr, Semjon Abramovič?«

Leo goß zerlassene Butter über den im vornehmen Grün antiker Bronze schattierten Spargelkopf.

»Früher wurden im Untergrund Proklamationen gedruckt oder Bomben mit Pulver und Haß gefüllt, und heute ...«

Blutrünstig spießte er mit der Gabel das Gewächs auf, das an einen Frauenfinger erinnerte, der im Schaufenster eines Friseurladens unter dem Täfelchen mit der Aufschrift »Nagelpflege« ausgestellt ist.

»... heute muß man in den Untergrund gehen, um ein Schweinekotelett zu essen. Im Grunde haben die schwarzgelockten Sozialdemokraten und die pathetischen Sozialrevolutionäre damals bedeutend weniger riskiert als Sie, Semjon Abramovič, heute. Für eine illegale Novelle im Geiste Friedrich Engels' ging ein hitziger, aber stellungsloser Journalist schlimmstenfalls für ein, zwei Jährchen ins bezaubernde Nördliche Asien.«

Leo füllte sein Glas mit dem lauwarmen Blut der Weintraube.

»Ich bin von Ihrem Mut absolut entzückt, Semjon Abramovič. Sie essen mit Appetit ein Schweinekotelett, wohl wissend, daß es Ihnen in den Zeiten des Kriegskommunismus zur direkten Fahrt ins Jenseits gereichen kann.«

Der ehemalige Fabrikant machte eine Bewegung mit dem Kopf, wie um sich davon zu überzeugen, daß er noch nicht auf dem Richtblock lag.

»Mein teurer Bourgeois, wenn wegen eines Schweinekoteletts so viele Menschen, so viele Feinde unserer proletarischen Revolution ...«

Ohne zu Ende zu sprechen, ließ Leo seinen Blick über den »Untergrund« schweifen. Das große Zimmer zog die erregende Blässe von gestoßenem Reis der eigenen Blässe vor, den matten Nebel des elektrischen Lichts der Milchigkeit des herbstlichen Tages. Der Tag brach sich an den quadratischen, mit Portieren in der Farbe zerdrückter später Vogelbeeren verhängten Fensterscheiben und flutete zurück in die Straßen, auf ausgeblichene Hüte, wollene Tücher, verschossene Schirmmützen, auf die ausgemergelten Rücken der Kutschermähren, die Kuppel des Glockenturms, die aussah wie ein Klistier, auf die Krähen, die sich an Aas überfressen hatten und schick und glänzend waren wie Zylinder.

Es befanden sich vielleicht zehn Leute im Zimmer: Der zottige, knopfnasige Sammler erotischer Werke beklagte mit der piepsigen Stimme einer Dreijährigen das balzacsche Alter der mit Äpfeln gefüllten Ente; der Verleger dekadenter Dichter, ein etwas gebückter, ironischer Mensch mit einem von Mitessern wie mit schwarzem Salz bestreuten Gesicht, zersägte das Beefsteak mit löchrigem Zahnfleisch. Das Söhnchen eines berühmten Zuckerwarenfabrikanten, ein schmalhüftiger Rittmeister, der 1915 an der galizischen Front für eine Attacke zu Pferde das Weiße Georgskreuz erhalten hatte und jetzt auf der Sucharevka mit Chalwa aus Odessa handelte, schälte mit dem polierten Nagel des rechten kleinen Fingers eine Apfelsine für eine mehr oder minder berühmte Ballerina. Der lettische Diplomat hing aus dem Sessel wie eine Ochsensehne.

»Üble Scherze, Leonid Eduardovič. Bei denen muß man mit allem rechnen. Die bringen es fertig, einen wegen eines Koteletts an die Wand zu stellen.«

»Aus Liebe zur Menschheit, Semjon Abramovič, erschießen wir jemanden notfalls auch wegen einer Nudel zum Kotelett.«

Um die Tische segelte Ija Petrovna. Von Entrecotes, Poularden, Fleischsuppen mit sauren Gurken, Pastetchen, Kalbslebern und Hühnerbürzeln gurrte sie zärtlich mit Hals, Hintern und Schenkeln.

5

»Ach, Nina Ivanovna, meine Liebe, wohin waren Sie verschwunden? Mein Herz fühlt es – Sie waren mir untreu, Sie Räuberin. Herzlos sind Sie meinem Wiener Schnitzel untreu geworden. Bei Agrippina Vasiljevna schmeckt es doch nicht etwa besser, meine Liebe?«

»Ach, Ija Petrovna, was für schreckliche Dinge Sie sagen! Ich habe es doch vor der Ikone geschworen, daß ich Ihnen nie im Leben untreu werde. Obwohl ich Ihnen gestehen muß, daß die Schnitzel bei Agrippina Vasiljevna inzwischen ein Traum sind. Sie zergehen auf der Zunge.«

SIE ist es!

Leo ruft: »Ninočka, Nina Ivanovna.«

Aber sie hört nicht. Sie steht vor der Vitrine. Statt sächsischen Porzellans stehen Törtchen hinter der Scheibe: vor Hochmut platzende Eclairs, in Sittenlosigkeit zerfließende Schillerlocken, mit kleinen Bäuchen beschwerte Napoleons, Baisers, deren Schneegipfel nicht schmelzen, Mokkaschnitten, mürbe wie die Moral.

»Nina Ivanovna.«

Sie hört nicht. Sie schwebt. Ein Habicht. Ihre Augen füllen sich mit Blut. Die Finger krümmen sich. Schon haben sie sich in Krallen verwandelt. Die Nasenflügel beben und werden rosenrot. Der Unterkiefer fällt herunter. Speichel fließt über die Lippen, wie bei einer schlafenden Alten. Sie schnauft, atmet schwer, zittert am ganzen Körper. Ihre Beine klappen auseinander wie eine Schere.

»Nina Ivanovna.«

Plötzlich wirft sich Leo gegen die Lehne des Stuhls, streckt sich und schlägt die Knie gegeneinander:

»Miststück!«

Mit stumpfen Augen sieht er zu, wie ihr Körper Törtchen verschlingt. Sollte sie im übrigen auch eine Seele besitzen – der gesunde Menschenverstand spricht zwar dagegen –, so verschlingt auch sie ein Eclair, ein Baiser, eine Schillerlocke, ein Körbchen mit kandierten Beeren. Auch ihre Seele hat Zähne, einen Bauch, einen Dickdarm und Beine, die wie eine Schere auseinanderklappen.

»Essen Sie, Nina Ivanovna, wohl bekomm's.«

»Ich esse, Ija Petrovna, ich esse. Seien Sie unbesorgt, ich lecke mir die Finger nach Ihren Törtchen.«

Der Verleger dekadenter Dichter zersägt sie mit seinem löchrigen Zahnfleisch; der zottige Sammler betrachtet sie wie ein obszönes Bild; der Ritter des Georgskreuzes schält sie aus ihrem seidenen Fellchen wie eine Apfelsine; Semjon Abramovič nagt sie ab wie den Knochen eines Schweinekoteletts. Nur der lettische Diplomat hängt weiterhin aus dem Sessel wie eine Ochsensehne – er ist neunundsechzig Jahre alt.

6

Mit dieser Frau hat Leo mich verheiratet. Er unternahm beträchtliche Anstrengungen und bewies eine Engelsgeduld, um mein Glück zu arrangieren, dem ich mich, nach der Begegnung bei Ija Petrovna, hartnäckig zu entwinden suchte.

Höchstwahrscheinlich hätte mein Mut ausgereicht, mich meiner Auserkorenen endgültig zu entziehen, hätte ich nicht plötzlich den Wunsch verspürt, Leo diesen kleinen Freundschaftsdienst zu erweisen.

»Mut« ist ein Wort, das weder zu mir noch zu Leo, dafür aber zu Saša Fraber paßt. Der Kauz war der Meinung, man müsse sein Schicksal entschlossen und gewissenhaft lenken, wie eine sowjetische Behörde.

Kurz, an einem wunderbaren Dezembertag transportierte Nina Petrovna über einladend knirschenden

Schnee zusammen mit ihrem »Mobilar« auch sich selbst in mein Zimmer an den Patriarchenteichen.

Mein bescheidenes, ich würde sagen, jungfräulich weißes Fenster wurde mit Spitzenunterhosen bekleidet. Meine glatten, von keiner Behaglichkeit befleckten Wände wurden mit Kupferstichlein, Postkarten, Aquarellchen und einem Seidenteppich geschmückt, auf dem mit farbigen Fäden und Glasperlen eine halb entblößte Römerin dargestellt war, die auf einem blutrünstigen, wie eine Hose gestreiften Zebra ruhte. Meine kleine elektrische Lampe wechselte ihre von Fliegen beschmutzte Mütze aus Zeitungspapier gegen einen neckischen Hut mit Samt- und Seidenbändern, Fransen und Blumen. Schließlich machte mein Kartentisch einer Frisierkommode Platz, die beinahe aus Mahagoni war, und das Gläschen mit der ausgetrockneten Tinte wich kleinen Flakons, Väschen, Puderdosen, Tellerchen, Gläschen und zahlreichen Fotografien meiner Frau. Wobei zu jeder Pose, zu jedem Gesichtsausdruck oder Kleid sehr sinnreich und geschickt der passende Rahmen gewählt war. Es gab Rahmen aus Samt, aus Bronze, aus Pappe, ausgesägte, ausgebrannte Rahmen, Rahmen, die aus Haaren, aus Federn, aus Steinchen vom Ural, aus Muscheln von der Krim und weiß der Himmel woraus noch gemacht waren.

Doch am meisten verwirrte mich das Bett. Es war viel zu groß für uns beide. Ich erfuhr, was ein Mensch aus der Steppe empfindet, den es zum ersten Mal ans Meer verschlagen hat. Ach, wie sehnte sich meine Seele nach meinem engen Klappbett aus Segeltuch und, allegorisch gesprochen, nach meiner heimatlichen Sura, die drei Verst von Pensa entfernt silbern wie ein Fünfzigkopekenstück dahinfließt. Liebe Sura, immer sehe ich dein gegenüberliegendes Ufer – bald grün, bald lehmig, bald staubig, bald bewaldet, bald kümmerlich, bald üppig und verschnörkelt wie das Rokoko. Wie ich es liebe, dieses gegenüberliegende Ufer! Ich brauche das Gefühl, wenn angesichts der Weite mein Herz in der Brust zu hüpfen beginnt wie ein Floh, das dünne Blut in den Adern gefriert und die Waden leise zittern.

Ich blickte auf die unermeßlich große Sprungfedermatratze mit der Roßhaarauflage und den Rauten, auf das Eiderdaunenplumeau (hier dachte ich betrübt an das Federchen, das von Leos Ärmel auf meine Uniformbluse herübergeflogen war), auf die schwangeren Kopfkissen, die niedlichen Zierkissen, die Leinenlaken, die klösterliche Steppdecke – und verglich mich mit einem Schiffsreisenden, der bereits im Hotel der Hafenstadt, Stunden vor der unumgänglichen Abreise, seekrank wird.

Sie umschlang meinen Hals.

»Schätzchen, trag mich auf Händen ins Bett. Dafür, daß ich dir so ein wunderbares Nestchen gebaut habe.«

Fünftes Kapitel

G

I

Gymnasiastenruhm wurde auf dem Abort errungen.

Vom Abort des Adelsinstituts in Nižnij Novgorod erzählte Leo nach dem ersten Besuch auf dem unseres Pustarjov-Gymnasiums mit Tränen in den Augen.

Ich habe ihn nie beseelter, nie bewegter, nie erregter gesehen als in diesen Minuten süßester Erinnerungen.

»Versteh doch, Miška, das war kein *water closet*, sondern ein lyrisches Gedicht.«

Mit aufglimmenden, wie vom Wind angefachten Pupillen erzählte er von Porzellanpissoirs, die an weißköpfige Drachen mit aufgesperrten glänzenden Rachen erinnerten; von majestätischen Klosettbecken, die altertümlichen Bowlegefäßen ähnelten; vom blitzenden Waschbecken mit zwölf Wasserhähnen; vom Frottierhandtuch auf der Rolle; von Spiegeln, die von polierten Trauben umrahmt waren; von dem monumentalen *Wärter* in der zweireihigen Uniform mit rotem Kragen und Hosen mit goldenen Lampassen, der die Bowlegefäße mit einer Sorgfalt bewachte, die der Schildwache des Pulverkellers einer belagerten Festung Ehre gemacht hätte.

Mir leuchtet ein, daß jedes Lebewesen, jedes Gefühl, jedes Ding der Poetisierung würdig ist. Ein Abort erst recht. Aber dennoch kommt es mir vor, als wäre er in seinem Eifer ein wenig zu weit gegangen. Leichte Aufschneiderei lag überhaupt in seinem Charakter. Vor allem sich selbst machte er größer, als er war.

Doch wie weit von Spreegarts Phantasterei entfernt war unser pastorjorscher Abort oder das *Galion*, wie ihn ein für allemal Michel Nuks getauft hatte, unser Klassenaufseher mit den rötlichen Zähnen – vor nicht allzu langer Zeit noch kühner Seefahrer und Steuermann auf großer Fahrt.

Zum Glück kann ich mir die Beschreibung unseres Gymnasiastenforums ersparen. Schließlich ist jedem bekannt, was das »00« in einem Durchgangshof der bellenden Truba bedeutet, »Pour les messieurs« in der schwindelerregenden Bierkneipe »Stenka Razin« auf der Ligovka oder »Für Männer« auf dem Bahnsteig einer verschrammten Station der südrussischen Eisenbahnen.

Ungeachtet des düsteren Kolorits unseres Galions, vielleicht auch gerade deswegen, war es den Sternen des Gymnasiums hier bestimmt, aufzuflammen, vor Herrlichkeit anzuschwellen oder aber sich in klägliche Kohlestäubchen zu verwandeln.

2

Vanečka Plešivkin, Jacques Voblyjedov, Vasilij Vasiljevič Svintuchov, »Keule« genannt – das ist das wahrlich hell strahlende Dreigestirn des Galions.

Vanečka Plešivkin, welch unermeßlichen Umfang hatte deine Sammlung jener berühmten venerischen Krankheit angenommen, die junge Tollköpfe mit unverdienter Geringschätzung »Schnupfen« nannten! Als wäre es heute gewesen, sehe ich den vielleicht unvergeßlichsten Augenblick deines Lebens vor mir, als du mit vor maßlosem Stolz bebender Stimme verkündetest:

»Der siebte.«

Und wie zur Antwort begeistertes Gebrüll die finsteren, von Strömen stinkenden Schweißes zerfressenen Gewölbe erschütterte.

Michel Nuks, der in seinem Leben einiges gesehen und sich bei Stürmen in den Bart geschmunzelt hatte, bei denen echte Matrosen saubere Wäsche anzogen, »damit die fröhliche Maria Magdalena sie im Jenseits nicht verschmähen würde«, kam blaß und verstört ins Galion gelaufen. Seine ausgeblichenen Augen rollend, stieß er hervor:

»Teufel, was ist passiert?«

»Keule« warf sich dem einstigen Seewolf vor Begeisterung an die mächtige Brust:

»Vanečka Plešivkin hat den *siebten.*«

Der Klassenaufseher brummte im Baß:

»Vanečka, Hundesohn, gratuliere. Wir sind auf demselben Stand.«

Ich weiß noch, Fortuna lächelte mir zu, und ich verfiel als einer der ersten darauf, Vanečka Plešivkin auf die Nase zu küssen, die nicht weniger ausdrucksvoll und anmaßend war als die Feige, die dem russischen Menschen so glücklich die Gabe des Scharfsinns und der Geistesgegenwart ersetzt.

Jacques Voblyjedov, der Busenfreund Vanečka Plešivkins, zeichnete sich durch eine matte Blässe der Stirn, ein Vogelnäschen und blauschwarz schillerndes Haar aus.

Er brachte eine Brennschere ins Gymnasium mit, und in der großen Pause verwandelte er auf dem Abort seinen Kopf in eine Lammfellperücke.

Agafja Tichonovna Polotjortova vergötterte Jacques' schwarze Locken und seine matte Blässe. Die fünfundvierzigjährige Kaufmannswitwe war in jeder Beziehung eine reiche Frau. Schwer zu sagen, wo sie mehr Hab und Gut angehäuft hatte – in den kupferbeschlagenen Truhen, in der schimmeligen Kühle der Weinkeller (am

Heuplatz, an der Moskauer Straße und am Popenberg) oder in ihren unverkäuflichen Schultern, der Brust, den Hüften, die wie eine rosige Woge auch die breitesten Sessel überfluteten.

Nachdem sie den unwiderstehlichen Jacques aus Weichherzigkeit und Mangel an Erfahrung an ihre leiblichen Vorräte herangelassen hatte, war Agafja Tichonovna zu ihrer eigenen Verwunderung nicht in der Lage gewesen, wenigstens die übrigen Besitztümer vor dem findigen Geliebten zu bewahren.

Jacques bewirtete uns nicht nur mit Madeira aus dem vorigen Jahrhundert, verblüffte uns mit dem lebhaft grünen Funkenspiel eines Fingerrings und bot uns Orientzigaretten an, er führte uns an Samstagen auch zu Madame Tuzik, wo er großzügig mit goldenen Fünf- und Zehnrubelstücken bezahlte, die mühsam der Registrierkasse des Weinkellers »Witwe Polotjortova und Söhne« entlockt worden waren.

Vasilij Vasiljevič Svintuchov, mit dem Spitznamen »Keule«, zeichnete sich nicht durch Originalität und, wie Jacques von sich behauptete, übernatürliche äußere Qualitäten aus; seine »Sammlung« konnte sich mit der Vanečkas nicht messen.

Dennoch gehörte er zum Dreigestirn. Und nicht ohne Berechtigung: Vasilij Vasiljevič gab Jaška, dem Marqueur vom Grandhotel, fünf Punkte Vorsprung. Gab es irgend jemanden in Pensa, im Gouvernement und womöglich auf der ganzen Welt, der Jaška Vorsprung gegeben und dennoch gewonnen hätte?

Weil er die große Pause im Billardzimmer des Grandhotels verbrachte, kam Vasilij Vasiljevič des öfteren zu spät zur vierten Stunde.

Selbst der strenge Religionslehrer, der zuerst mit gespielter Geschäftigkeit die Brauen in die Höhe zog, empfing ihn nicht mit einem Verweis, sondern mit einer Frage:

»Etwa gewonnen?«

Vasilij Vasiljevič antwortete bescheiden:

»Mit großer Mühe, ehrwürdiger Vater.«

»Wieviel habt ihr in den Beutel gesteckt?«

»Einen Grünen.«

»Warum so wenig?«

»Jaška war knauserig.«

»Na, komm, komm mal her.«

Und mit dem Saum seines violetten Priestergewands wischte der Religionslehrer »Keule« fürsorglich die hartnäckige Billardkreide vom Ellbogen.

3

Als Leo Spreegart den Abort zum erstenmal betrat, hatte er ein Bändchen von Aleksandr Blok in der Hand. Wie ungeschickt!

Zum Glück hatte nur ich die »Schöne Dame« gesehen. Die Bekanntschaft mit der Blokschen Muse hätte man hier, ungeachtet des zweifelhaften Rufs dieser Person, nicht besonders schmeichelhaft ausgelegt. Als ihm sein Mißgriff aufging, versuchte mein Freund, das Buch in die Tasche zu stopfen. Man muß ihm Gerechtigkeit widerfahren lassen – er besaß ein sicheres Stilgefühl.

Mit Abscheu knickte und knautschte Leo das Bändchen von Blok.

So kneift ein wütender Ehemann unter dem Tisch seine getreue Gattin in den Schenkel, wenn sie, durch Zufall in die Gesellschaft von Beamtendamen geraten, vor Verwirrung zu erzählen beginnt, auf welche Weise sie ihrem Gebieter »die Fersen stopft«.

Heute denke ich manchmal, ein Mensch mit Herz hätte in Spreegarts Lage nicht um sich, sondern um die »Schöne Dame« gebangt.

So wie ein anderer Mann seiner im Gespräch entgleisten Freundin nicht den Schenkel blau und grün kneifen, sondern ihr unbemerkt ein Zeichen geben würde, indem er ihr übers Knie streicht oder leicht den Ellbogen drückt.

Leider werden wir uns über Gefühle erst klar, wenn sie nicht mehr oder nur bedingt existieren – wie zum Beispiel die Unsterblichkeit –, wenn es sie also nur noch in der Erinnerung gibt.

Wenn Metall erkaltet und die Farbe der Flamme verliert, läßt sich leicht Gold von Kupfer und Platin von Silber unterscheiden.

Leos Qual drang in mich ein wie ein einfaches Straßenlied, das sich uns einprägt, ohne daß wir es wollen: Ein letztes Mal betrachtet der Leierkastenmann die geizigen Fenster mit der Hoffnungslosigkeit eines Hundes, wirft sich den Riemen über die Schulter, schüttet die spärlichen Groschen aus dem Hut in die Tasche und verläßt den Hof, eine barfüßige Kinderschar wie einen in Splitter zerschlagenen Schatten hinter sich herziehend – aber das einfache Lied klingt immer noch in uns fort.

Was in seltenen Fällen Shakespeare, Tolstoj, Rembrandt oder Beethoven gelang – ihm ist es auf Anhieb gelungen: Wir sind gerührt, und wie!

4

Die Gewissenhaftigkeit des Buchbinders und dazu die Fruchtbarkeit der Blokschen Muse verfluchend, verfolgte ich mit angehaltenem Atem, wie die weißen Finger meines Freundes versuchten, das Buch in die Seitentasche zu stecken, wobei seine Verzweiflung den Mißerfolg nur steigerte.

»Jetzt bloß kein zufälliger Blick von Vanečka Plešivkin, jetzt bloß keine verhängnisvolle Kopfdrehung des schönen Jacques!«

Meine Augen begegneten Leos Augen. Konnte ich noch länger zögern?

Selbstverständlich wurde mir die »Schöne Dame« gnädig überlassen. Und natürlich wurde sie im nächsten Augenblick von Vanečka Plešivkin entdeckt.

Das Bändchen über den Köpfen schüttelnd, heulte er los:

»Leute, Miška, der Tölpel, liest Gedichte.«

Ungläubig sagte Jacques:

»Zeig her, Vanečka.«

»Gedichte, wahrhaftig, Gedichte. Der Esel!«

»Weißt du, Miška, ich denke schon lange, daß du Scheiße bist.«

Vasilij Vasiljevič stieß einen Seufzer aus.

»Der Idiot, deshalb galoppieren ihm die Pickel nur so über die Visage, weil er ständig Gedichte liest.«

Der Klassenaufseher funkelte mit seinen rötlichen Zähnen:

»Du solltest besser zu den Huren gehen, Blödian.«

»Ich schlage vor, Miškas ›Schöner Dame‹ das Abwischen zu gestatten.«

Der Abtritt brüllte los: »Gestattet!«

Mit eindringlicher Feierlichkeit machte sich Vanečka Plešivkin daran, die Besucher des Galions mit Blättern zu versehen, denen Unvergänglichkeit beschieden war.

»Erlauben Sie mir, auch Ihnen etwas anzubieten?« wandte er sich mit einer gewissen Blasiertheit an Spreegart.

»Ich danke.«

Nachdem mein Freund ein Blatt genommen hatte, zerknüllte er es, wie man gewöhnlich ein für den genannten Zweck bestimmtes Papier zerknüllt:

»Ich werde es auf jeden Fall benutzen.«

Spreegarts Satz machte Eindruck. Ich wiederholte, ohne den Mund zu bewegen:

»Danke, ich werde es auf jeden Fall benutzen.«

Ich bin eben ein Lump. Mein Körper wurde plötzlich ungewöhnlich schwer: Ich weiß nicht, ob es allen so geht, aber für mich besitzt jede Stimmung ihr spezifisches Gewicht, ihre Festigkeit und Temperatur.

Man kann mich mit kochendem Zinn oder mit Nägeln füllen, wie eine Eisbüchse mit Schnee stopfen, wie einen Sack mit Kartoffeln vollschütten oder mit Sauerstoff aufblasen wie ein Gummikissen für einen nach Luft schnappenden Herzkranken.

Doch da zog Jacques ein Zigarettenetui aus der Tasche und bot meinem Freund eine seiner berühmten Orientzigaretten an.

Leo deutete eine Verbeugung an:

»Ich rauche leider nicht.«

Der Abort erstarrte. Augenblicklich rieselten die Nägel aus mir heraus. Ich röchelte:

»Leo raucht keine Zigaretten. Er zieht Zigarren vor.«

»Ja, wissen Sie, ich ziehe Zigarren vor.«

Meine Gefälligkeit wurde mit einer so feinen, geistesabwesenden und glänzenden Intonation übertüncht, daß sich die Lüge, selbst in meinen Augen, in Wahrheit verwandelte.

Vanečka Plešivkins Feige lief vor Neid purpurrot an.

»Sagen Sie, Spreegart, haben Sie schon mal einen Tripper gehabt?«

»Nein, habe ich nicht, aber ...

... wissen Sie, ich befürchte sehr, daß mir ein Mädchen die Syphilis angehängt hat.«

Herablassend legte Leo seine Hand auf Vanečkas Schulter:

»Übrigens, Plešivkin, wissen Sie nicht zufällig ...«

Dieses »zufällig« machte Spreegart in meinen Augen groß.

»... welcher Venerologe bei Ihnen in der Stadt der beste ist?«

Vanečkas Feige wurde weiß.

Jacques hakte sich bei meinem Freund ein. Vasilij Vasiljevič nahm die andere Seite, der Klassenaufseher riß unterwürfig die Tür auf. Die den gleichen Leidenschaften frönenden Besucher des Schiffsabtritts gingen auseinander. Ich rief:

»Leo.«

Aber wahrscheinlich hörte er es nicht. Krachend schlug die Tür vor meiner Nase zu.

Sechstes Kapitel

I

An Abenden, an denen die Unendlichkeit den dunkelblauen Foulard des Himmels nicht mit verspritztem Eigelb besudelte, schlenderten wir durch die Straßen der ab und zu süß schnaufenden Stadt und schauten in fremde Fenster.

Der Baum, braun wie ein Pferd, hatte wahrscheinlich nichts dagegen. Auch der Hund mit dem traurigen Schwanz einer Weide am Wegesrand schimpfte nicht unflätig.

Leo rief freudig aus:

»Das ist das einzige kultivierte Vergnügen in Pensa.«

Und begann über unfreiwillige Schauspieler zu räsonieren, die ihre nicht gelernten Rollen ausgezeichnet spielten.

Er versicherte, daß wir im Künstlertheater jetzt bestimmt schon eingeschlafen oder, bestenfalls, schockiert von der Grobheit, nach dem ersten Akt zu unseren beleuchteten Fenstern geflohen wären. Seiner Meinung nach schadete Prüderie einem Künstler.

»Findest du nicht, es würde Stanislavskij gut bekommen, sein Auge ab und zu an ein Schlüsselloch zu legen? Sonst bildet sich der Alte noch ernsthaft ein, das Leben wäre naturalistisch. So ein Einfaltspinsel!«

Er schlug sich an die Stirn:

»Außerdem finde ich es genauso lehrreich, schön und im ästhetischen Sinne vornehm, an fremden Türen zu lauschen.«

»Das ist eine Idee.«

Doch nicht immer kehrten wir gut gelaunt nach Hause zurück. Wie einer schwatzhaften Bibliothekarin gelang es den beleuchteten Fenstern, später den schalldurchlässigen Türen oder Zwischenwänden, uns mitunter Unsinn und Nebensächlichkeiten aufzudrängen.

Man muß sagen, daß wir mit jedem Spaziergang mäkeliger wurden.

Wenn eine pummelige Gymnasiastin, die aus ihrem Uniformkleid kroch wie rosafarbene Zahnpasta aus der Tube, sich als Trägerin keuscher Leinenhosen erwies, sagte mein Freund verleumderisch:

»In diesem Fall hat das Mädchen die Seele einer Kokotte. Das ist noch beunruhigender für ihr Mütterchen. Ich an ihrer Stelle würde die Tochter lieber in unbeschreiblichen Hosen mit Spitzenintarsien sehen.«

Wenn ein Beamter mit grauem Backenbart, im wattierten Schlafrock aus der Zeit des ersten Kreuzzugs in selbstbewußter Einsamkeit eine Grand Patience legte, ohne dabei hingebungsvoll in der Nase zu bohren und den extrahierten »Popel« am Boden des Sessels abzuwischen, oder aus Gewissenhaftigkeit beim Mischen der Karten nicht mit der Zungenspitze nachhalf, waren wir der Meinung, er verstelle sich.

Einmal freute ich mich sehr, als ich sah, wie ein junges Paar sich küßte.

»Sieh mal, Leo, ihnen sind die Nasen auch schrecklich im Weg. Sie stoßen die ganze Zeit damit zusammen.«

»Das ist, weil sie sich lieben.«

Am Namenstag der Gouverneursgattin beobachteten wir durch einen Spalt zwischen den Vorhängen eine grauhaarige Frau, deren Augen von Natalja Gončarova gestohlen waren. Wie eine falsche Empiresäule an einem Gutshaus war die Frau vom Septemberefeu urgroßmütterlicher Spitzen umrankt, die ihr Urgroßvater, Beamter in Gesandtschaftsdiensten, vielleicht aus Venedig mitgebracht hatte.

Als sie den Brillantkamm in ihrem grauen Haar feststeckte, wurde sie wegen irgendeines Vergehens so böse auf den Spiegel, daß sie es nicht versäumte, ihn zuerst mit dem langen Glacéhandschuh, dann mit der Faust zu schlagen; und zuletzt beschimpfte sie ihn, wie es schien, mit nicht besonders anständigen Ausdrücken.

2

Die grauhaarige Frau wurde meine Geliebte. Noch in derselben Nacht, vielleicht sogar während sie mit dem schweigsamen Gouverneur Walzer tanzte, versengte ich mit dem Rücken das Bettlaken (womöglich blieben auf dem Laken goldfarbene Streifen wie von einem zu heißen Bügeleisen zurück) und verlangte bereits gekonnt maßlose Portionen Schwüre, wobei ich sie darauf aufmerksam machte, daß mich eine Liebe, die durch eine klägliche Ewigkeit begrenzt wäre, überhaupt nicht zufriedenstelle. Zur Antwort vernähte sie mir den Mund mit dem heißen Faden ihrer Küsse.

Ich haderte nicht mit der schnell verfliegenden Nacht, denn am Morgen zwischen neun und zehn (das heißt genau in der Zeit, wenn ich in der Deutschstunde sitze und sie in morgendlichen Traumgesichten weich wird) werden wir – o Macht der Phantasie –, Schulter an Schulter geschmiegt, nach altem Brauch über den Popenberg schlendern, der noch nach dem Silberglöckchen des abnehmenden Mondes klingt.

Im Park auf dem Popenberg gibt es viele Ahornbäume, und sie hat versprochen, mich unter jedem Baum zu küssen, dessen Blätter an Sterne erinnern. Ich habe versprochen, sie unter den Linden zu küssen, deren Blätter an ein Herz erinnern. Und da auf dem Berg keine anderen Bäume wachsen, werden wir uns also ununterbrochen küssen.

Gerade kommt mir in den Sinn, wie wenig mein Äußeres meiner Phantasie entspricht, und die Phantasie meines Freundes – seinem Äußeren. Würden nicht meine fleischigen Wangen perfekt zu Leos groben Träumen passen, und sein Körper, der Ähnlichkeit mit einer feinen, glänzenden Maniküreschere besitzt – zur Grillenhaftigkeit meiner Wünsche?

Doch ich hätte besser daran getan, den Abschied und die schnell verflogene Nacht zu verfluchen: Wir sollten uns nicht unter den Blättern küssen, die an Sterne erinnern.

Fünf Minuten vor dem Gebetsläuten traf ich meinen Freund in der Garderobe des Gymnasiums. Er sah übel aus. Ich fragte:

»Was ist mit dir, Leo?«

»Verstehst du, ich habe eine wüste Nacht mit der grauhaarigen Schönheit verbracht.«

Die Sekundenzeiger seiner Wimpern erstarrten bei 60 und 30.

Ich schrie auf: »Du Schuft!«

Er verbeugte sich, mein Stöhnen für einen beifälligen Witz haltend. Da hob ich die Hand, um ihm eine Ohrfeige zu geben, er aber dachte, ich wollte ihn freundschaftlich in die Arme schließen, und legte seinen Kopf auf meine Schulter.

»Ach, Miška, Miška, du hast ja keine Ahnung. Du bist ein Tölpel. Ein wunderbarer, lieber Tölpel.«

Sein Kopf lag dumm an meiner Brust und verstand die tragischen Verwünschungen nicht, die das Gefängnisalphabet meines Herzens klopfte.

»Du bist zweifellos der Meinung, Miška, wenn eine Frau nicht leise an deiner Seite schnarcht, sondern, sagen wir, mit dem Gouverneur Walzer tanzt ...«

Ich schob ihn beiseite und begann schwankend die Treppe hinaufzusteigen. Bekümmert dachte ich an das sechzehnte Jahrhundert, als man Diebe in Rußland mit der Knute aus weißem Ochsenleder schlug oder an den Spieß band und über dem Feuer briet.

Wie oft teilt das Schöne das Los der Gioconda! Ein verfluchtes Los!

Als mein Zorn verraucht war, verglich ich meinen Freund mit Christus. Der beste aller Menschen, dem Celsus die Feigheit im Garten Gethsemane und die Schwäche auf Golgotha einfach nicht verzeihen konnte, hatte mit der gleichen holden Naivität das Alte Testament bestohlen.

Erst gestern, als ich Bilder von Dürer betrachtete, stieß ich zufällig auf das Dritte Buch Mose: »Du sollst deinen Nächsten lieben wie dich selbst.«

Und einige Zeilen weiter, noch besser: »Wenn ein Fremdling sich ansiedelt in eurem Lande, so möge auch er für euch sein wie ein Einheimischer, liebe ihn, wie dich selbst.«

4

Erste Stunde. Die engbrüstige Deutsche klebt am Pult. Vor ihr tritt Njuma Šaroslobodskij von einem Bein aufs andere. Er hält ein Heft in seinen verschwitzten Händen. Sie schlägt mit den Flügeln wie der hellblau geflügelte Papagei des Bulgaren, der so unendlich viel weiser ist als das Leben, denn er zieht den Frauen unserer Rangierer, Schmierer und Schaffner aus der Zavalskaja nur Lose mit glücklichem Schicksal.

Gewöhnlich hängt ein Tröpfchen an Njumas Nasenspitze. Heute kommt es mir vor wie ein See, der sich in eine Schlucht ergießt. Meine Gedanken spiegeln sich in ihm wie Wälder und Berge. Diesen Trick wende ich immer an, wenn ich etwas klarer sehen will. Ich schaue ins Tintenfaß, in ein Glas Tee, in Bierflaschen, auf poliertes Holz, in Teller mit Suppe, auf die Rhomben des Parketts. Nur nicht in die Pupillen eines Menschen. Die schwarzen Kreise aus Glas flößen mir Entsetzen ein. Wenn mein Vater schreit: »Miška, warum siehst du mir nie in die Augen, als hättest du etwas angestellt oder gestohlen?«, weiß ich nicht, was ich antworten soll.

»So eine bist du also? Ach, Säule, von Septemberefeu umrankt! Ach, Kindchen, das sich mit dem Spiegel prügelt! Vieh. Schmutziges Weib. Auf wie vielen Betten hast du dich in dieser Nacht noch gewälzt? Wie vielen Mündern deine Lippen zum Kuß geboten?«

Wut und Verzweiflung weiten die Höhlen meiner Augen. Die Augäpfel werden zu Melonen, zu Apothekenlampenkugeln. Sie öffnen der Eifersucht unermeßliche Räume. Ich beginne zu verstehen, daß jede meiner Geliebten, selbst wenn sie zufällig ebenso tugendhaft wie meine Mutter wäre, für mich ein Ungeheuer sein wird, gegen das eine Soldatendirne oder Prostituierte von der Černobannaja-Straße die Verkörperung der Reinheit ist. Denn jeder Mann – sei es der erstbeste von der Straße, der einen Wunsch fallenläßt, wie eine leere Streichholzschachtel, sei es mein Freund, der mich möglicherweise wegen meiner dummen Angewohnheit, an der Warze unter dem linken Ohr zu drehen, so schlecht behandelt – kann aus meiner keuschen Geliebten eine lasterhafte Dirne, ein rasendes Weibchen oder eine raffinierte Professionelle der Lust machen.

Ich sah ein, daß jeglicher Widerstand von ihrer Seite sinnlos und unmöglich ist. Sie zieht sich aus, wenn der Mann, der sie für seine Phantasie bestellt hat, es will – wie man im Restaurant »Sterlet im Ring« oder »Erbsen französische Art« bestellt. Sie legt sich hin, wie ein Hund beim Wort »kusch«. Sie erfüllt jeden Wunsch, selbst wenn er heruntergeleiert wird wie an der Theatergarderobe: »Den Stock! Den Hut! Die Galoschen!«

Habe ich die Augendiebin etwa nicht selbst genötigt, mich unter den Blättern zu küssen, die an Sterne erinnern?

Die Forderungen meines Freundes waren natürlich weit schmutziger und unanständiger.

Wahrscheinlich haben in jener Nacht weitere zwanzig Mann ihre Dienste nicht verschmäht: der Gouverneur, der Dragoneroberst, der Direktor des Kameralhofs mit den wie Hammelhörner gedrehten Ohren, der Beamte für besondere Aufträge mit den Lippen eines Trompete spielenden Negers, der wie das Wasser im Wehr brodelnde Müller Pankratij Kruchtij, der Adelsmarschall, fröhlich wie ein Bauchnabel, sein Sohn, der hübsche Lyzeumsschüler, der auf Bitten seines Vaters aus Petersburg gekommen war, um die Mazurka zu dirigieren, der Bischof, schnarrend wie eine Pariserin und in sein Priestergewand gezwängt wie in einen seidenen Damenstrumpf, der Bedienstete, der das Sahneeis herumgereicht, der Portier, der ihre Pelzrotonde fest in seine Arme geschlossen, der Kutscher, der ihre Knie berührt hatte, als er die mit Bärenfell verbrämte Wagendecke zuknöpfte.

Die Eifersucht, die mir das Herz zusammenpreßte, wollte selbst dem Diwan, auf dessen samtenen Knien sie gesessen hatte, ein Verlangen unterstellen; den Türen, die das Herz vor ihr öffneten; dem Fächer, der ihr Geständnisse ins Ohr flüsterte; der Musik, mit der sie verschmolzen war; dem Wein, der sie schwindlig gemacht hatte.

5

Njuma wußte nicht, was »spički« auf deutsch heißt. Saša Fraber wisperte mit Lippen, die wie zugebunden waren: »Zündhölzer.«

Unhörbar für die Banknachbarn, erreichte sein Wispern Njumas Ohr, denn Njuma hatte das absolute Gehör geerbt. Njumas Vater Solomon Jakovlevič Šaroslobodskij ist nach elf Uhr abends »Maestro«. Zu seinem Bogen schluchzt das kleine Kabarettorchester des »Eremitage«.

Doch von zwölf bis halb fünf ist Solomon Jakovlevič Zahnarzt. Er hat eine traurige Geige, aber einen fröhlichen Bohrer. Sein Pedal tritt er stets zu einer neckischen kleinen Melodie von Madame Piff-Paff. Solomon Jakovlevič besitzt einen einzigen weißen Kittel. Wenn der Kittel in der Wäsche ist, empfängt er die Patienten im Frack. Das imponiert den Leuten in Pensa.

6

Pause. Arm in Arm mit Saša Fraber spaziert Leo über den Korridor. Das Gesicht meines Freundes leuchtet, als hätte er sich an Gestirnen übergessen, wie der Autor des Ecclesiastes. Er eignete sich das Glück an, wie man sich eine gefällige Manier oder ein fremdes Wortspiel aneignet. Auf dieselbe Art und Weise wird er sich später den Ruhm aneignen. Er wird ihn nachlässig in die Tasche stecken wie ein Mundstück oder ein Feuerzeug.

In der Geometriestunde überließ ich ihm die Frau mit den Augen, die von Frau Puškin gestohlen waren. Als ich sie ihm überließ, hatte ich ihr bereits den Gouverneur, den Dragoner, den Adelsmarschall, den Lyzeumsschüler, den Bischof, den Müller, den Diener, den Kutscher, kurz, alle verziehen – den Fächer und den Schumannwalzer eingeschlossen.

Warum ich das tat? Ich weiß es nicht.

Siebtes Kapitel

I

Und das ist das Ende der Geschichte: Mein Pferd scheut und verdreht verwundert, nach Menschenart, die Augen. Leos Stute, langbeinig und schwarz wie eine Jüdin, steigt auf die Hinterbeine und wehrt das Entsetzen wie mit Händen ab. Das dritte Pferd fühlt sich ausgezeichnet: mit dem leeren Sattel spielend, springt es über den Graben ins Gras.

Anstelle des Kopfs hat Lidija Vladimirovna – einen blutigen Fladen. Das graue, aufgelöste Haar ist mit Blut, Knochen, Hirn und schwarzem Filz bespritzt. Die kleine Hand im milchfarbenen Handschuh umklammert die Weidengerte. Vor einer halben Stunde habe ich diese selbst durch den Handschuh hindurch warme Hand ehrerbietig an die Lippen geführt und gefragt:

»Lidija Vladimirovna, erlauben Sie mir, Ihnen die Strümpfe von den Fingern zu ziehen?«

Sie lächelte meinem Freund mit den von Frau Puškin gestohlenen Augen zu.

»Ist es erlaubt?«

Sie war vor Glück erhitzt, wie ein kleines dörfliches Dampfbad.

Lidija Vladimirovna lag auf dem Rücken, die Knie zusammengepreßt. Wie ein guillotinierter Löwenzahn weinte die aus der Puderdose gefallene Quaste in einer blutigen Pfütze. Die Erde war feucht und lehmig. Sie saugte das Blut nur langsam auf, es kostend, wie alten Wein.

Der Himmel ist hoch und blau. Das deutsche Flugzeug sah wie eingeflügelter Amor aus, mit einem Bogen und lustigen Pfeilen bewaffnet.

An fünf, sechs Stellen fielen hübsche Schneeflocken auf den blauen Himmel – man wollte nicht glauben, daß es Schrapnellexplosionen waren. Unsere Flakgeschütze beschossen den Deutschen träge, von vornherein wissend, daß es nutzlos sein würde. Doch auch er flog ohne Ziel, um des Ausflugs willen (wie eine Petersburger Dame auf der Sonnenseite des Nevskij Prospekts) – der schöne Tag sollte nicht ungenutzt verstreichen: Warum nicht einen Ausflug unternehmen, bis auf fünfzehn Verst an die nächste Etappe des Feindes heran, wo unglücklicherweise der Stab unseres Freiwilligen Bautrupps einquartiert war, der gesellschaftlichen Organisationen der Stadt und des Semstvo unterstand.

Lidija Vladimirovna wurde von dem herabfallenden »Mantel« eines Geschosses getötet, das ein russischer Artillerist aus Langeweile in den Himmel geschickt hatte.

2

Ich schreie:

»Leo! Leo! Leo!«

Seine Stute wirft mir die Hufe in die Augen. Ich sehe, wie er ihren Kopf mit der Gerte zwischen den Ohren spaltet und den glänzenden Bauch mit den Sporen zerreißt. Die Stute streckt sich und wird zu einem Bleistift. Doch ihm kommt es wahrscheinlich vor, als schleppte sie sich im verkürzten Trab dahin.

Noch habe ich die Hoffnung nicht aufgegeben:

»Leo! Leo!«

Er weiß doch, welche Angst ich vor Toten habe. Mir ist immer, als sprächen sie mit mir. Vom Blutströpfchen einer Mücke wird mir übel. Als Njuma Šaroslobodskij während der Abschlußprüfungen am Gymnasium vor Angst Nasenbluten bekam, erlitt ich einen Anfall, der einem epileptischen nahe war. Wie eine Wäscherin seifte mir der Anfall die Lippen ein und drehte mir die Augen, wie ein Dominospieler, von der dunklen auf die weiße Wölbung.

»Letzten Endes ist es seine Geliebte. Was habe ich damit zu tun?«

Mit dem ihm eigenen Edelmut überließ mein Freund sie mir, als ihr Kopf sich in einen ekelerregenden Fladen verwandelt hatte, reichlich mit dicker, klebriger Blutkonfitüre bestrichen, die aussah, als wäre sie aus Himbeeren.

Skovoroda würde von meiner Seele sagen, sie sei abgemagert und bleich, wie ein Patient im Lazarett. Die Seele meines Freundes würde er möglicherweise mit der Bibel vergleichen, die, nach seinen Worten, nicht Löwen und Adler hervorbrachte, sondern Mäuse, Igel, Eulen, Fledermäuse, Hornissen, Kröten, Hundsfliegen, Schwarzottern, Drachen, Affen und Füchse, die Salomos Weinberge verdarben.

3

Der Weg war mit Sonne bestrichen wie mit Jod. Vom Zittern der geraden Kiefern sang die Luft. Der Himmel, seit jeher mit Bläue gesättigt und deshalb meine Verzweiflung nicht aufnehmend, schien schwer wie ein Schwamm, den man aus dem heißen Bad gezogen hat. Wäre er gewitterwolkig oder dunstig gewesen – es hätte sich leichter geatmet.

Langsam setzte das Pferd ein Bein vor das andere. Lidija Vladimirovna lag quer über dem Sattel. Ihre kleinen, silbrigen Sporen klingelten verspielt, die schmächtige Schulter schmiegte sich vertrauensvoll an meine Knie, die starren Finger entzogen sich meinem Händedruck nicht. Wenn sie ein Gesicht gehabt hätte, hätte ich sie vielleicht auf die Lippen geküßt.

Ich dachte über meinen seelischen Haushalt nach. In diesem Augenblick erschien er mir mustergültig. Wie das Gut von Konstantin Fjodorovič Konstanžoglo, wo selbst das Schwein wie ein Adliger aussah.

Es gelang mir nicht, die schöne Betrachtung fortzuführen – Lidija Vladimirovna rutschte vom Sattel. Das Pferd machte einen Satz und galoppierte los. In meinem Entsetzen klammerte ich mich mit der einen Hand an den Fuß der Leiche, die ihr blutiges Haar wie das Banner der Revolution im Wind flattern ließ, und mit der anderen Hand an die Mähne des wild gewordenen Tiers.

Die Kiefern tönten. Der mit Sonne bestrichene Weg drehte sich. Ich schloß die Augen. Meine Zähne bissen in die Luft. Zuerst schien sie zäh wie ein Beefsteak, dann wurde sie plötzlich flüssig wie Wasser. Ich verschluckte mich.

4

Nach drei Tagen kam Lidija Vladimirovnas Mann aus dem Armeekorps, um sie abzuholen. Der Artillerieoffizier glich einem Dorfschullehrer. Die Obristenachselstücke mit den weißen Achselschnüren des Generalstabs schienen wie zum Spaß an seiner unförmigen, wie ein Kattunhemd gegürteten Feldbluse befestigt. Die runden Brillengläser waren immerzu beschlagen, als atmete er mit den Augen. Die rötlichen Stiefel warfen Falten, wie das Gesicht eines Menschen, der sich anschickt zu weinen.

Er saß neben dem Sarg, hin und wieder das schüttere Bärtchen von undefinierbarer Farbe zupfend. Wenn ihm schien, daß niemand es sah, streichelte er

Lidija Vladimirovnas Hände und wischte, familiär und vorwurfslos, die verschwitzten Gläser seiner Brille mit ihrem schwarzen Rock, der voller rauher Flecken von getrocknetem Blut war.

5

Lidija Vladimirovna lag mit verhülltem Gesicht. Mein Freund legte sich 1922 in die hölzerne Kiste wie zu einer Geliebten ins Bett.

Zu seiner letzten glanzvollen Ausfahrt hatte ihn meine Frau hergerichtet. Als sie seinen Kopf aus der Schlinge zog, plapperte sie vor sich hin:

»Ach, wie schrecklich, wie schrecklich anziehend er ist!«

Und nahm auf der Stelle den Lippenstift von Guerlain, Brauenstift, Puderdose und Wimperntusche, den sogenannten Spucknapf, aus ihrem Guipure-Täschchen.

In wenigen Minuten hatte sie ihn verwandelt. Die weißen, trockenen Lippen waren hochrot und fettig geworden, die Braue bog sich mit mephistophelischer Verächtlichkeit, und die staubigen Wangen hatten einen Pfirsichhauch bekommen.

Der Sarg mit meinem Freund stand in einem öffentlichen Gebäude. Die Marmorsäulen trugen Purpur und Trauerflor.

Berühmte Schauspieler rezitierten für ihn Deržavin, Puškin und Aleksandr Blok. Der weltberühmte Geiger Naum Šaroslobodskij spielte Haydn. Noch immer hing ein Tröpfchen an Njumas Nase, obwohl seine Brust, sein Hals und seine Arme mit dem knirschenden Schnee eines gestärkten Hemdes bestreut waren und der Comberlain-Frack seinen mageren Körper wie schwarzer Regen umfloß. Eine Ballerina, die den Titel »des Volkes« trug, tanzte für ihn den »Sterbenden Schwan«. Die Ballerina hatte Augen wie riesige Tränen.

Der Mensch, den ich erhängt hatte, lag im Sarg wie ein Pharao. Ich wunderte mich, daß man ihn nicht mit dem Mosselprom-Gebäck »Sappho« und einigen Dosenkonserven aus dem Nahrungsmittel-Trust versehen hatte.

Vertreter gesellschaftlicher Organisationen, Freunde und Geliebte hielten die Ehrenwache neben dem sich zersetzenden Leichnam.

Ungefähr im fünften Revolutionsjahr hatten die Moskauer begonnen, die Toten zu vergöttern. Kaum war ein Dichter, dessen Gedichte sie nie gelesen hatten, der Chef eines Trusts oder eine Schauspielerin gestorben, die schon vor einem Vierteljahrhundert die Bühne verlassen hatte, rannten die Bürger Hals über Kopf, um sie sich »anzusehen«.

Vor Leichen bildeten sich Schlangen wie für Sonnenblumenöl oder für Eier. In den Schlangen wurde geschimpft, man erinnerte sich der alten Zeit, schloß Bekanntschaften und erörterte politische Neuigkeiten. Kurz, Leichenschlangen unterschieden sich in nichts von denen vor Kooperativen. Einige kamen mit belegten Broten, andere mit Büchern oder Klappstühlen, und handarbeitende Frauen brachten ihr Strickzeug oder eine Stickerei mit.

Wer gerne glänzte, ließ absolut keinen auch nur halbwegs prominenten Toten aus. Premieren oder Vernissagen konnten mit Beerdigungen nicht konkurrieren.

Ich selbst antwortete geschäftig auf eine durchaus verlockende Einladung:

»Ich kann nicht. Ich kann wirklich nicht. Tagsüber bin ich auf der Beerdigung der Jermolova und abends auf der von Boris im Bolšoj.«

Die große Jermolova wurde noch prächtiger beerdigt als mein Freund.

Als der Chauffeur im Lederharnisch, mit heruntergelassenem Ledervisier, den Gosindikat-Wagen mit Saša

Fraber neben dem öffentlichen Gebäude in Purpur und Trauerflor stoppte, war die Schlange für meinen Freund bereits um die Ecke des zweiten Häuserblocks gebogen.

Frabers Sekretär, ein junger Mann mit einer Aktentasche aus Krokodilleder, flüsterte seinem Patron ins Ohr:

»Keine Sorge, Aleksandr Avgustovič, der Organisator der Beerdigung ist ein Busenfreund von mir.«

Doch Saša Fraber verzog die Lippen zu einem unzufriedenen Strich und sagte:

»Genosse Lošadev, ich bin prinzipiell gegen Protektion.«

Und stellte sich dann genau in dem Moment in die Schlange, als ein aufgebrachter Bürger in falbem Unterzieher (passend zur Bartfarbe) eine verschnupfte Bürgerin mit einem Strohkörbchen anherrschte:

»Ich bohre ja auch nicht in Ihrer Nase, Madame, also bohren Sie gefälligst auch nicht in meiner.«

Die Bürgerin hatte dem Bürger offenbar eine unziemliche Belehrung erteilt.

Ein wenig weiter entfernt sagte eine dem Wattebausch im kranken Ohr ähnelnde Frau zu einer Alten, die unheilverkündend blickte wie der Kupferfünfer auf dem Auge eines Toten:

»Haben Sie schon von Jelena Pavlovnas letztem Feuerwerk gehört, maman? Sie hat, figurez-vous, ein Verhältnis mit einem Verkäufer aus der Arbeiterkooperative.«

»Reihen Sie sich ein, Bürger aus dem Automobil, reihen Sie sich ein. Hier hinter dem Mädchen.«

Eine karierte Deutsche von der Truba schnaubte auf:

»Mädchen! Aber nur noch im linken Ohr!«

Saša schluckte eine Träne hinunter und stellte sich ans Ende der Schlange.

6

Bevor der Sarg mit Lidija Vladimirovna zugenagelt und auf einen zweirädrigen Artilleriewagen geladen wurde (der Oberst nahm Lidija Vladimirovna mit), legte er seiner Frau das winzige Porträt eines Mädchens, wahrscheinlich mit grauem Zöpfchen, an das erstarrte Herz.

Einige Minuten vor der Abfahrt bat er, die angelaufenen Brillengläser wischend (die angelaufenen Augen ließen sich nicht wischen):

»Machen Sie mich mit diesem Menschen bekannt.«

Ich ging zu meinem Freund.

»Er möchte dich sehen.«

»Er soll sich zum Teufel scheren.«

Ohne ihm in die Augen zu blicken, murmelte ich:

»Meines Erachtens würde es sich gehören, daß du ihm die Hand drückst.«

»Ich verspüre nicht den geringsten Wunsch.«

Ich mußte lügen und dem Artillerieoberst sagen, mein Freund sei krank.

Verlegen an seinem Kreuz des Weißen Georgsordens nestelnd, erwiderte der Oberst beinahe schuldbewußt:

»Wenn er sich nicht in meinem Beisein von Lidočka verabschieden will, gehe ich solange hinaus.«

Um den Kauz nicht zu kränken, sagte ich:

»Bitte.«

7

In der Nacht spielte Leo Poker. Er spielte wie immer – vorsichtig, berechnend, nichts aus dem Blick verlierend. Er verlor selten. Seine langen, allzu biegsamen Finger brachten einen auf böse Gedanken. Doch selbstverständlich zog er nie eine gezinkte Karte aus dem Ärmel.

Ich hätte mich an seiner Stelle nicht in dieser Uniformjacke aus teurem englischem Covercoat und diesen Stiefeln aus französischem Chevreaux, die das Bein umschlossen wie ein Abendhandschuh, an den Kartentisch gesetzt. Sowohl die Uniformjacke als auch die Stiefel hatte er von »Pokergeld« anfertigen lassen.

Ohne die Papirossa aus dem Mund zu nehmen, sagte Leo undeutlich und gedehnt:

»Ihre zehn Rubel und noch fünfzehn dazu.«

Pjotr Jefimovičs Augenbrauen begannen feucht zu werden:

»Ist die Eiche ins Meer gefallen, weint das Meer. Das vierte Mal erhöhen Sie jetzt vor dem Kaufen, Leonid Eduardovič. Mit Ihnen zu spielen, Maestro, ist, wie für eine Stechmücke am Nikolaustag zu singen: Mein Röckchen ist zu kurz!«

Pjotr Jefimovič löste den Riemen über dem feucht gewordenen Hemd:

»Leonid Jefimovič hat doch wahrhaftig einen Royal Flush auf der Hand. Beim Spielen hat er Schwingen wie ein Adler und einen Saugrüssel wie ein Elefant, sage ich immer. Es ist ein Unglück!«

Der Unternehmer, wie wir alle als Militärbeamter verkleidet, hatte vor dem Krieg mit der Frau Gemahlin Sechsundsechzig oder, wenn es hoch kam, mit seinen Vorarbeitern Siebzehnundvier gespielt. Nun erinnerte er sich wahrscheinlich mit Wehmut an diese Spiele, bei denen kein geheimnisvolles »Bluffen« es ihm verboten hatte, seine vulkanischen Leidenschaften herauszusprudeln.

Man könnte meinen, daß Pjotr Jefimovič eben wegen dieser geheimnisvollen fremdländischen Wörter Poker spielte, die er genußvoll aussprach, ohne zu ahnen, daß sie sich, durch seinen Machnoschnurrbart gepreßt, in waschechte Wörter aus Ochansk verwandelten.

»Also, Sie halten, Leonid Eduardovič?«

Mein Freund lächelte, klirrte mit den Sporen und raschelte mit den Karten. Ich dachte an den Artillerieoberst, der einem Dorfschullehrer glich. Der Kauz hätte in dieser Nacht wahrscheinlich nicht Poker spielen können. Mir schien, er konnte überhaupt nicht begreifen, daß in dieser Nacht Pferde Hafer kauen, Soldaten Läuse fangen, der Mond die Erde vergolden, die Deutschen die Russen hassen, die Geschütze stottern, die Krankenschwestern sich den Offizieren hingeben konnten.

In dieser Nacht!

8

Der zweite leidenschaftliche Pokerspieler und ständige Partner meines Freundes war Aljoša Tonkošejev, ein junger Schauspieler aus dem Künstlertheater. Aljoša war ein vernünftiger, umsichtiger Mensch und deshalb unglücklich. Manchmal, während Pjotr Jefimovič noch dabei war, jedem drei Karten zu geben, blickte Aljoša bereits kummervoll in die Zukunft:

»Sie werden sehen, ich bringe nicht mal ein Straight As zusammen, aber ich verwette meinen Kopf, Leo hat ein Full House. Bitter weinen meine Jetons.«

Aljošas Jetons weinen tatsächlich bitterlich, begleitet von Pjotr Jefimovičs begeistertem Geplätscher:

»Leonid Eduardovič, Sie sind der Matador der Arena von Madrid!«

Nicht nur beim Pokern blickte Aljoša Tonkošejev mit seinen lieben blonden Augen in die Zukunft. Manchmal sitzen wir auf der grünen Bank vor dem Sperrholzhäuschen, ein Abend, wie er schöner nicht sein könnte: Das Abendrot schwelgt, eine Harmonika winselt, nicht weit entfernt lispelt der Wind in sich rötenden Birken. Als wären wir nicht in der Etappe der Front, sondern in einem behaglichen Dorf eines der üppigen Schwarzerde-Gouvernements. Um die Bank sind blühende Beete mit Kuckucksblumen, Atlaskraut und Arnika verstreut. Ich wühle mit dem Hirschfänger in Kapuzinerkresse und Reseda. Wir bringen keine

Menschen um, deshalb hat man uns nicht mit Säbeln ausgestattet. Ich spüre, wie mein Mund breit bis an die Ohren lächelt. Pjotr Jefimovič würde sagen: »Da hilft nur noch festnähen.«

Aljoša zieht gequält die Brauen hoch:

»Na, worüber freust du dich so?«

»Die Reseda blüht, es duftet wunderbar.«

»Blüht! Duftet! Und was ist in einer Woche? Kann es sein, daß es dann faulig riecht?«

»Höchstwahrscheinlich.«

»Nun sag doch selbst, worüber soll man sich da freuen? Die Blumen blühen eine Woche, dann welken sie, fallen, verfaulen, und darüber gerätst du in Verzückung wie ein Kalb. Erstaunliche Menschen gibt es!«

Aljoša knackte entsagungsvoll mit den Fingern. Nach einer Minute:

»Was atmest du so?«

»Es ist angenehm. Kühl.«

»Kühl. Und morgen? Wie wird der Tag sein?«

»Sicher heiß. Der Sonnenuntergang war blutrot.«

Er freute sich:

»Aha, heiß! Und da strahlst du und genießt?«

Ich nehme Aljošas Hände:

»Lieber Tonkošeječka, möchtest du nicht auch ein wenig glücklicher sein?«

»Ich habe keine Lust, mir idiotische Ratschläge anzuhören.«

»Was ich sagen will, Aljoša – es ist immer besser, an die Kühle von heute als an die Hitze von morgen zu denken. Das ist alles.«

Wütend erhebt er sich von der Bank.

»Eine viehische Philosophie.«

Er geht, ohne mich anzusehen.

Achtes Kapitel

I

Als mein Freund an Lidija Vladimirovnas Mundwinkeln zwei kaum erkennbare Fältchen entdeckte, sagte er:

»Die Zeit ist ein sorgfältiger Autor. Sie hat nicht vergessen, auch unter dieses prachtvolle Werk ihr Datum zu setzen.«

»Welchen Monat geben die Ziffern an?«

»Anfang Juli. Der Sommer steht in voller Glut. Ich glaube übrigens, daß auch der Herbst seinen Reiz haben wird. Ach, wie bin ich in diese Frau verliebt!«

Jeden Morgen sagte Lidija Vladimirovna:

»Leo, heute ist der letzte Tag.«

So ging es zwei Wochen. Sie faßte sich an den Kopf:

»Ein Monat ist schon vergangen, seit ich aus Pensa abgereist bin.«

»Aber du warst doch bei deinem Mann.«

»Wie lange bin ich bei ihm gewesen?«

»Genau so lange, wie seine Liebe es verdient hat.«

Lidija Vladimirovna wurde getötet, als ihre Koffer schon auf der Bahnstation waren. Sie hatte ein Telegramm aus Pensa erhalten: Das Mädchen mit den Augen der kleinen Frau Puškin sei an Scharlach erkrankt.

2

Wir hausten in reinlichen Sperrholzhäuschen. In den Zimmern war es gemütlich. Bunte Flickenteppiche verteilten sich auf dem sauber gewischten Fußboden. Auf dem Tisch lag ein leinenes Tischtuch. Die Betten mit den Pikeedecken rochen nach Bügeleisen, weißem Seifenschaum und jungfräulichen Händen. Am Kopfende standen Teerosen in einem Porzellankrug. Die Ärztin Julinka brachte sie meinem Freund.

Julinka leitete ein Lazarett, das vom Pech verfolgt war. Seit Kriegsbeginn hatte hier noch kein einziger Verwundeter gestöhnt.

Julinka wurde nervös, schimpfte auf die faulen Preußen an der Westfront und fuhr vergebens alle zwei Wochen nach Minsk, um Verwundete zu erbetteln. Ihre Krankenschwestern züchteten Rassehühner, zogen französische Erbsen und Teerosen, ritten, fuhren im Winter Ski, spielten im Sommer bei uns Tennis und nahmen an unseren Laienaufführungen teil. Julinka kümmerte sich rührend um sie: Sie hörte sich ihre Herzensgeheimnisse an, las ihnen die Leviten, machte Abtreibungen. Die Schwestern versicherten, sie habe eine leichte Hand.

Leider war Julinka wie ein Dackel gebaut, den man in zwei Hälften geschnitten hat. Ihre zu kurz geratenen, krummen Beinchen waren flink – sie kam damit schneller voran als mancher Hüne. Wäre es möglich gewesen, ein zweites Paar solcher Beine an ihrem Hintern zu befestigen, hätte Julinka nicht nur meinem Freund, sondern auch den Füchsen nachstellen können.

Leo rief: »Manja!«

Ein dickes Mädchen trat ein, in Spitzenschürze und Häubchen, mit zerzausten Brauen und einer Nase, die von einem Backenstreich aus dem Gesicht gesprungen schien.

Leo sagte wütend: »Sie wissen doch, Manja, daß ich ohne Sie nicht ins Bett gehen kann.«

Und streckte ihr mit Märtyrermiene das Bein hin, das der Stiefel umschloß wie ein Abendhandschuh.

3

Unser Freiwilliger Bautrupp legte strategisch wichtige Straßen zwischen den brachliegenden Feldern der Westfront an und baute strategisch wichtige Brücken über einen Fluß, der wie eine gespannte Saite klang.

Im Trupp arbeiteten Tataren aus der Nähe von Ufa, Sarten und Finnen. Die Tataren waren jämmerlich, die Sarten finster, die Finnen frech. Als verstünden sie kein Russisch, krächzten sie auf die Zurufe der Vorarbeiter »saatana perkele« und ließen ihre farblosen Augen wie Messer blitzen.

Anscheinend wegen einer krepierten Katze, die man aus dem Suppenkessel gezogen hatte – vielleicht war es auch ein Hund gewesen –, legten die Finnen für drei Tage die Arbeit nieder. Am Monatsende zog man ihnen die versäumte Zeit vom Lohn ab. Daraufhin verwüsteten die Finnen das Kontor, verprügelten den Aufseher und setzten das Sperrholzhäuschen des Chefingenieurs in Brand. Man mußte eine Schwadron zu Hilfe rufen. Doch die Finnen waren schneller auf und davon, als die Ulanen im Sattel saßen.

Bereitwilligst entschuldigte sich der rotwangige Leiter des Bautrupps, Ingenieur Koročkin, bei dem Rittmeister, dessen Gesicht schief war, als hätte er sich an einem Monokel verschluckt.

Die Ulanen blieben ein paar Tage bei uns zu Gast. Wir spielten mit ihnen Tennis, schossen Enten, fuhren mit dem Motorboot über den klingenden Fluß, bewirteten sie mit erlesenen Mittagessen (unser Koch war berühmt – aus dem »Olivier«), kutschierten sie im komfortablen »Hispano« zu Julinkas Schwestern.

Den Rittmeister, der sich an dem Monokel verschluckt hatte, packte der Neid:

»Wie die Gutsherren! Wie die Gutsherren, was, Kornett?«

Der Kornett, nach Pjotr Jefimovičs Worten wie geschaffen, um die Redensart »auf dem Faß ein Freßloch, über dem Freßloch ein Guckloch, unter dem Guckloch eine Rotznase« zu rechtfertigen, krächzte heiser:

»Gutsherren? Zum Teufel, davon hat mein Vater nicht mal geträumt: Frauen, Karten, englische Vergnügungen, ein Automobil. Das wäre was für uns, Rittmeister – ein, zwei Monate strategisch wichtige Brücken errichten.«

Der Rittmeister seufzte: »Brücken, na ja.«

Leo geriet außer sich über die heißen Ulanenhosen mit den weißen Biesen und dem Lederbesatz auf den Hinterbacken:

»Sterben! Schlafen!«

Einen ganzen Abend lang schwärmte er in den höchsten Tönen von Helmbüschen – von weißen und schwarzen geflochtenen, von Helmbüschen aus Hahnenfedern, Pfotenfell oder Pferdehaar, das auf einen Faden tressiert ist; von Pompons aus gedrehtem Silberlahn; Kokarden aus gesponnenem Silber; mit Seide eingefaßten Tressen aus gesponnenem Gold; von den Adlern der Kürassiere; von Wappen, Nummern, Lettern, von Abzeichen mit durchgeschlagenen Monogrammen, von »dreiflammigen« Granaten an den Mützen; vom Schuppenharnisch der Ulanen mit den gezackten Kettengliedern; von Quasten aus dreifach gedrehten Schnüren »matt geschliffen«; von der Doppelzunge aus rotem Tuch am Kavalleristenhelm mit der silbernen, geflochtenen Schnur; von den Kollets der Kürassiere, den Dolmans der Garde, von Attilas, Paradebeinkleidern, ungarischen Röcken und Suprawesten, die wie Harnische geschnitten sind.

Mein Freund verging vor Selbstmitleid – weil er nicht die eiförmige, sondern nur die rübenförmige Kokarde tragen durfte, und keine handbreiten Schulterstücke, sondern nur solche, die einen Fingerbreit schmaler und außerdem wie bei einem Beamten abgesteppt und mit dem widerwärtigen Schriftzug des Semstvo-Verbands versehen waren. Ausgerechnet jetzt fiel ihm die unglückliche Reise nach Minsk ein, wo ihm der streitsüchtige Kommandant der Hauptstadt der Westfront unter dem Gebrüll der Gaffer auf der Straße Sporen und Reitgerte abgenommen und ihn gezwungen hatte, seine nach Offiziersart flachgedrückte Kokarde aufzurichten.

Ich setzte mich zu meinem Freund aufs Bett und versuchte, ihn geschickt von seinen traurigen Gedanken abzubringen:

»Was meinst du, Leo, gewinnen oder verlieren wir den Krieg?«

Er schwieg, die Nase ins Kissen vergraben.

Ich sagte:

»Wir verlieren ihn.«

Er blickte mit zornigen Augen zu mir hoch.

Unter dem Fenster sang der Schatten des Kornetts für die von einem Backenstreich hervorgesprungene Nase:

Ach, Ulanen,
Bildschön, wie ihr seid,
Viele Polendamen
Haben für euch Zeit,
Mehr als eine Witwe
Ist bereit, Ulanen,
mit euch fortzuziehn,
Ulanen, ach, Ulanen.

Der Mond hatte den Liebhaber und seine Liebste dick mit Salz bestreut, wie zwei Stücke Schwarzbrot.

Ich zuckte die Achseln:

»Überleg doch selbst, wie kann eine Armee siegen, die ausnahmslos aus glücklosen Semstvo-Husaren besteht?«

4

Mitten im Feld steht eine Kiefer – lang, zart, ohne Arme. An ihrer spitzen Krone ist der Himmel festgehakt.

Ich liege unter dem Baum.

Skovoroda bemerkte, daß eine abwesende befreundete Person einem Musikinstrument gleicht – aus der Ferne ist das Geklimper angenehmer.

Wäre mein Freund kein Scheusal gewesen, hätte er mich nicht verhöhnt, nicht in jedem zweiten Satz »Vieh« tituliert, hätte er mich nicht als nichtswürdigstes Nichts betrachtet, nicht die verschlafenen, mickrigen, kränkelnden Keime meiner Eigenliebe immer wieder herausgestochert – wäre er dann eine befreundete Person gewesen?

Ich sage mir: »Du gibst dir ordentlich Mühe, in Madame Piff-Paffs Fußstapfen zu treten.«

Ein Vorfall in Pensa:

Der Vorhang mit den Sylphiden, dem Lorbeer und den Leiern senkt sich. Auf spitzen Lackschuhen gleitet mein Freund an der Barriere vorbei, an der gelbe Dragonermützen wie einäugige, verfettete Kanarienvögel auf der Stange sitzen. Lidija Vladimirovna reicht ihm die Hand. Er führt sie vorsichtig an die Lippen, wie eine Tasse aus rosenfarbenem Porzellan, die bei der geringsten Ungeschicklichkeit ihren heißen, duftenden Inhalt zu verschütten droht. Beide lodern. Lidija Vladimirovna mit den von Frau Puškin gestohlenen Augen, mein Freund mit der fest gezwirnten, kalten Sonne seines Kragens, der die Ohren stützt. Lidija Vladimirovna spielt verliebt mit dem kalten Stengel der Lorgnette. Leo – mit seinem schwarzen, goldverbrämten Dreispitz.

Ich stehe mit Piff-Paff im Durchgang. Sie wird von Eifersucht geplagt.

Leo klappt neben der vollkommen durchscheinenden Lidija Vladimirovna in der Mitte zusammen. Der goldene Fingernagel seines Juristendegens zerkratzt die Barriere. Piff-Paff geht und nimmt ihren Geliebten bei der Hand. Mein Freund strafft sich und sieht sie mit fremden Augen an.

»Madame, das hier ist nicht der Strich.«

Er ruft den Theaterdiener herbei:

»Führen Sie diese Person hinaus.«

Piff-Paff wird hinausgeführt.

Nachts lief er in ihr Hotelzimmer, um ihr auf die Schnelle ein paar Ohrfeigen zu geben. Doch er ließ sich hinreißen. Er schlug lange, konzentriert, mit Genuß. Ihr Kopf taumelte nach rechts und nach links. Auf der zarten Haut bildeten sich Striemen, als schlüge er nicht mit der Hand, sondern mit der Peitsche. Zum ersten Mal fühlte sich Piff-Paff als Frau, die geliebt wird. Ein Gefühl der eigenen Würde, fast des Hochmuts, erwachte in ihr. Sie sagte sich: »Wenn er mich schlägt wie einen Hund, heißt das, ich bin auch ein Mensch.« In einem Anfall von Dankbarkeit machte sie ihn für immer zu ihrem Gott. Wie ein Amulett trug sie an ihrer Brust den Handschuh aus weißgegerbtem Hundefell, der meinem Freund beim zweiten Schlag aufgeplatzt war.

5

Wind. Die Kiefer sträubte ihr struppiges Haar, sie wollte wohl unbedingt wie ein wilder Eber aussehen. Krummschnäbelige Vögel saßen auf den höchsten schwarzen Ästen, wie hinter Notenpulten, und krächzten auf der Flöte.

Eine Trojka rauchfarbener Pferde zog eine Kalesche mit offenem Lackverdeck aus dem Wald auf die Landstraße hinaus. Ich wollte mich hinter dem Baum verstecken, war aber nicht schnell genug.

Julinka schrie:

»Miša, Miša, Sie können uns gratulieren, wir haben einen Verwundeten bekommen. Es ist kein gewöhnlicher – beide Beine sind ihm abgerissen. Den müssen Sie sich morgen unbedingt ansehen. Hören Sie, unbedingt. Und bringen Sie Leo mit.«

Ich wollte »herzlichen Glückwunsch« rufen, aber die rauchfarbenen Pferde hatten die glückliche Doktorin bereits davongezogen.

Der Wind wiegte die armlose Kiefer und den Sternenhimmel, der an ihr hängengeblieben war.

6

Der Dachshund lief voraus. Sein dralles Hinterteil dirigierte die Bewegung seines zielstrebigen, ungestümen kleinen Körpers.

Schwester Šura, buschig und träge wie der Schwanz einer sibirischen Katze, flüsterte nicht ohne Stolz:

»Nach so einem Verwundeten leckt man sich die Finger: Am Bauch ist der Süße schon zu Ende.«

Mein Freund preßte hervor:

»Amüsant.«

Julinka drehte sich um:

»Leo! Miša! Šurocka!«

Sie stand schon an der Tür des Krankenzimmers und fuchtelte wild mit den Armen:

»Nun geht schon, zwängt euch rein. Ach, seid ihr lahm!«

Wir traten ein. Am Fenster, unter einer weichen Friesdecke, die sich am oberen Ende wie ein Hügel wölbte und unten zu absurd flachen »Beinen« modelliert war, lag, mit dem Rücken zu uns, ein menschlicher Stumpf. Über ihm kräuselte sich eine Schnur aus grauem Rauch. Mir wurde unbehaglich und schrecklich zumute: »Ein Stumpf, der auch noch raucht und das Leben genießt.«

Ich wollte schon zur Tür zurückweichen, aber die geistesgegenwärtige Julinka packte mich bei der Hand. Auf seine übliche leichtfertige Art klirrte mein Freund mit den Sporen. Das war taktlos: Sporen werden am Stiefel festgeschraubt, und der Stiefel...

Der Stumpf drehte sich um.

7

Am meisten hasse ich das Leben für seine Scherze. Ich hätte manchmal Lust, ihm mit der Faust zu drohen. Oder vielleicht sogar in den Himmel zu schreien:

»Conférencier!«

Der Stumpf erwies sich als Vanečka Plešivkin.

Neuntes Kapitel

I

Ich stehe im Fußballtor. Entsetzen im Herzen. In meinen Augen hüpfen Vanečka Plešivkins nackte Kniescheiben wie gelbe Laternen. Kniescheiben?... Kugeln! Kupfergeschosse!

Wie mit Schnüren sind sie von Muskeln umwickelt und festgezurrt. Seine Waden sind wie Pflastersteine. Wenn Vanečka den weißen, birkenscheitgroßen Fußballschuh über dem Ball hebt, sinkt mir der Mut.

Und wie er läuft! Auf solchen Beinen ist es im übrigen keine Kunst, hundert Meter in elf Sekunden zu schaffen. Wo bei mir die Brustwarzen sind, fangen bei ihm die Hüftknochen an.

Leo hat mich zum Torwart bestimmt. Wenn ich Torwart bin – bin ich ein unglücklicher Mensch. Torwart wollte ich am allerwenigsten sein. Dann schon lieber Feuerwehrmann. Überhaupt würde ich zehn Jahre meines Lebens opfern und einverstanden sein, nicht mit fünfundachtzig, sondern mit fünfundsiebzig oder siebzig zu sterben – wenn ich nur nicht Fußball spielen müßte.

Aber ich liebe ja das Leben. Nicht als Teilnehmer, sondern als Zeuge.

Als ich sechs war, fragte mich mein Vater – er war Schaffner:

»Sag mal, Miša, wenn du unter den Zug kämst und ein Bein verlieren würdest, wolltest du dann noch leben?«

»Nur ohne ein Bein?«

»Ja.«

»Natürlich.«

»Und wenn es ein Bein und ein Arm wäre?«

»Also mit einem Arm und einem Bein?«

»Ja.«

»Aber natürlich würde ich leben wollen.«

»Ach, du krächzende Elster, und wenn es der Kopf wäre?«

»Also ohne Augen?«

»Um Augen geht's da nicht mehr!«

Es ist überliefert, daß ich angesichts dieses Verlusts in tiefes, kummervolles Nachdenken versank, bevor ich mit erwachsener Ernsthaftigkeit zwischen den Fingern meiner Pfoten hervorpulte:

»Nein, Papa ...«

Meine Wimpern drechselten Tränen:

»Ohne Augen will ich sterben.«

Heute bin ich vier Stunden trainiert worden. Als wir uns trennten, hatte der Abend den kochenden, kupferroten Samovar des Abendrots schon vom Platz getragen.

Leo sagte:

»Mach dir nichts draus, Miška. Aus dir wird auch noch ein Torwart.«

Ich erwiderte wie ein Sterbender:

»Ich komme mir schon vor wie im Sarg.«

Der unwiderstehliche Jacques tröstete mich:

»Du wirst es überleben.«

Vanečka Plešivkin schlug mir mit seiner hantelartigen Faust auf die Schulter und machte mir Hoffnung:

»Du wirst es schaffen.«

Nur Saša Fraber flüsterte mir mitfühlend zu:

»Miša, komm zum Übernachten zu mir. Meine Mutter hat Jod und Bleiwasser.«

2

Nachts im Traum durchlitt ich das Training von neuem. Alles war wie in Wirklichkeit: Stürmer waren Leo, Jacques und Vanečka; Verteidiger war Saša Fraber; ich stand im Tor.

Wenn Vanečka aufs Tor schoß, kniff ich die Augen zusammen und warf die Arme aufs Geratewohl in Richtung des pfeifenden Balls. Traf der Ball zufällig meine Hand, wurden die Finger taub vor Schmerz, die Haut an den Gelenken franste aus und begann zu bluten.

Leo schrie:

»Idiot, wie oft hab ich dir gesagt: Man darf den Ball nicht zurückschlagen, man muß ihn fangen.«

Verkrampft vor Entsetzen fing ich den Ball beim nächsten Mal mit dem ganzen Körper, wie mit einem Sack. Danach kam es mir vor, als rasselten die abgerissenen Innereien in meinem Bauch wie Schrotkörner oder Erbsen in einem Kinderspielzeug.

Die gemeinsten Schüsse waren die von Leo. Er schoß nicht mit Wucht, dafür aber genau in die Ecke. Um ein erstklassiger Torwart zu werden, mußte ich mich mit Todesverachtung kopfüber in den zähen, kalten Matsch werfen.

Manchmal schätzte ich meinen Sprung falsch ein und schlug mit dem Kopf gegen den Pfosten. Das rief allgemeinen Beifall hervor.

Saša Fraber, »mein Verteidiger«, gab sein Bestes. Fünf Minuten nach Trainingsbeginn klebte er wie ein Bonbon, das man aus dem Mund genommen hat.

In blinder Wut rannte Saša auf den Spieler los, der den Ball hatte. Doch meistens ohne Erfolg. Leo machte ein paar Bewegungen – leicht, fast unmerklich, beinahe wie ein Tänzer –, und Saša blieb mit aufgerissenen, erstaunten Augen zurück.

Der Ball flog in die Ecke.

3

Nachts, bevor ich mich ins Bett legte und mir die Augen schon zufallen wollten, rieb ich den Ball mit Rizinusöl ein. Anstatt morgens vor der Schule ein Glas heißen Tee zu trinken, nähte ich die von Vanečkas Schüssen aufgeplatzten Nähte mit gewachstem Faden zu. Dann pumpte ich den Ball mit der Fahrradpumpe auf und verschnürte ihn.

Der Ball löste Angst, Haß und Entzücken in mir aus. Ich hatte oft genug gesehen, wie nichtig, verglichen mit ihm, Dostojevskij, Puškin, Marx' »Kapital«, Martov und Dan und Madame Tuzik waren: Bei uns am Gymnasium gab es einen literarischen Zirkel – er ist eingeschlafen; Saša Fraber zog ein geheimes menschewistisches, sozialdemokratisches Komitee auf – es löste sich auf. Und schließlich mußte die »Firma exist. seit 1887« an Samstagen keine Gymnasiastenmäntel mehr in der Rumpelkammer verstecken. Der Rausschmeißer Andrej Petrovič büßte die leichtverdienten silbernen Fünfzehnkopekenstücke ein.

Der Rausschmeißer, ein begnadigter Zwangsarbeiter, war der Stolz des Etablissements: »Wir haben Andrjušenka eine Kette mit zwei gekreuzten Hämmern genäht«, erzählte die Prostituierte Frosja gefühlvoll.

Die blondzöpfige Frosja verkörpert den russischen Verstand und die russische Seele. Manchmal geht sie nackt und leichtfüßig vom Nachttisch mit dem Wecker zur Wand zwischen den beiden Fenstern, wo ein Porträt des Thronfolgers Aleksej im Matrosenanzug hängt, und stellt dabei ständig Fragen:

»Sag mal, Miška, was ist das Schwerste im Leben?«

Heute würde ich natürlich antworten »Torwart sein«, aber damals spielte ich noch nicht Fußball und wußte daher nicht, was ich sagen sollte.

»Also das Schwerste, Mišenka, ist, Vater und Mutter zu ernähren.«

Frosjas Wimpern sind dicht wie eine Pelzmütze und gerade wie das Stroh auf einer Bauernkate.

»Wie lange bleibst du, eine Stunde oder die ganze Nacht?«

»Eine Stunde, Frosja.«

Geschäftig zieht sie den Wecker auf, das kalte Glas an ihren nach Muttermilch riechenden Bauch gepreßt, und fragt aufs neue:

»Worauf hat man immer Lust?«

»Auf dich, Frosja.«

»Du bist dumm, du weißt es nicht: Zum Nichtstun hat man immer Lust.«

Mit Frosja bin ich fast wie im Paradies. Skovoroda kommt mir in den Sinn: »Das himmlische Paradies ist, schlicht gesagt, eine Menagerie.«

Der Spiegel, trübe und geheimnisvoll wie Glas gewordener Rauch, reflektiert ihre Mutmaßungen und ihren gehorsamen, von der Wirbelsäule erbarmungslos gespaltenen Rücken.

»Sieh mal, Mišenka ...«

Sie zeigte auf die Milchstraße.

»... da oben ging eine Jungfrau aus Perm, sie trug einen Krug mit Perlen, sie ist gestolpert und hat sie verstreut.«

Frosja weinte in den Umarmungen. Ihre Liebe schenkte Freude und Reinheit. Am liebsten hätte ich Frosja nicht nur für eine Stunde, sondern bis ans Ende meiner Tage gehabt.

Zehn Jahre später mußte ich erfahren, daß es noch eine andere Liebe gibt, die beleidigend ist wie eine Ohrfeige.

Wenn ich meine Frau umarme, lacht sie lauthals, als kitzelte ich ihr die Fersen. Und mir ist wie bei der Begegnung mit dem persischen Elefanten zur Zeit Peters, als »das Moskowitische Volk plötzlich herbey strömte wie Wasser, auffschäumte, sich in die Vorstädte ergoss und durch die Gassen lief«.

4

Schiedsrichter bei unserem Spiel gegen das Erste Staatliche Gymnasium war Isaak Isaakovič Lavrinovič. Er trug einen eigens für diesen Zweck genähten Smoking aus rotem Tuch und ein rundes Mützchen aus bunten Keilen nach einer Art Jockeykappe.

Der Polizist Utroba kam in der polizeimeisterlichen Familiendroschke und mit dem Polizeimeisterstöchterlein. Ihre Augen schillerten bläulich wie Januarschnee. Um ihren Hals war ein gelber Schal gewickelt. Wenn der Schal im Wind flatterte, sah sie aus wie ein Arzneifläschchen mit Rezept. Man mußte sie tropfenweise einnehmen, um sich nicht tödlich zu vergiften.

Als der Polizist Utroba Isaak Isaakovič im roten Smoking und mit Trillerpfeife auf dem Spielfeld sah, sagte er zu seiner Angetrauten:

»Ein Jiddenspiel.«

Und setzte sich an die Spitze der Partei der Fußballgegner.

Es gab nur wenige jüdische Familien in Pensa, aber es hatte den Anschein, als wäre die Stadt über die Maßen von Juden besiedelt, und zwar, wie Leo versicherte, dank der Tatsache, daß Isaak Isaakovič sich auf der Moskauer Straße »erging«, sobald die Sonne hervorschaute; eine Karte für einen »Sessel im Parterre« kaufte, kaum daß ein Gastspielplakat an der Säule hing; zur Five-o'clock-Zeit ein Tischchen am Fenster reservierte, sobald das erste Kaffeehaus der Stadt, die »Drei Grazien« der Gebr. Kuzmin, eröffnet hatte; auf den Wohltätigkeitsbällen der Frau von Lilienfeld-Toile Tango tanzte, kaum daß dieser in den Metropolen in Mode gekommen war, und schließlich weil Isaak Isaakovič Billardspieler, Dichter, Wintspieler, Jäger, Angler, Damenfreund, Amateurfotograf, Vorsteher beider Clubs und Mitglied der freiwilligen Feuerwehr war.

Es war meine Schuld, daß wir das Spiel gegen das Erste Gymnasium verloren. Ich muß gestehen – beide Tore waren unverzeihlich. Den ersten Ball hatte ich einfach fallen lassen, der zweite war zwischen meinen Füßen hindurch ins Tor gerollt.

Leo ging mit bebenden Lippen vom Feld. Sein linkes Auge schielte vor Wut.

Ich ging hinter ihm her wie ein geprügelter Hund. Ich blickte ihm ins Gesicht, rieb seinen verschwitzten Rücken mit dem Taschentuch ab, knöpfte ihm die Hosenträger fest, schälte eine Zitrone und schnitt sie in Stücke, hielt ihm das angezündete Streichholz hin, noch bevor er sich die Zigarette zwischen die Zähne gesteckt hatte.

Er bemerkte mich nicht. Ich begann mich selbst als leere Stelle zu empfinden. Diese beiden Bälle würde er mir nie verzeihen. Er gab mir auf jede erdenkliche Weise zu verstehen, daß ich mir in der nächsten Nacht eigentlich eine Kugel in den Kopf jagen müßte. Aber ich kniff. Ich spielte den Einfaltspinsel, der nicht imstande ist, fremde Gedanken zu lesen.

5

Nacht. Der Himmel ist streng und feierlich wie das Aushängeschild, das über dem Heuplatz schwebt. Ein Aushängeschild aus schwarzem Glas. Mit Gold ist darauf geschrieben: *Apotheke.*

Als Kind war ich überzeugt, Gott hätte das Gesicht des alten Provisors Monoszon. Wenn ich schuldlos mit dem Riemen geschlagen wurde, grämte ich mich für Gott. Mir schien, er hätte, wie Lev Moisejevič, seine Brille irgendwo hinter einem Schränkchen verlegt und sähe daher nicht richtig, was auf der Erde passiert.

Später wurde es noch besser: Mein Vater sitzt in der Küche auf dem Schemel und putzt seine Schaffnerknöpfe mit zerstoßenem Ziegelstein; ich komme von der Straße hereingelaufen und rufe:

»Papa, ich habe heute Gott gesehen. Er hat einen roten Bart.«

»Schon gut.«

Er fährt fort, seine Knöpfe zu putzen. Am nächsten Tag komme ich gelaufen und weiß zu berichten:

»Papa, heute habe ich wieder einen Gott gesehen, mit einem schwarzen Bart.«

»Schon gut.«

Das ganze Gesicht meines Vaters ist voller kleiner Löcher, wie der Kopf eines Pfefferstreuers.

»Papa, Papa, hör mal ...«

Ich sause ins Zimmer, wie eine brennende Fackel:

»... ich habe drei Götter gesehen!«

»Schon gut.«

Ich wäre wohl auch Anhänger der Vielgötterei geblieben, hätte nicht meine Mutter dankenswerterweise erklärt:

»Das waren Popen, Miška. Die anderen auch. Aber du – guck mal, da ist Gott. Auspeitschen sollte man dich!«

Mein Glaube war dahin.

Das dunkle Gras ist von Tränen benetzt. Auf dem Weg in die Nacht weint der Frühlingstag, wie eine Frau, die ihre Jugend verloren hat. Ich stehe auf dem Brettersteg und schaue in den Fluß. Die Sura ist wunderschön. Durch Überschwemmungen ist sie reich geworden, wie durch eine geglückte Börsenspekulation. Ich beneide sie.

Der Mond springt vom Großen Bären herunter. Er taucht ein und schwimmt. Er gleicht einem goldköpfigen, braungebrannten Bauernjungen. Der Wind entkleidet die Uferweiden. Sie schämen sich wie junge Mädchen, werfen sich in ihren leichten grünen, zitternden Hemden ins Wasser. Der goldköpfige Schlingel schwimmt ihnen entgegen.

Ich schaue ins Wasser. Ich genieße die Stille und Einsamkeit. Das Schwerste liegt hinter mir. Am nächsten Sonntag ist unser Rückspiel gegen das Erste Staatliche. Torwart wird Vasilij Vasiljevič »Keule« sein.

Der knarrende Steg aus frisch gehauenen Brettern riecht nach Osterfrühmesse. Das Wasser ist wie Weihrauch. Entzücken steigt mir aus dem Bauch zum Herzen, vom Herzen in die Kehle, quillt mir in die Nase, verschleiert mir die Augen. Ich hänge mich über das knarrende Geländer und ... spucke in den Fluß.

Ein Franzose oder ein Deutscher würde sein Entzücken vielleicht anders ausdrücken. Ein Russe nie. Wie viele meiner Landsleute ich auch in Mondnächten sich an der Weite eines Flusses ergötzen sah, ob in Petersburg auf der Aničkov-Brücke bei den gußeisernen Pferden, die Baron Clodt auf die Hinterbeine stellte, in Nižnij oder auf einer Pontonbrücke, die sich wie ein weißgegerbter Riemen über den breiten Leib der Wolga spannt, in Moskau oder auf der Steinernen Insel – immer spuckten meine Landsleute im Augenblick höchsten poetischen Entzückens ins Wasser.

Eine Wolke verschluckte den Mond. Ich kehrte nach Hause zurück. Zuerst durch den Wald, wo es drückend war wie in einem mit Mixturen, Tropfen, Pillen und Tinkturen vollgestellten Krankenzimmer. Dann durch schlafende Straßen und schwarze Gassen. Sie laufen bei uns in Pensa wirr durcheinander, wie die Linien der Hand. Als läse ich mein Schicksal, ging ich bald auf der Todeslinie, bald auf der Lebenslinie, bald auf der

Liebeslinie, stolperte über Höcker, die nur durch Zufall nicht nach den Göttinnen Minerva oder Venus benannt waren.

Ich war ein Anhänger von Pythagoras, Caesar, Sulla, Agrippa von Nettesheim und Prätorius. Ich wußte, daß es im Buch Hiob heißt: »Auf die Hand eines jeden legt er sein Siegel, damit alle Menschen sein Werk erkennen.«

Zehntes Kapitel

1

Nun ist alles klar. Es ist sinnlos, sich mit Wahrsagerei aus der Hand zu beschäftigen.

2

Ich sitze in der Badewanne und höre durch die dünne Wand, wie meine Frau lauthals lacht. Meine Augen werden trübe. Ich drehe den Hahn auf, verbrühe mich mit kochendheißem Wasser, stecke den Kopf in den Seifenschaum.

Meine Frau lacht wie ein Zirkusclown. Ich verstopfe mir die Ohren mit dem roten Gummischwamm, schlage die Zähne in die Seife.

3

Sie empfängt mich mit einem Lächeln:

»Na, Schätzchen, hast du schön gebadet?«

»Herrlich.«

»Glückwunsch, Miška.«

»Danke, Leo.«

»Schätzchen, warum ist deine Visage so rot?«

»Ich habe zu heiß gebadet.«

»Bei deinem Herzen, Schätzchen, ist das der reine Wahnsinn.«

»Weshalb regst du deine Frau so auf?«

»Er regt mich ständig auf. Er ist ein schrecklicher Lump.«

4

Leo steht vor dem Spiegel und rasiert sich mit meinem Rasierapparat. Nina stickt mit Plattstich schnäbelnde Tauben. Es läutet viermal an der Tür.

»Das ist für uns. Mach auf, Schätzchen.«

Gerade habe ich mich auf dem Sofa ausgestreckt. Welche Wonne, nach einem Bad zwanzig Minuten zu liegen, ohne einen Finger zu rühren! Doch sie foltert mich – sie verfügt über einen Spanischen Stiefel, der mit einer Schraube zusammengezogen wird, eine Nürnberger Walze, die einem die Haut in Streifen vom Leibe schneidet, böhmische Daumenschrauben und einen Wippgalgen, an dem Maljuta so großen Gefallen fand: Wenn ich an einem heißen Tag vor einer Bude stehenbleibe, um ein Glas eiskaltes Narzan zu trinken, sagt sie: »Laß mir einen Schluck übrig, Miša.« Ich lasse ihr einen Schluck übrig, obwohl gerade er mir noch fehlt, um meinen Durst zu stillen. Ich verlange nach diesem Tröpfchen eiskalter Flüssigkeit wie nach der Unsterblichkeit. Aber ich widersetze mich nicht: Soll sie nur trinken, mein Leben ist ohnehin ruiniert, ohnehin singt sie den ganzen Tag Romanzen mit sinnlos entstellten Texten und Motiven. Ich flehe: »Ninočka, um Himmels willen: ›Nacht, Plattform und Lichter, weiter Weg‹.« – »Ich weiß, ich weiß, du brauchst mich nicht zu belehren.« Und weiter singt sie langgezogen ihr *»Auf dem Plafond Lichter, weite Eisenbahn«*.

Ich öffne die Tür. Lidočka tritt ein – die beste Freundin meiner Frau. Lidočka ist im neunten Monat. Dennoch geht sie leichtfüßig, wie eine Spinne auf ihrem ihrem vibrierenden Netz.

Leo seift sich das Kinn ein und philosophiert:

»Ich finde, die Natur hat uns Männer ungerecht behandelt. Ich würde wirklich lieber zwei-, dreimal im

Leben gebären, als mich jeden Tag rasieren zu müssen.« Meine Frau nimmt ihre Freundin in den Arm:

»Bei wem hast du dich angemeldet, meine Gute?«

»Bei Piger.«

»Aber meine Liebe, bei dem haben letzte Woche zwei Gebärende den Geist aufgegeben. Es ist übrigens überall so, entweder sterben die Frauen bei der Geburt, oder sie werden zu Krüppeln gemacht.«

Lidočkas Augen ertrinken in Tränen.

5

Das Postamt befindet sich im Erdgeschoß eines Eckhauses aus braunem Backstein. Einige Fenster des Hauses sind verhängt, andere nackt. Die Fenster, die beleuchtet sind und keine Gardinen haben, wirken schamlos. Auf den Fensterbänken stehen emaillierte Kasserollen, mit Tellern zugedeckte Tontöpfe, Gläser mit gesalzenen Gurken, Bierflaschen mit grünen tuberkulösen Hälsen, Konservendosen, Zwiebelzöpfe, Kakteen mit abgebrochenen Fingern (mit Kakteensaft behandeln die Moskauer Warzen) und andere verstaubte Pflanzen mit Rosen aus Papier. An den Riegeln der Lüftungsklappen hängen Bündel. Aus durchfeuchtetem Zeitungspapier sehen Fischschwänze und das für drei Tage auf Karten zugeteilte rohe Fleisch heraus.

Leo sagt:

»Sie vermehren sich. Sie schnaufen. Sie kratzen sich. Sie kauen. Sie verdauen. Empörend! Es hindert mich, das Leben zu genießen. Ich liebe die Vorstellung, daß die Welt nur für mein Geschnaufe, meine Verdauung, meine Träume, meinen Schnupfen geschaffen wurde.«

Wir steigen die Steintreppe hoch, die mit abgerissenen Banderolen von Streifbandzeitungen, Umschlägen mit rotem Futter, aufgerissen wie eine Wunde, zerknüllten und zerrissenen Postkarten übersät ist.

Bei einem Mädchen, das ein grimmiger Schnurrbart ziert, kauft Leo eine Zehnkopekenmarke.

Über ihrem Käfig hängt ein Plakat:

KLEBEN SIE DIE MARKE IN DIE RECHTE OBERE ECKE. ERLEICHTERN SIE DEN POSTANGESTELLTEN DIE ARBEIT.

Mein Freund setzt sich an den langen, mit schwarzem Wachstuch beklebten und mit violetter Tinte beschmierten Tisch. Mit runden Buchstaben, die auf dem Papier liegen wie ein zerstrittenes Ehepaar im Bett, schreibt er die Adresse: »Minsk. Oktoberstraße 11, An Jadzia Przyryżecka.« (Leo hegt immer noch die Hoffnung, sich von seinen Gewissensbissen zu befreien.)

Als er fertig ist, dreht er den Brief um, späht nach allen Seiten und klebt die Marke *in die Mitte des Umschlags*. Er sagt:

»Jeder untergräbt die Sowjetmacht und bekämpft den sozialistischen Aufbau, wie er es vermag.«

Ich verspüre den herrlichen Wunsch, in eine Telefonzelle zu stürzen und die GPU zu rufen.

Wenn Leo vor meinen Augen irgendeinen Teufelsapparat geladen hätte, um den Kreml in die Luft zu jagen – ich hätte den Wunsch nicht verspürt: »Pfui! Eine Denunziation!«

Ist die uns in Fleisch und Blut übergangene »bürgerliche Moral« sterblich?

Freilich tat ich auch in dem Fall »mit der Marke« nicht, was sich gehört hätte. Eine Schande! Meine Gummilippen dehnten sich zu einem Lächeln, das beinahe beifällig war.

Ähnlich ergeht es mir beim Schreiben von Berichten, Rapporten, Resolutionen. Wenn die Feder wie automatisch übers Papier fliegt, unterläuft mir kein einziger orthographischer Fehler; aber ich brauche nur über einem Wort ins Stolpern zu geraten, mir über einem Buchstaben die Stirn zu reiben, um an der simpelsten

Stelle einen selbst für ein Vorschulkind unverzeihlichen Patzer zu machen.

6

Unter vier Augen, im ausladenden Sessel, eine Zigarre zwischen den Zähnen und die Nagelfeile in den allzu langen Fingern, sprach Leo manchmal in hochgestochenen, geschraubten Sätzen:

»Wie ein Eisenbahndieb stiehlt diese unerträgliche Revolution der willfährigen Straße erneut ihre Frauen, die vielversprechend sind wie Reklame, liebkost von rötlichen Marderfellen, goldenen Zobeln, schmeichelnden Maulwürfen, makellosen Hermelinen und Karakullämmern, kraushaarig wie Semiten; ihre rassigen Männer – mit schneeweißen Schals, die unter Biberkragen schäumen wie Schlagsahne in Kaffeegläsern; ihre Automobile – ungeduldig wie die Börse; ihre Restaurants, majestätisch und zum Beten einladend wie Kathedralen; Kathedralen, schick wie Kneipen; Traber, stattlicher als Gardeoffiziere; Schaufenster, die dem Auge mit fremdem Glück schmeicheln; Foxterrier und Bulldoggen mit Halsbändern aus Pantherfell; Laternen mit Gloriolen wie Heilige.«

Sanft streifte er die Bauchbinde von der Zigarre, wie den Ring vom Finger einer Frau, die einem anderen gehört.

7

Ich halte Ausschau nach einem Milizionär, um mich zu erkundigen, wie ich in die Spassko-Goleniščev-Gasse komme. Eine rote Schirmmütze stoppt meinen Blick mit der Macht der Signallaterne des Weichenstellers, die den Expreß in die Knie zwingt. Ich trat auf den Milizionär zu, als seine schrille Pfeife gerade eine mondfarbene Alte am Rockzipfel packte. Sie hatte gegen das Gesetz verstoßen, indem sie vom hinteren Perron der Straßenbahn ausgestiegen war.

Der Milizionär bekam von der Verbrecherin einen Rubel und stellte ihr eine bläuliche Quittung aus. Die Alte steckte sie sorgfältig in ihr Ridikül aus den neunziger Jahren. Sie hatte offenbar beschlossen, dem Herrgott das Dokument am Jüngsten Tag vorzuweisen.

Ich fragte den Milizionärsrücken:

»Genosse, wie komme ich in die Spassko-Goleniščev-Gasse?«

Majestätisch drehte sich der mit kupfernen Augen blitzende Rücken um.

Meine Frau hätte an meiner Stelle sicher provozierend gerufen: »Jacques! Mein Bester! Sind Sie es wirklich, Sie unwiderstehlicher Schelm? Leutnant? Husar des Todes? Mit Totenschädel und Knochen? Ach, mein Bester, wie katastrophal Ihnen diese Schupomütze steht!«

Aber ich bin im Grunde gar kein so schlechter Mensch. Ich erkenne meine Kameraden aus dem Gymnasium nur, wenn es ihnen Vergnügen bereitet; ich frage nach der Gesundheit, wenn die Wangen vor Röte leuchten; ich bestelle »einen Gruß an die Frau«, wenn ich sicher bin, daß die bessere Hälfte nicht gerade auf den leichten Flügeln ihrer dem Wind der Leidenschaften allzu sehr gehorchenden Röcke zum Zimmernachbarn hinübergeflogen ist; schließlich erkundige ich mich, »wie die Geschäfte gehen«, wenn ich sehe, daß mein Bekannter mit Warenballen, Bündeln und Säcken behängt ist. Noch kein einziges Mal habe ich die sarkastische Antwort bekommen: »Die Geschäfte? Wissen Sie, was Sch… ist, Míchail Stepanovič? Nun, das ist Kompott, verglichen mit meinen Geschäften.«

Ich fliehe den Posten des Milizionärs.

An den grauen Mauern der ehemaligen Adelsversammlung kleben Nebel, Schatten, die Goldpapierchen der Laternen und marktschreierische Plakate: »Spreegart. Spreegart. Spreegart.«

Auf dem Trottoir drängen sich Mädchen mit roten Händen und junge Männer mit Augen, daß ich mich wundere, warum es nicht nach angesengten Wimpern und verbranntem Fleisch riecht.

Die Worte meines Freundes sind rot, wie die Hände der Mädchen.

Ich sage mir: »Er geht also noch nicht aus. Gut, wenn er mich bemerkt. Er wird glauben, ich wäre im Polytechnischen Museum gewesen. Das wird ihn freuen. Er wird denken, daß ich vor Neid Bauchschmerzen habe. Ich nehme allzuviel Raum in seinem Leben ein. Wenn es mich nicht gäbe, wäre er wahrscheinlich Saša Frabers Privatsekretär geworden. Der Ruhm wäre ohne Geschmack für ihn gewesen. Wie Hecht nach Jiddenart, ohne Pfeffer.«

9

»Leo, hör auf, Miša zu quälen.«

Wie üblich hatte Saša Fraber seine Lippen zu einem besorgten Band gefaltet.

»Gut, gut. Meinetwegen. Sprechen wir über die Sterne, über Sahne, über Politik, über Literatur.«

Aus seinem fingerhohen Glas schwappten ein paar Tropfen Wodka auf den rosenumschlungenen Teller aus der Porzellantrust-Fabrik »Wahrheit«. Sich verjüngende Scheiben dunkler Teewurst lagen paarweise da (wie ein aufgeschnittenes Opernglas). In einem Glas, das jünglingshafte Keuschheitspickel zierten, war verklebter Lachskaviar. In den mit der Schere aufgestocherten Konservendosen – süße Paprika, dunkelblaue Auberginen und marinierter Zander.

»Übrigens, neulich habe ich die ›Brüder Karamazov‹ wieder gelesen. Findet ihr nicht auch, Freunde, daß der große russische Schriftsteller für uns Russen ein Neger aus Afrika geworden ist, ein Chinese vom Gelben Fluß oder, bestenfalls, ein Bewohner von Madrid? Ich habe Fjodor Michajlovičs Roman mit herrlicher Leichtigkeit gelesen. Wie ›Tarzan‹. Wie das exotische Werk eines Stammgasts im Dschungel. Ein hinreißendes Büchlein! Nein, denkt bloß – ein Buch über die *russische Seele.* Ja? Wie gefällt euch das? Der Kauz! Russische Seele! So ein Spaßvogel! Zum Totlachen.«

Leo spießte eine dunkle Scheibe Teewurst auf die Gabel und schwenkte sie über dem Kopf.

»Saša, lieber Freund, sag mal – die russische Seele, kässkessäh? Womit ißt man das? Die russische Seele. Glauben Sie nicht, Genosse Fraber, daß wir im achtzehnten Jahrhundert mit unseren russischen Bärten auch unsere russischen Seelen abrasiert haben? Glauben Sie nicht, daß es in unserer Brust genauso glatt ist wie auf unserem Kinn?«

Mein Freund schwankte.

»Puškins inspirierter Backenbart? Tolstojs Patriarchenbart? Dostojevskijs mystische Zotteln? Čechovs keilförmiges Intelligenzlerbärtchen? Die opernhaften Zwickelbärtchen der Symbolisten? Weg, vorbei! Aufidersejn!«

Sein Zeigefinger bohrte sich durch eine Wolke von Tabaksqualm.

»Archiv. Historie. Staub der Jahrhunderte. Wir sind die modernsten Menschen der Erde. Im Vergleich zu uns sind die Franzosen Verrückte: Sie bilden sich ein, der Dreispitz wäre eine Krone. Die Märtyrer. Sie tragen ihn wie einen Heiligenschein. Dumme Ochsen – brechen unter einer Last zusammen, die weniger wiegt als das Kügelchen eines Homöopathen und, in unserer Vorstellung, noch unglaubwürdiger ist als Reue, Schuld, Nationalstolz, das Gefühl der Scham oder der Dankbarkeit. Die Bürger der Hauptstadt der Welt haben ihre Schnurrbärte noch nicht abrasiert. Sie haben sie nur leicht gestutzt, nach Maupassant. Schimpf und Schande über die Franzosen! Es lebe unser Kinn und unsere Unterlippe – rein wie bei einem Säugling. Ninočka, stoß mit mir an.«

Wie ein Schwindsüchtiger spie die Flasche Blut in das Glas meines Freundes.

»Doch der Genosse Fraber, Materialist, Sozialist, Marxist, Dialektiker und beinahe Kommunist…«

Saša verfinsterte sich, vom Gefühl der eigenen Würde erfüllt:

»Plechanov-Anhänger!«

»… der Plechanov-Anhänger Fraber zieht ein saures Gesicht. Er möchte eine Seele haben. Wie der Mönch Zosima, nicht wahr? Wie Zosima? Wie Grušenka? Die Hure Nastasja Filippovna? Der Idiot Myškin? In den Ruhestand mit dem Genossen Fraber. In Pension. In die Sozialfürsorge. Ins Armenhaus. In die Kiste!«

Meine Frau trug ein Abendkleid aus eisenfarbenem, rostgesprenkeltem Chiffon. Mit der linken Hand packte er ihre nackte Schulter, mit der rechten ihre Brust, die ihm aus den Fingern glitt wie ein nasses Stück rosa Familienseife.

»Ninočka, Ninok…«

Er bekam Schluckauf.

»… du allein verstehst mich. Du allein! Stoß an. Trink.«

»Du redest Unsinn, Leo. Ich habe auch eine Seele. Ich habe eine sehr weite russische Seele.«

Meine Frau ließ den Kopf in den Teller mit dem Ferkel in Aspik fallen und begann zu schluchzen.

Ich aber stürzte mit verzauberten Augen zu meinem Freund, um ihn unterwürfig und wie ein Barbar abzuküssen.

Der Philosoph Skovoroda würde sagen: Aus Neid auf die Freundlichkeit der Hunde setzte der Esel seinem Herrn die Hufe auf den Bauch.

9

Ich poliere meine Schuhe mit einem Samtläppchen. Ich spucke mir auf die Finger und zupfe die Eiderentenfederchen von der Hose. Ich massiere meinen kahlgeschorenen Kopf mit Eau de Cologne und pudere mich mit zusammengepreßtem Mund vor dem Spiegel. Wenn ich in den Spiegel sehe, presse ich immer die Lippen aufeinander. Leo kneift verächtlich die Augen zusammen. Meine Frau legt ein bezauberndes Lächeln auf. Saša Fraber versucht, ein kluges Gesicht zu machen. Jeder ist auf seine Weise krankhaft darum bemüht, sich selbst zu gefallen. Wahrhaftige Spiegel mögen wir alle nicht besonders gern. Wahrscheinlich haben schon die Sidonier (diese ersten eitlen Männer der Antike) sie ebensowenig geliebt wie die Venezianer des dreizehnten Jahrhunderts, die sich in Spiegeln aus mundgeblasenem Glas auf Bleifolie an ihrem Anblick ergötzten.

Heute bin ich allein und habe köstlich gespeist (meine Frau ist zu Lidočka gegangen, die glücklich einen zehn Pfund schweren Knaben zur Welt gebracht hat), ich habe die Zeitung gelesen und mit Erfolg ein paar Thesen für einen Vortrag im Allrussischen Volkswirtschaftsrat entworfen.

Mein Gesicht ist frisch, meine Augen sind fröhlich, und ich bin mir selbst freundlich gesinnt.

Es klopft an die Tür. Ich verwandle mich und werde traurig und staubig wie eine Restaurantpalme.

Und wenn ich mir den Kopf abhacken lasse – ich gehe ins Ballett, in »Schwanensee«.

Warum hat mein Freund heute so eine dumme Physiognomie? Sieht er vielleicht immer so aus? Und ich habe es fünfzehn Jahre lang aus Nachlässigkeit und Zerstreutheit nicht bemerkt?

Jetzt komme ich darauf: Mein Freund hat sich heute die Haare schneiden lassen. In der Regel sehen die Physiognomien von Männern nach dem Friseurbesuch um rund fünfundsiebzig Prozent dümmer aus. Ich würde gern einmal den Autor der »Relativitätstheorie« sehen, wenn er gerade aus dem Friseurladen kommt.

Leo nimmt einen Sessel und setzt sich mir gegenüber. Wie Blutegel saugen sich seine Augen an meiner Nase fest:

»Miška, du hast einen Mitesser auf dem rechten Nasenflügel.«

Alles ist verloren. Das Blut gerinnt mir in den Adern wie Milch von einem Tropfen Essig.

»Jede Wette, daß du dich irrst. Ich habe keinen Mitesser auf der Nase.«

»Red keinen Unsinn, da ist einer.«

»Ich schwöre es dir.«

»Ich schwöre es dir – da ist ein Mitesser. Und zwar ein ziemlich beeindruckender.«

Er bekommt den Blick eines Geiers. Die kleinen Gefäße im Weiß der Augen füllen sich mit Blut.

»Man muß ihn ausdrücken.«

»Vielleicht morgen, Leo? Jetzt bin ich schon fürs Ballett angezogen, für »Schwanensee«. Ich habe einen guten Platz, dritte Reihe, hat mich ein Vermögen gekostet, aber erzähl es Ninočka nicht.«

Er setzt sich auf meine Knie, packt mich an den Schläfen und zieht meine Nase nahe an seine Geieraugen mit den blutigen Fädchen heran.

Er zittert. Der Genuß, den ihm das Ausdrücken des Mitessers auf meiner Nase bereitet, ist nur mit dem Entsetzen zu vergleichen, das ich dabei empfinde.

Ich schließe die Augen. Meine Finger werden zu Bierflaschenhälsen. Die Stirn bedeckt sich mit gläsernen Tropfen. Ich halluziniere: die Krallen eines Aasgeiers, nach Birnenessenz duftend. Sie sind lackiert, rot wie geronnenes Blut.

»Nicht bewegen, Miška. Du hast sage und schreibe vier Mitesser auf der Nase.«

»Aber es ist doch meine Nase. Meine eigene Nase. Bin ich etwa nicht mehr Herr meiner eigenen Nase?«

Er stemmt sein Knie gegen meinen Bauch und atmet wollüstig. Ich weine dicke Tränen, wie ein Pferd mit großen, glänzenden Augen.

10

Mein ganzes Gesicht ist mit runden Schwellungen bedeckt, auf denen hochrote Laternen den Eingang zu den verlassenen Höhlen zu beleuchten scheinen. Es waren erheblich mehr Mitesser gewesen, als wir vermutet hatten. Auf Wunsch hätte man sie zählen können. Sie liegen in Reih und Glied auf einem Fayencetellerchen, höhnisch die winzigen Köpfe in den Nacken geworfen.

11

Das *Ausdrücken* wiederholte sich am Samstag, dem 16. September, vor dem Gelage.

12

Es ist kaum zu glauben, daß ich meinen Freund wegen dieser winzigen Würmchen mit den höhnischen Köpfen und den weißen Schwänzchen mit der Portierenschnur erhängt habe.

Z y n i k e r

»Weshalb könnte denn ein Geschichtsschreiber verurteilt werden, der sich genau, bis in die einzelnen Kleinigkeiten, an die ihm zur Verfügung stehende Erzählung hält? Ist es seine Schuld, wenn die handelnden Personen, verführt von Leidenschaften, die er nicht teilt, zu seinem Unglück Handlungen begehen, die höchst unmoralisch sind?« ***Stendhal***

»Sie haben eine scharfe Beobachtungsgabe, Glafira Vasiljevna. Das ist alles sehr richtig, aber sagten Sie nicht selbst, daß man, um den allgemeinen Geschmack zu treffen, sich ›entstellen‹ muß? Sie werden doch zugeben, daß dies ein großes Opfer ist, zu dem eine Art von Heldenmut gehört.«

Leskov

1 9 1 8

1

»Nett, daß Sie mit Blumen zu mir kommen. Alle Männer hetzen mit ausgestreckter Zunge durch den Sucharevskij-Markt und kaufen Mehl und Hirse ein. Ihren Geliebten bringen sie auch nichts anderes. Wie Leichen liegen die Säcke unter den gemaserten Betten.«

Sie stellte die Astern in eine Vase. Es war ein silbriges, schlankes Gefäß von der Form eines Frauenarms mit abgehacktem Handgelenk.

Unter dem Fenster ratterte ein schweres Lastauto vorbei. Düster-nachdenkliche Soldaten überführten irgendwelche Menschen, die alten, zerbrochenen Möbeln aus einer Sommerwohnung ähnelten.

»Wissen Sie, Olga ...«

Ich berührte ihre Finger.

»... nach unserem ›sozialistischen‹ Umsturz bin ich zu dem Schluß gekommen, daß unser russisches Volk nicht völlig humorlos ist.«

Olga trat an den vom Spitzengewebe des vergoldeten Rahmens umschlossenen Spiegel.

»Und wie denken Sie, Wladimir ...«

Sie musterte sich im Glas.

»... kann es passieren, daß man in Moskau kein französisches Lippenrot mehr bekommen wird?«

Sie nahm vom Tischchen den goldenen Guérlain-Stift: »Wie soll man dann leben?«

2

Nach einem viertägigen Streik beschloß die Belegschaftsversammlung der Tulaschen Waffen- und Munitionsfabrik:

»... beim ersten Ruf der Fabrikpfeifen die Arbeit wiederaufzunehmen, da die unter dem allgemeinen wirtschaftlichen Zerfall leidende Belegschaft der Werke nur infolge *einer vorübergehenden geistigen Umnachtung* in den Streik getreten war.«

3

Die Tschechoslowaken haben Samara besetzt.

4

In Petersburg wurde Volodarskij beerdigt. Dem Sarge folgten unter strömendem Regen über zweitausend Menschen.

5

Die Allrussische Tscheka hat im Kaffeehaus des französischen Staatsangehörigen Lefenberg, Stolešnikov-Gasse 8, und im Kaffeehaus des Slowaken Zumburg, ebenfalls Stolešnikov-Gasse, aber Nr. 6, sorgfältige Haussuchungen abgehalten. Man fand allerlei feines Gebäck und annähernd dreißig Pfund Honig.

6

Bewaffnet mit einem Wischlappen aus den Zeiten Homers, stehe ich auf der leichten Trittleiter und schlucke in vollkommenstem Lusttaumel Bücherstaub.

Unten zupft Olga an ihrem mausgrauen Handschuh.

»Nein, Olga, das können Sie nicht von mir verlangen!«

Sie fährt fort, ihre zweite Haut von der linken Hand abzuziehen.

»Sie wünschen also, daß ich diesen mit nichts vergleichbaren Genuß mit dem Dienstmädchen teile? – Sie wünschen, daß ich dem Dienstmädchen erlaube, einmal wöchentlich meine Bücher abzuwischen? Ja? ...«

»Genau das.«

»Für nichts auf der Welt! Sie bekommt schon ohnehin viel zuviel Lohn.«

»Marfuša!«

Vor Aufregung verliere ich das Gleichgewicht. Um nicht zu stürzen, bin ich genötigt, den Lappen aus den Zeiten Homers fallen zu lassen und mich an den Schrank zu klammern. Der Lappen schwebt einige Augenblicke in der Luft und senkt sich dann leicht und gemächlich auf Olgas Hut aus perlig schimmernden Möwenfederchen.

O Entsetzen! Die antike Reliquie verhüllt ihr Antlitz wie ein schwarzer orientalischer Gesichtsschleier.

Olga würgt am Staub, hustet, niest.

Von meinem »Himmel« herab murmele ich irgendwelche Entschuldigungen. Alles ist verloren. Von der Erde hallt es zu mir herauf:

»Marfuša!«

Es erscheint ein Mädchen, geräumig und so breit wie das kupferne Becken, in dem Mama Konfitüre zu kochen pflegte.

»Seien Sie so freundlich, Marfuša, und übernehmen Sie das Abstauben der Bücher. Vladimir Vasiljevič braucht dazu drei Stunden, bei Ihnen wird das Ganze nicht länger als zwanzig Minuten dauern.«

Mein Herz krampft sich zusammen.

»Steigen Sie herab, Vladimir. Wir wollen spazierengehen.« Ich steige hinunter.

»Ihre Physiognomie ist mit Schmutz tätowiert.«

Meine Physiognomie ist tatsächlich »mit Schmutz tätowiert«.

»Sie müssen sich unbedingt waschen. Ist die Wasserleitung in Ihrem Hause in Ordnung? Wenn nicht, dann habe ich umsonst vierundsechzig Stufen abgezählt.«

»Vor einer Stunde hat die Wasserleitung funktioniert. Aber Sie wissen doch selbst, Olga: Das Angenehmste an einer Revolution sind ihre Überraschungen.«

7

Wir gehen durch den Passionsboulevard. Die Ahornbäume gleichen altfränkischen Modedamen in großen Strohhüten mit hochroten, orangefarbenen und gelben Bändern.

Olga faßt mich unter den Arm.

»Meine ›Ahnen‹ geruhten ins Ausland zu fliehen. Gestern erhielt ich von meinem teuersten Papachen einen Brief mit der Order, ›die Wohnung zu hüten‹. Zu diesem Zwecke empfiehlt er mir, einen Bolschewiken zu heiraten. Und dann, sagt er, wird man schon weitersehen.«

Über den Himmel sind kleine Kissen in schneeweißen Bezügen verstreut. Aus einigen sind die Daunen ausgeschüttet.

Olgas Gesicht ist glatt und weiß wie eine Karte aus einem Spiel höchster Qualität. Der Mund aber ist – das Herzas.

»Ich will Gefrorenes.«

Ich erwidere, daß es ein Dekret des Moskauer Sowjets gebe, derzufolge »die Herstellung und der Verkauf« ...

»... der Nascherei, für die Sie eine so große Schwäche haben ...«

... vollkommen verboten sei.

Olga zuckt die Achseln.

»Eine recht sonderbare Revolution.«

Und sagt bekümmert:

»Ich dachte, sie würden vor allen Dingen eine Guillotine auf dem Richtplatz aufstellen.«

Die dünnen, rundköpfigen Linden verlieren gelbes Haar.

»Statt dessen verbietet unser Konvent, oder wie er sich dort nennt, den Verkauf von Gefrorenem.«

Über die Stadt hat sich ein Regenbogen geworfen. Hängt wie heitere, bunte Hosenträger. Der Wind pfeift eine bekannte Melodie aus einer Wiener Operette. Über irgendeinen Unsinn plaudern die Spatzen.

8

In Kasan wurde eine gegenrevolutionäre Verschwörung der Offiziere aufgedeckt. Es setzten Haussuchungen und Verhaftungen ein.

Die beteiligten Militärs flohen nach dem Kloster Rajskaja Pustyn. Die Kasaner Tscheka entsandte dorthin eine Untersuchungskommission und gab ihr zum Schutz vier Rotgardisten mit. Die Mönche aber nahmen die ganze Kommission gefangen und verbrannten sie auf mehreren Scheiterhaufen samt den Schutzmannschaften.

Wobei die Verbrennung, wie erzählt wird, nach altrussischem Brauch vor sich ging: Man fesselte die Opfer mit dünnen Stricken und warf sie in den Fluß, wartete, bis auf der Oberfläche des Wassers keine Blasen mehr erschienen, zog die Versenkten wieder hoch und machte sich dann daran, sie »auf den Scheiterhaufen zu trocknen«.

Eine Geschichte nach Olgas Geschmack.

9

»Ich bin gekommen, Olga, um von dir Abschied zu nehmen.«

»Abschied? Goga, erschrecke mich nicht!«

Und Olga hebt tragisch die Braue über dem lachenden Auge.

»Wohin geruhst du denn zu reisen?«

»An den Don.«

»Zur Armee des Generals Aleksejev.«

Olga blickt ihren Bruder fast ehrfürchtig an.

»Goga, du bist ja ...«

Und plötzlich wirft sie – mir nichts, dir nichts – die Beine hoch und beginnt mit ihnen zu strampeln. Genauso pflegen Hunde mit dem Schwanz zu lachen.

Goga ist ein lieber und hübscher Knabe. Er ist neunzehn Jahre alt. Er hat stets gekränkte rosige Lippen, einen Kopf im Gold aufgekochter Sahne von Steppenkühen und große, grüne, unglückliche Augen.

»Begreife doch, Olga, ich liebe mein Vaterland.«

Olga hört auf, mit den Beinen zu strampeln, wendet dem Jungen ihr Gesicht zu und sagt ernst:

»Das ist nur die Folge davon, Goga, daß du kein Abitur gemacht hast.«

Gogas Lippen kräuseln sich noch gekränkter.

»Nur Lumpen, Olga, können während eines Krieges algebraische Rechenexempelchen lösen. Leb wohl.«

»Leb wohl, Küken.«

Er reicht mir seine Hand mit den zarten, frauenhaften Fingern. Nein, Fingerchen. Ich drücke sie ihm fest:

»Auf Wiedersehen, Goga.«

Er schüttelt den Kopf, verschüttet dabei das Gold der aufgekochten Sahne:

»Nein, leben Sie wohl.«

Und stülpt seine mädchenhaft rosigen, gekränkten Lippen vor. Wir küssen uns.

»Auf Wiedersehen, mein lieber Freund.«

»Weshalb betrüben Sie mich, Vladimir Vasiljevič? Ich wäre so glücklich, für Rußland sterben zu können.«

Armer Engel! Man wird ihn ganz bestimmt abschießen. Wie ein Rebhuhn.

»Leben Sie wohl, Goga.«

10

An der Kuzneckij-Brücke werden von den Kaufläden die alten Schilder abgeschält. Zum Vorschein kommen schmutzige, picklige, mit Flechten bedeckte Mauern.

Von den Dächern rinnt in durchsichtigen Strömen gelbe Sonne. Es ist mir, als ob ich ihr Rauschen in den Traufen hörte.

»Zur Zeit Peters des Großen, Olga, war hier die Schmiedesiedlung. Man räucherte den Himmel an. Kochte Eisen wie eine Suppe. Schlug mit Hämmern auf Ambosse. Es wäre interessant, zu erfahren, was die Bolschewiki aus dieser Gegend künftig zu machen gedenken.«

Ein Arbeiter, mit einem Mützchen, das wie ausgespuckt aussieht, grinst heiter:

»Tja, Bürger, vielleicht werden wir zum Beispiel im Alschwangschen Geschäft für bourgeoise Üppigkeiten allerlei Kleinkram nach Karten verabfolgen.«

Und fügt dann, nach einem aus zusammengekniffenen Augen hingeschleuderten Blick auf Olgas Lippen, hinzu:

»An die werktätige Bevölkerung.«

Die vorabendliche Sonne zerfließt über den Bürgersteigen. Dort, wo sich auf ihnen kleine Gruben und Vertiefungen gebildet hatten, stehen große, vom Wind bewegte Sonnenpfützen.

»Warten Sie einen Augenblick auf mich, Vladimir.«

»Zu Befehl.«

»In der Wohnung siebenunddreißig haust ein bekannter Juwelier. Man muß ihm ein Steinchen hineinwerfen. Ich bin sonst ohne einen Heller.«

»Mir geht es genauso. Morgen begebe ich mich zu den Antiquaren, um den ›letzthändigen Puškin‹ zu versilbern.«

Olga läuft mit leichten Schritten die Stufen hinauf.

Ich warte.

Ein alter Wirklicher Geheimer Rat, »bekleidet mit einem Kneifer«, handelt im Torweg mit Charkover Sahnekaramellen.

Ich werde schwermütig. Ich denke an das Gäßchen, in dem sich noch die Bücherbuden eng aneinanderdrängen. Einstmals nannte man diese Gasse Mochovaja. Sie zog sich am stillen, menschenleeren Ufer des sumpfigen Flüßchens Neglinnaja entlang. Ohne auf ein Hindernis zu stoßen, wuchs hier aus dem weichen, schlammigen Boden eigensinnig und üppig das Moos.

Olga kommt zurück.

»Jetzt können wir wieder flott leben.«

Sie kauft beim Wirklichen Geheimen Rat Sahnekaramellen. Die fuchsrote Sonne springt einem wie ein zottiges lustiges Hündchen wirr um die Beine.

11

Mein älterer Bruder Sergej ist Bolschewik. Er wohnt im »Metropol«, leitet das Wassertransportwesen (während er Archäologe ist), fährt immer in einem Sechssitzerauto, dessen Reifen aufgedunsen sind, als ob sie die Wassersucht hätten, und ißt zu Mittag zwei Kartoffeln, gebraten in der Einbildung des Kochs.

Sergej hat heitere Blauaugen und kindlich abstehende Ohren. Es scheint einem, er könnte jeden Augenblick nach Vogelart mit ihnen aufflattern, worauf der Kopf mit den Blauaugen davonfliegen würde.

Über seine ganze rechte Wange dehnt sich ein rosiger Fleck. Von früher Kindheit an wurde Sergej fast alljährlich auf den Operationstisch gelegt, damit die Ärzte auf seinem Körper sich nach Belieben eine vom Messer noch unberührte Stelle aussuchen und ein blutiges Stück Haut herausschneiden konnten.

Das abgetrennte gesunde Gewebe legte man als Flicken auf die kranke Wange. Jedesmal fraß der Lupus den frischen Lappen weg.

»Ich komme mit einem Anliegen. Schreibe mir bitte einen Zettel, daß man mir eine Schutzurkunde für meine Bibliothek gibt.«

»Wozu brauchst du die Bücher?«

»Um sie abzustauben.«

»Geh ins Rumjancev-Museum und tue es dort.«

»Schön ... dann nicht.«

Sergej setzt sich an den Tisch und schreibt den Zettel.

Ich beginne ein Gespräch über den soeben in Moskau unterdrückten Aufstand der linken Sozialrevolutionäre; über das Schicksal des schwarzbärtigen, siebzehnjährigen jüdischen Knaben, der, um »die Ehre Rußlands zu retten«, in die deutsche Gesandtschaft eine Bombe geworfen hat; über den Tod Mirbachs; über das Verlangen der Sozialrevolutionäre, um jeden Preis einen mörderischen Kladderadatsch mit Deutschland anzustiften.

Noch hat sich nicht alles gelegt. Noch hält man an den Ausfallstraßen der Stadt die Autos an und unterzieht sie, einem Leninschen Befehl zufolge, »einer dreifachen Prüfung«; noch sind die Schlagbäume an den Chausseen heruntergelassen, und bewaffnete Arbeiterabteilungen zünden um sie herum des Nachts ihr Lagerfeuer an.

Um Sergej zu ärgern, sage ich über die Sozialrevolutionäre:

»Weißt du, ich finde aufrichtigen Gefallen an diesen ›Skythen‹ mit den rötlichen Regenschirmen und zerrissenen Gummischuhen. Die Bomben beschweren die Taschen ihrer wattierten, abgetragen-altmodischen Mäntel in höchst romantischer Weise.«

Olga äußerte sich über dic Sozialrevolutionäre auch nicht übel:

»Sie gleichen unserem Goga – es ist, als ob sie ebenfalls kein Abitur gemacht hätten.«

Sergej reibt sich mit der hageren Nasenwurzel am Schreibtischrand. Er ähnelt einem großen zottigen Hund, von dem man annehmen kann, daß er sogar mit schwarzen Katzen Freundschaft hält.

»Hier handelt es sich, siehst du wohl, nicht um Romantik, sondern um eine Posse. Übrigens ist das in der Politik dasselbe.«

In weichen, grauen Flocken fällt die Dunkelheit auf den Theaterplatz.

»Ihr Oberbefehlshaber – Muravjov – ist vorgestern nach Simbirsk ausgerückt und hat von dort aus geruht, nicht mehr und nicht weniger als ›Deutschland den Krieg zu erklären‹. Dumm, aber füsilieren muß man doch.«

Der Garten, die Bänke, die dünnen Bäumchen und die seltenen Menschengestalten da unten sind vom herbstlichen Zwielicht zugeschüttet. Als ob mehrere Stunden hintereinander warmer, grauer Schnee gefallen wäre.

Ich stemme mich mit meinen nüchternen, gleichgültigen Augen, die so kühl sind wie grünliches, mit Rost überhauchtes Septemberwasser, in die träumerischen Blicke Sergejs.

Unerträglich quält mich das Verlangen, ihn wütend zu machen, ihn aus der Fassung zu bringen.

»Die Sozialrevolutionäre, Muravjov, die Deutschen, der Krieg, die Revolution – das ist alles Unsinn ...«

Sergej reißt die flockigen Wimpern auf.

»Und was ist kein Unsinn?«

»Meine Liebe.«

Unten am Theaterplatz rauchen die wenigen Laternen ihre Zigaretten.

»Angenommen, eure sozialistische und proletarische Revolution geht zu Ende, ich aber werde geliebt ...«

Durch die Wolken flammt eine dicke deutsche Zigarre auf.

»... Ein tragisches Ende! ... Und ich? ... Ich bade in meinem Glück, schwimme bis zum Bauch darin, schnaube im rosigen Wässerchen und lasse verzückt aus allen Stellen Bläschen aufsteigen.«

Sergej holt aus der Aktentasche Papiere hervor:

»Nun, mein Lieber, mit dir zu verkehren ist genauso gut, wie in Brennesseln zu sch... schlafen.«

Und er reckt sich:

»Geh nach Hause. Ich muß arbeiten.«

12

Die Bolschewiki beruhigen, so gut, wie sie können, die zwei Millionen starke Bevölkerung der Weißsteinernen*.

Die Zeitungen haben sogar neue Spalten eingeführt:

»Die Bekämpfung der Hungersnot.«

»Die Belieferung Moskaus mit Nahrungsmitteln.«

Heute gibt es zwei erfreuliche Nachrichten.

Die erste:

»Aus Rjasan sind nach Moskau achtundvierzig Waggons Ölkuchen abgegangen.«

Die zweite:

»Heute sind zweiundfünfzig Pud Weizenmehl und ein Pud Roggenmehl eingetroffen.«

13

Olga liegt auf dem Diwan, hält die Nase in ein seidenes Kissen gesteckt.

Ich verliere mich in Vermutungen:

»Was ist geschehen?«

Endlich, um die sich katastrophal verdichtende Finsternis zu zerstreuen, schlage ich schüchtern vor:

»Wenn Sie wollen, lese ich Ihnen ein bißchen vor.«

Schweigen.

* Moskau wird in Rußland das »Weißsteinerne Mütterchen« genannt. (Anm. d. Übers.)

»Ich habe das ›Satyricon‹ von Petronius bei mir.«

Nach einer sehr eindringlichen Pause:

»Ich will nicht. Seine Helden sind nur erbärmliche, eifersüchtige Viecher.«

Die Stimme klingt wie aus dem Fegefeuer:

»... sie geben es nicht zu, daß jemand sich bei ihren Geliebten ›die Hände am Busen trockne‹!«

Olga holt die Nase aus den Kissen hervor. Die Puderschicht ist abgefallen. Die Nasenflügel sehen rosig aus und sind leicht geschwollen.

»Wie wagen Sie es überhaupt, mir vorzuschlagen, ich soll Petronius anhören? In seinen Schriften ›würfeln die Knaben um ihre Hintern‹!«

»Olga! ...«

»Was ›Olga‹?«

»Ich will nur sagen, daß die Römer Petronius den ›Richter der schönen Künste‹ genannt haben.«

»So!«

»Elegantiae ...«

»Ja – ja – ja!«

»... arbiter.«*

»Schluß! Jetzt habe ich alles begriffen: Sie sind schockiert, weil mir der Bauch weh tut ...«

»Der Bauch ...?«

»Die Ouvertüren, die sich in meinem Magen abspielen, bringen Sie aus der Fassung. Es widert Sie an, neben mir zu sitzen. Sie wollten mir wahrscheinlich jene Stelle aus dem ›Satyricon‹ vorlesen, wo Petronius empfiehlt, ›sich nicht zu genieren, wenn jemand ein Bedürfnis hat ... weil niemand von uns versiegelt zur Welt gekommen ist ... daß es keine größere Qual gäbe, als sich zurückzuhalten ... daß dies allein uns selbst Jupiter nicht verbieten könne ...‹ Habe ich Sie recht verstanden?«

Ich fasse mich an den Kopf.

* Elegantiae arbiter – (lat.) Richter des guten Geschmacks.

»Merken Sie sich also, daß Sie sich geirrt haben – ich bin verstopft!«

Ich senke die Augen.

»Sagen Sie, bitte, sind Sie in mich verliebt?«

Das Blut steigt mir zu Gesicht. (Eine furchtbare Ungerechtigkeit: Männer erröten bis zu ihrem sechzigsten Lebensjahr, Frauen – bis zu ihrem sechzehnten.)

»Sind Sie zärtlich verliebt? Erhaben verliebt? In diesem Falle machen Sie den Schrank auf und holen Sie den Irrigator heraus. Hören Sie, um was ich Sie bitte?«

»Ich höre.«

»Bewegen Sie sich doch!«

Ich verschiebe mich wie einen schweren Beckerflügel.

»Suchen Sie am oberen Brett, in der Ecke!«

Ich verbrenne mir die Finger am kalten Glas des Gefäßes.

»Das ist er ... mit dem gelben Schlauch und der schwarzen Spitze ... Gießen Sie aus der Karaffe Wasser hinein ... holen Sie vom Toilettentisch Vaseline ... schmieren Sie die Spitze ein ... hängen Sie das Ganze auf den Nagel ... Ich danke Ihnen ... und jetzt können Sie nach Hause gehen ... Auf Wiedersehen.«

14

Die dritte geschlagene Stunde laufe ich in der Stadt umher. In Schweiß und in Wut gebadet erinnere ich mich daran, daß im sechzehnten Jahrhundert ganz Moskau »um ein geringes größer als London« war. Mein liebes Pensa. Es war noch nie »um ein geringes größer als London« und wird es, hoffe ich, nie werden. Ich wünsche sehnlichst, den traurigen Rest meiner Tage in Pensa zu verleben.

Schließlich, da ich meine Beine unter mir schon nicht mehr fühle, bekomme ich irgendwo in der Nähe des Dorogomilovschen Schlagbaumes einige weiße und gelbe Rosen.

Herrliche Blumen! Sie ähneln weißen Tauben mit abgerissenen Köpfchen; dem schaumigen Wellenkamm des Pontus Euxinus, einem schneeweiß schimmernden swanetischen Lamm. Andere wieder sehen jenem lockigen jüdischen Kinde ähnlich, das – in der Folgezeit – sein unverträglicher und unruhiger Charakter nach Golgatha gebracht hat.

Der Gärtner wickelt die Rosen in eine alte, zerknüllte Zeitung.

Ich schreie entsetzt:

»Sie Wahnsinniger, was tun Sie? Sehen Sie denn nicht, in was für eine Zeitung Sie meine Blumen einschlagen!«

Der Gärtner legt die Rosen erschrocken auf die Bank.

Ich schreie weiter:

»Das ist doch die ›Reč‹! Das Organ der Konstitutionell-Demokratischen Partei. Derselben Partei, deren Mitglieder für ›vogelfrei‹ erklärt worden sind. Jeder beliebige Pflastertreter kann unbestraft sein Federmesser in den Hals eines konstitutionellen Demokraten stoßen!«

Mir zittern die Knie. Ich bin ein Sohn meiner Vorfahren. In meinen Adern fließt reines Blut jener Slawen, deren Feigheit die alten Geschichtsschreiber so ausführlich und gern geschildert haben.

»Man könnte meinen, Sie irrsinniger Mensch, Sie, daß Sie erst heute abend von einem entfernten Planeten zu uns heruntergefallen wären. Wissen Sie denn wirklich nicht, daß Ihre Rosen, die so weiß sind wie der schillernde Bauch einer Perlmuschel und so goldig wie Küken, die soeben aus dem Ei gekrochen sind, daß Ihre reinen, Ihre unschuldigen, Ihre jungfräulichen Rosen – daß ... daß ...«

Ich flüstere:

»... sie ...«

Nur noch mit den Lippen:

»... allein schon ...«

Lautlos:

»... Konterrevolution bedeuten!«

Meine Füße versagen den Dienst; ich lasse mich auf die Bank nieder; ich ersticke; ich schlage die Hände zusammen und schüttle den Kopf wie ein Schauspieler des Kammertheaters in einer tragischen Szene.

»Aber Rosen, die in eine Nummer der ›Reč‹ eingewickelt sind ...!«

Wahrhaftig, die Angst hat aus mir einen Cicero gemacht und die enge Behausung des Gärtners in ein Forum verwandelt.

»Nein, ich schwöre tausendmal bei der Unschuld dieser duftenden Jungfrauen, daß ich nur einen Kopf auf den Schultern habe!«

Ich lege die Hand auf seine Brust:

»Teurer Freund, hätten Sie sich für Politik interessiert, so wäre es Ihnen bekannt, daß die kommunistische Fraktion des Fünften Allrussischen Rätekongresses sich einstimmig für die Anwendung von Massenterror gegenüber der Bourgeoisie und ihren Speichelleckern ausgesprochen hat.«

Er nickt mitfühlend mit dem Kopf.

»Aber Sie wünschen mir nichts Böses, und so flehe ich Sie denn an: Hüllen Sie diese Rosen in gewöhnliches Seidenpapier. – Wie?... Sie haben kein Seidenpapier? Welch Unglück!«

Meine eisigen Finger drücken die Schläfen zusammen. Eine furchtbare Macht ist die Liebe! Nicht umsonst ging im Steinzeitalter irgendein Männchen mit einem Walfischkiefer auf ein anderes Männchen los, das sich mit Widderhörnern wehrte.

O Weib!

Ich bezahle meinen einfältigen Henker mit Pergamentsteinchen, drücke die verhängnisvollen Blumen ans Herz und gehe auf die Straße hinaus.

15

Kasan ist von den Tschechoslowaken erobert; die Engländer bombardieren Archangelsk; in Petersburg herrscht die Cholera.

16

Ich brauche mich nicht zu fragen, ob ich Olga liebe.

Wenn ein Mann heute die schwarze Klistierspritze für seine Geliebte mit Vaseline einschmiert und morgen mit einem Armvoll Rosen an der elektrischen Klingel ihrer Tür erstirbt – dann hat er es nicht mehr nötig, sich dumme Fragen vorzulegen.

Eine Liebe, die vom Gummischlauch eines Irrigators nicht erwürgt wurde, ist unsterblich.

17

In der nächsten Woche will man auf den Abschnitt Nr. 2 der Lebensmittelkarte Dörrfisch verteilen (ein halbes Pfund pro Person).

18

Diese Nacht habe ich vor Liebe geweint.

19

In Vologda hat die Versammlung der Kommunisten einen Beschluß gefaßt, demzufolge es notwendig ist, »die Klasse der Bourgeoisie zu vernichten«. Das Proletariat muß die Welt von den Parasiten befreien, und je eher das geschieht, um so besser.

20

»Olga, ich bitte um Ihre Hand.«

»Das kommt mir sehr gelegen, Vladimir. Heute früh habe ich erfahren, daß die Zentralheizung in unserem

Hause den ganzen Winter über außer Betrieb sein wird. Wenn Sie jetzt Ihren Antrag nicht gemacht hätten, wäre aus mir im Dezember unbedingt ein Eiszapfen geworden. Können Sie sich vorstellen, wie das ist, wenn man ganz allein in einem Riesenbett schlafen muß, in dem man Hockey spielen kann?«

»Also ...«

»Ich bin einverstanden.«

21

Ihr Kopf ist durch die große zweischläfrige Seidendecke wie vom Rumpf getrennt. Auf dem kristallenen Schnee des leinenen Kissenbezugs machen die auseinanderfließenden Haare den Eindruck von Blut. Der Kopf Jochanaans auf der silbernen Schale konnte nicht majestätischer ausgesehen haben.

Olga atmet fast gar nicht. Die Müdigkeit hat ihre Augenlider mit zerpulvertem Graphit eines Faber-Stiftes bestreut.

Ich bin stolz und glücklich wie Herodias. Dieser Kopf ist mir dargereicht worden. Ich danke dem Schicksal, das für mich den Tanz der sieben Schleier getanzt hat. Ich bin bereit, dieser größten unter den Barfußtänzerinnen für dieses herrliche und in seiner Art einzig dastehende Geschenk die schmutzigen Ferschen zu küssen.

Durch die cremefarbenen Vorhänge drängen sich Morgenstrahlen. Verfluchte Sonne! Gräßliche Sonne! Du verscheuchst ihren Schlaf. Du trampelst mit deinen kupfernen Riesenstiefeln wie ein Lastfuhrmann.

Da haben wir es!

Olga hebt schwer ihre mit Müdigkeit bestreuten Lider; sie streckt sich, sie wendet seufzend den Kopf nach mir um.

»Entsetzlich, entsetzlich, entsetzlich! Die ganze Zeit war ich davon überzeugt, daß ich eine Vernunftehe eingehe, und nun ist es doch so, als ob ich aus Liebe geheiratet hätte. Sie, mein Lieber, sind ja so mager wie ein Holzspan und werden im Dezember das Bett keineswegs wärmen.«

22

Ich und meine Bücher sind, bewaffnet mit einer Schutzurkunde des Volkskommissariats für Bildungswesen, zu Olga umgezogen.

Was die Möbel anbetrifft, so kamen sie nicht mit. Das Hauskomitee hat, um mir den Kampf mit den »bürgerlichen Vorurteilen« zu erleichtern, verboten, das Bett, den Schreibtisch und die Stühle mitzunehmen.

Mit dem Vorsitzenden des Hauskomitees hatte ich ein ernstes Gespräch.

Ich sagte:

»Gut, ich will es nicht bestreiten: Der Schreibtisch ist ein Luxusgegenstand. Schließlich kann man die ›Kritik der reinen Vernunft‹ auch auf dem Fensterbrett schreiben. Aber das Bett! Irgendein Lager zum Schlafen muß ich doch haben?«

»Wohin ziehen Sie denn?«

»Zu meiner Frau.«

»Hat sie ein Bett?«

»Ja.«

»Nun, dann schlafen Sie doch mit ihr zusammen.«

»Verzeihen Sie, Genosse, aber ich habe sehr lange Beine, ich schnarche, ich schwitze nach dem Tee. Und ich hätte es überhaupt vorgezogen, getrennt zu schlafen.«

»Wie haben Sie denn geheiratet – aus Liebe, oder haben Sie sich im Kommissariat eingetragen?«

»Im Kommissariat …«

»In diesem Falle, Bürger, sind Sie also nach den Gesetzen der Revolution verpflichtet, in einem Bett zu schlafen.«

23

Jede Nacht gehe ich leise, um Olga nicht aufzuwecken, aus dem Hause und irre stundenlang durch die Stadt. Vor Glück habe ich jeden Schlaf verloren.

Moskau ist schwarz und menschenleer, wie vor fünf Jahrhunderten, als man die Stadtstraßen zur Nacht mit Gittern absperrte und die Schlüssel von sogenannten Gitterwächtern aufbewahrt wurden.

Mir kommt diese Dunkelheit und Öde gut zustatten, denn ich kann mich über mein Glück freuen, ohne befürchten zu müssen, daß ich in den Ruf eines Idioten komme.

Wenn man einem gewissen achtbaren englischen Diplomaten glauben darf, so hat Ivan der Schreckliche versucht, meinen Ahnen das Lächeln beizubringen. Zu diesem Zwecke befahl er während seiner Spaziergänge oder Ausfahrten, »denen das Haupt abzuschlagen, die er unterwegs traf, falls ihm ihr Antlitz nicht gefiel«.

Aber selbst so entschiedene Maßnahmen haben zu nichts geführt. Unsere Charaktere sind düster geblieben.

Wenn jemand bei uns mit einem heiteren Gesicht umhergeht, so zeigt man mit Fingern auf ihn.

Meine Physiognomie aber ist von der Liebe mit einem Lächeln von Ohr zu Ohr durchspalten worden.

Am Tage würden mir Straßenjungen nachlaufen.

Zwischen den Zacken der Kremlmauer sickern in hellen Tröpfchen die Sterne hindurch.

Ich betrachte den von Godunov errichteten Ivans-Turm und vergleiche mit ihm unwillkürlich meine Gefühle.

Ich bin bereit, in die »Sturmglocken« zu schlagen, damit ein jeder Hund in dieser verrückten Stadt, die gleich Rom und Byzanz sich über sieben Hügel hingebreitet hat, von einem so unerhört wichtigen Ereignis, wie es meine Liebe ist, Kenntnis erhalte.

Und sofort, zum hundertsten Male schon, lege ich mir die widerlich kleinliche Frage vor:

»Ja, um was handelt es sich denn eigentlich? Weshalb ist gerade deine winzige Leidenschaft – der Ivan-Glockenturm? Ist für sie der lombardo-byzantinische Stil nicht doch zu feierlich?...«

Und der kümmerliche Bescheid darauf hat einen ziemlich eindeutigen Sinn:

»So bist du nun einmal, o Mensch. Selbst der Gestank, den du mit deiner eigenen Person hervorbringst, erscheint dir nicht ekelhaft. Viel eher kitzelt er angenehm deinen Geruchssinn.«

24

Der Zentralvollzugsrat hat einstimmig beschlossen zu verfügen:

»Die Sowjetrepublik wird in ein Kriegslager verwandelt.«

25

Auf dem knarrenden Bretterpodium geht hin und her ein dünnwadiger Redner:

»Unser Terror wird nicht individuell, sondern ein Massen- und Klassenterror sein. Jeder Bourgeois muß registriert werden. Die Registrierten teilen wir dann in drei Gruppen ein. Die Aktiven und Gefährlichen rotten wir aus. Die Unaktiven und Ungefährlichen, sofern sie für die Bourgeoisie wertvoll sind, werden wir hinter Schloß und Riegel stecken und für jeden Kopf eines unserer Führer zehn dieser Köpfe nehmen. Die dritte Gruppe aber wollen wir zur Verrichtung der schweren Arbeiten verwenden.«

Olga steht vier Schritte weit von mir entfernt. Ich höre, wie ihr Herz vor Begeisterung pocht.

26

Der Rat der Volkskommissare hat beschlossen, folgenden Heroen ein Denkmal zu errichten:

SPARTAKUS
DEN GRACCHEN
BRUTUS
BABEUF
MARX
ENGELS
BEBEL
LASSALLE
JAURÈS
LAFARGUE
VALIENS
MARAT
ROBESPIERRE
DANTON
GARIBALDI
TOLSTOJ
DOSTOJEVSKIJ
LERMONTOV
PUŠKIN
GOGOL
RADIŠČEV
BELINSKIJ
ORGARJOV
ČERNYŠEVSKIJ
MICHAJLOVSKIJ
DOBROLJUBOV
PISARJOV
GLEB USPENSKIJ
SALTYKOV-ŠČEDRIN
NEKRASOW…

27

Die Bürger der vierten Klasse erhalten: ein Zehntel Pfund Brot pro Tag und ein Pfund Kartoffeln pro Woche.

28

Olga blickt durchs trübe Glas.

»Tatsächlich, Vladimir, seit einiger Zeit beginne ich scharf und eindringlich den Duft der Revolution zu empfinden.«

»Darf man das Fenster aufmachen?«

Der Himmel ist riesig, verästelt, hochtrabend.

»Auch ich verspüre ihren Duft. Und wissen Sie, genau seit jenem Tag, an dem in unserem Hause die Kanalisation in Unordnung geraten ist.«

Der steilgehörnte Mond baumelt irgendwo in der ungestümsten Höhe, wie irgendein albernes Christbaumstandstückchen.

Durch die Straße wird eine Feldküche gefahren. Dank dem kriegerischen Aussehen der Begleitmannschaften hat der friedliebende Kochtopf die imposante Haltung eines schweren Geschützes angenommen.

Olga und ich reden uns aus irgendeinem Grunde immer mit »Sie« an.

Das »Sie« ist wie ein Wasserkrug, aus dem fortwährend ein kaltes Bächlein auf unsere Beziehungen herabfließt.

»Lesen Sie mal den Kriegsbericht vor.«

»Ich mag nicht. Ich bin in einer erhabenen Stimmung, die jetzigen Stäbe aber verstehen es nicht, einem die Bataillen zu unterbreiten.«

Ich erinnere mich an einen alten Bericht:

»Potocki, der üppige Vielfraß und Trunkenbold, hat die Schlacht verloren.«

Das ist von der Schlacht mit Bogdan Chmelnickij bei Korsun gesagt.

Der Wind gleitet mit nackten, schlüpfrigen Fersen über die kalten Herbstpfützen, in denen der Himmel sich spiegelt und Pferdeunrat schwimmt.

Olga beschließt:

»Morgen gehen wir zu Ihrem Bruder. Ich will mich den Sowjets zur Verfügung stellen.«

29

Der Revolutions-Kriegsrat arbeitet an einem Plan zur Aufstellung von Kriegstruppen aus der männlichen Jugend im Alter von fünfzehn bis siebzehn Jahren.

30

Wir nähern uns dem Zimmer Sergejs. Die Tür wird aufgeschlagen. Ein alter Mann mit grauem Schnurrbart, geraden Schultern und müden Augen knöpft sich den Militärmantel zu.

»Wer ist das?«

»General Brusilov.«

Meinem Brüderchen sind – als Einpauker – drei Heeresführer beigegeben, die, wie die meisten russischen Truppenlenker, durch hohes Alter und Niederlagen geschmückt sind.

Wenn das Geschlagenwerden zu einer Kriegsgewohnheit des Generals wird, so bringt es ihm genauso lauten Ruhm ein wie das Schreiben schlechter Romane.

In solchen Fällen sagt man:

»Das ist seine Methode.«

Sergej reicht Olga die Hand.

Er ähnelt wieder einem großen Hofhund, den man gelehrt hat, die Pfote zu geben.

Wir setzen uns in die Sessel.

Auf dem Schreibtisch Sergejs liegen die schweren Bände der »Suvorovschen Feldzüge«. Auf dem Nachttischchen vor dem Bett hat er die Lebensbeschreibung Skobelevs.

Ich frage:

»Was beabsichtigst du eigentlich zu befehligen – eine Abteilung oder eine Kompanie?«

»Die Front.«

»In diesem Falle müßtest du nicht Suvorov lesen, sondern die Aufzeichnungen des Barons Herberstein, geschrieben im Anfang des 16. Jahrhunderts.«

Sergej sieht Olga an.

»Selbst in einem Bürgerkrieg kann es nicht schaden, wenn der Generalissimus die Traditionen der Armee seiner Heimat kennt.«

Sergej fährt fort, Olga anzusehen.

»Die Strategie des Dmitrij Donskoj, des Großfürsten von Moskau Vasilij, des Andrej Kurbskij, der Emporkömmlinge aus der Zeit des Großen Peter und die der ›Adler‹ Katharinas zeichneten sich durch eine erstaunliche Einfachheit und höchste Weisheit aus. Wenn sie die Absicht hatten, eine Schlacht zu liefern, so ›verließen sie sich mehr auf die zahlenmäßige Überlegenheit der Streitkräfte als auf die Tapferkeit der Krieger und die gute Organisation des Heeres‹!«

Olga entnimmt dem goldenen Etui eine Zigarette.

Sergej sucht Streichhölzer und schlägt sich komisch mit den »Flügeln« auf die Taschen.

Ich bin außerstande, innezuhalten.

»Baron Herberstein hat es für notwendig gehalten, dieses ›Siegesgesetz‹ zur Kenntnis seiner Mitbürger zu bringen, während der Gesandte der englischen Königin das gleiche an Thomas Chard berichtet.«

Sergej neigt sich zu Olga hinüber:

»Möchten Sie Tee trinken?«

Und lockt:

»Mit Zucker.«

Er kramt in seiner Aktentasche nach. Diese Tasche ist zum Platzen mit Papieren, Mappen und Zeitungen vollgestopft.

»Da habe ich, scheint es, umsonst geprahlt.«

Die Akten, Mappen und Zeitungen werden auf den Fußboden ausgeschüttet. Sergej fängt im Fluge irgendein weißes Klümpchen auf. Im linierten Papier liegt ein Zuckerstück.

»Bedienen Sie sich, bitte.«

Mit dem Rücken des Suvorov zerbröckelt er das benagte Stück des dunklen Rationzuckers.

»Ich habe eine Bitte an Sie, Sergej Vasiljevič.«

Und Olga erzählt mit einer leichten, für sie ungewöhnlichen Erregung von ihrem Wunsch, »der Weltrevolution nützlich zu sein«.

»Hm ... tja ...«

Der rosige Fleck auf der Wange Sergejs beginnt, bestürzt, sich purpurn zu färben.

»Nun, ich meine ja eben ...«

Ohne etwas gesagt zu haben, beginnt er zu lächeln.

»Wonach wollten Sie mich fragen, Sergej Vasiljevič?«

Er kratzt sich hinter dem Ohr:

»Fragen ...?«

Der Tee in den Gläsern ist dünn wie eine Morgenröte im Dezember.

»Ja ...«

Der kleine Löffel im Glas ist grau, aus Aluminium.

»Da wollte ich Sie eben fragen ...«

Und er kratzt sich hinter dem zweiten Ohr:

»Können Sie denn etwas?«

»Natürlich nicht.«

»Tja ...«

Und er zieht geschäftstüchtig die Brauen zusammen.

»Dann wird man Sie auf einem verantwortlichen Posten unterbringen müssen.«

Entschlossen hebt Sergej den Hörer ab, verbindet sich mit dem Kreml und beginnt ein Gespräch mit dem Volkskommissar für Bildungswesen.

31

Marfuša steht mit nackten Beinen auf dem Fensterbrett und säubert mit eingeseiftem Lindenbast die Fenster. Ihre nackten, glatten, rosig warmen und schweren Waden zittern. Es ist einem, als besäße diese Frau zwei heiße Herzen und als wären sie beide hier eingeschlossen.

Olga zeigt mit den Augen auf diese unbekleideten Beine:

»Wäre ich ein Mann, ich hätte mir nichts anderes gewünscht.«

Die warme Haut der Waden wird dunkelrot.

Marfuša springt vom Fensterbrett herab und geht aus dem Zimmer, wie um das Wasser aus dem Bottich auszugießen.

Olga sagt:

»Sie sind unbegabt, wenn Sie ihr nie nachgestellt haben.«

32

Olga formiert »Agitationszüge«.

Der Jüngling mit seinen abstehenden Lippen und Ohren reicht mir erhaben die Hand und stellt sich vor:

»Genosse Mamašew.«

Das ist ihr Privatsekretär.

33

Der Wind wirbelt alles durcheinander: die Häuser, die Straßen, die schmutziggrauen Soldatendecken am Himmel, die feinkörnigen Eisgraupen (die auf den Bürgersteigen einen wahnsinnigen Steptanz aufführen), die endlose Schlange (an der Eisenbahnüberführung), die Leute, die eine Ausreiseerlaubnis aus der Hauptstadt bekommen, die schwarzen Klumpen der Raben, die ergrimmten Schluchztöne der Kraftwagen der Kommissare, die umgefallene Straßenbahn, die Telegrafendrähte, die Schwänze der abgemagerten Stuten, den Genossen Mamašew, Olga und mich.

»Ist das ein Wetter!«

»Der Teufel soll es holen.«

Der Genosse Mamašew spreizt die Lippen:

»Was habe ich denn gesagt? Man hätte Lunačarskij um sein Auto bitten müssen ...«

Und springt wie ein junger Ziegenbock:

»... er schlägt mir nie etwas ab ...«

Reißt stolz die Braue hoch:

»... behandelt mich hervorragend ...«

Macht eine breite Handbewegung:

»... grad heute hat er vier Mandate unterzeichnet... dazu noch dreizehn Beschlüsse, nach meinem Diktat ... dann: elf Meldungen ...«

Er packt Olga unter den Arm:

»... ein Gesuch an den Rat der Volkskommissare grad wegen Ihrer Mittagbrotkarten, ein anderes an den Revolutions-Kriegsrat wegen einem Paar Unterhosen für den Professor Pereverzev, ein drittes an das Präsidium des Obersten Volkswirtschaftsrates wegen einem eisernen Ofen für Ihre Wohnung, Olga Konstantinovna, dann: einen Dienstzettel an den Vorsitzenden des Moskauer Sowjets, einen Dienstzettel an ... Pfui!«

Und er spuckt aus dem Mund eine Handvoll Eis aus.

Der Wind trägt uns wie drei Zeitungsfetzen.

34

In den Dörfern hat man kein Maschinengarn mehr. Die Textilzentrale schlug vor, die Getreidebezirke mit Garn zu beliefern, und zwar unter folgender Bedingung: ein Pud Korn gegen eine Rolle Garn.

35

Die Metallabteilung des Obersten Volkswirtschaftsrates schließt aus Mangel an Heizmaterial eine Reihe größter

Werke (das Kolomensche, das Sormovsche und andere).

36

Die Fenster sind vom Dämmerlicht behangen, das genauso jämmerlich, zerknüllt und ausgeblichen aussieht wie billige Kattunvorhänge nach häufiger Wäsche.

Marfuša bringt den brodelnden Samovar herein.

Vor einer Viertelstunde nahm sie ihn vom marmornen Teetisch, drückte ihn an die Brust und trug ihn in die Küche, um ihn dort anzuzünden.

Vielleicht hat er unter ihren Umarmungen zu sieden begonnen.

Sergej sieht sich Liebhaberfotografien an.

»Wer ist dieser hübsche Jüngling? Er ähnelt Ihnen, Olga Konstantinovna.«

»Mein Bruder ...«

Der Samowar zischt.

»... ist an den Don geflohen.«

»Zu den Freiwilligen?«

»Ja.«

Ich blicke Sergej in die Augen. Ob sie wohl böse werden?

Olga läßt die schweren Tuchstores herunter. Sie sind von der Farbe der untergehenden Julisonne, wenn die Abendröte einen Tag voll Glut und Wind verheißt.

Natürlich bleiben seine Augen genauso blau und gütig. Er erscheint mir geheimnisvoll wie eine dunkle, mit Staub und Spinngewebe bedeckte Flasche Wein in einem Fes aus Siegellack.

Ich glaube nicht an die Liebe zu den »vierzigtausend Brüdern«. Wer alle liebt, liebt niemanden. Wer es mit allen »gut meint«, der meint es mit keinem Menschen gut.

Aufmerksam betrachtet er das Lichtbild.

In der silbernen »Backenschwellung« des Samovars spiegelt sich sein Gesicht. Verzerrt und wütend. Aus dem bläulichen Glas aber, das im gleichsam geklöppelten, vergoldeten Rahmen sitzt, kriecht ein zartes kindliches Lächeln mit Grübchen auf den Wangen hervor.

Ich sage:

»Du müßtest dich öfter im Samovar spiegeln.«

37

Der Allrussische Gewerkschaftsrat hat sich für die vorübergehende Schließung der Textilfabriken ausgesprochen.

38

Es traf sich einmal, daß ich zu meinem Freunde kam, als dieser sich noch im Bette wälzte. Unter der Decke guckte sein nacktes behaartes Bein hervor. Zwischen den Zehen, so kurz und dick wie Zigarrenstummel, lagerte Schmutz in schweißdurchtränkten schwarzen Klümpchen.

Ich lief in den Gang hinaus. Mir wurde übel.

Aber einige Tage später bemerkte ich beim Anziehen zwischen meinen zottigen, platt gedrückten kralligen Zehen genau solche schweißigen Schmutzballen. Ich klaubte sie zärtlich heraus und hob sie mir an die Nase.

Mit ähnlicher Zärtlichkeit grabe ich jetzt meine Liebe heraus und »hebe sie mir an die Nase« in einem Taumel von Glückseligkeit.

Wenn ich aber Sergej ansehe, stülpt es mich förmlich nach außen um. (Er gleicht jenem jungen Kaufmann aus dem altertümlichen Prolog, der »für ein Wittib entflammet … grausam zerschmolz … und in toller Wuth umbherging, als wär er besessen«.)

39

Der Rat der Volkskommissare stellte dem Volkskommissar für Bildungswesen anheim, unverzüglich mit der Errichtung der Denkmäler zu beginnen.

40

Aus Kursk wird berichtet, daß die Versorgung Moskaus mit Pferdefleisch ziemlich erfolgreich durchgeführt wird.

41

Olga knipst mit dem rubinfarbenen Druckknopf und entnimmt ihrem grauen wildledernen Täschchen eine trockene dunkle Schnitte.

Das Brot riecht nach Pferdestall, nach der Schimmelschicht der unterirdischen Gewölbe der Peter-Paul-Festung und infolge der Nachbarschaft des mit Spitzen besetzten seidenen Taschentuches – nach »Quelques Fleurs« von Houbigan.

Ich hole genauso eine Schnitte aus der Brieftasche, und der Genosse Mamašew – aus seiner Aktenmappe.

Ein Mädchen in weißer Schürze stellt Teller auf unser Tischchen. Dieses Mädchen hat müde Augen und eine gute Aussprache des Französischen.

»Potage à la paysanne.«

»Das Gemisch aus flüssigem Smolensker Lehm und fetter Pensenscher Dammerde macht einen nachdenklich.«

Olga wischt den trüben Löffel mit ihrem Spitzentuch ab. Die französische Seide läuft bräunlich an.

Das kleine Küchenfenster atmet – wie ein Pferd im Frost – Nebel aus.

Ich beneide die Stammgäste kleiner, lustiger römischer »Popino« – Ovid, Horaz und Cicero; in der Schenke »Zum weißen Lamm« hat die Witwe Bervins den Dichter Racine auch nicht übel ernährt; und das kleine Restaurant der Mutter Saguette, das sich Thiers, Béranger und Victor Hugo ausgesucht hatten, besaß ebenfalls einen guten Ruf; der große Goethe hätte seinen Faust bestimmt nicht in einem Leipziger Keller geschrieben, wenn der alte Auerbach ihm ungenießbare Würstchen vorgesetzt hätte.

Schließlich konnte – während der Belagerung von Paris im Jahre 1871 – nur die hohe kulinarische Kunst des Restaurateurs Paul Brebons Männer wie Ernest Renan und Théophile Gautier zwingen, gar nicht zu bemerken, daß sie sich in einer Stadt befanden, die »von Blut überströmt war, im Schlachtenfieber zitterte und vor Hunger heulte«.

Olga versucht, einige Löffel der Suppe hinunterzuschlucken.

»Vladimir, haben Sie Salz von zu Hause mitgenommen?«

Ich entnehme meiner Tasche eine goldene Tabaksdose aus den Zeiten Jelisaveta Petrovnas.

»Danke.«

Von den vorgestülpten Lippen des Genossen Mamašew fliegen Tropfen feinen Begeisterungsspeichels.

»Ich muß Ihnen sagen, Olga Konstantinovna, daß es hier kein einziges Tischchen gibt, an dem nicht irgendeine Berühmtheit säße.«

Der Begeisterungsspeichel schäumt auf seinen rosigen Lippen wie der Atlantische Ozean.

»Die ausgesuchteste Gesellschaft!«

Er grüßt nach allen Seiten, drückt dabei die Hand ans Herz und tänzelt mit dem Kopf mit der koketten Grazie eines Pferdes, das im Beispann geht.

»Beachten Sie, bitte, Olga Konstantinovna – gerade Jevtichij Vladimirovič Tuberozov ... ein europäischer Name ... sechs Hervorrufe in der Grande Opéra ...«

Der Genosse Mamašew grüßt ergebenst und drückt die Rechte ans Herz.

»... gerade gestern hat er einem Auftrag zufolge aus der Privatvilla der Gräfin Eleonora Leonardovna Perovič ein Rokokobüfett aus Mahagoni, eine Roßhaarmatratze und einen Kronleuchter aus dem achtzehnten Jahrhundert herausgeholt.«

Das Küchenfensterchen atmet Nebel. Die Kiefer knirschen. Das Mädchen mit den müden Augen schüttet einen Teller Suppe auf die Knie des berühmten Malers, mit dem Genosse Mamašew soeben einen Gruß gewechselt hat.

»Pjotr Aristarchovič Veleulov, grade mit dem Frühzug zurückgekehrt. Hat aus Tambov vier Pud Mehl, zwei Säcke Kartoffeln und fünf Pfund guter Butter mitgebracht ...«

Olga wischt sich das Gesicht mit dem Spitzentüchlein ab.

»Genosse Mamašew, Sie sind kein Mensch, sondern ein Sprühapparat. Sie haben mich ganz bespuckt.«

»Verzeihen Sie, Olga Konstantinovna!«

Das Mädchen mit den müden Augen bringt uns ein vertalgtes Stück eines achtzehnjährigen Wallachs.

Pjotr Aristarchovič holt aus der Brusttasche eine blecherne Dropsdose hervor. Der Genosse Mamašew saugt sich in sie sofort mit einem Habichtsblick ein. Er atmet fast gar nicht mehr. Die Dropsdose enthält tatsächlich Kuhbutter. Mamašew triumphiert.

42

Den Rückweg schlagen wir durch die Boulevards ein. Die Bäume rascheln wie böse, krächzende Vögel. Die Raben hängen an den Ästen wie lebendige schwarze Blätter.

Ich weiß nicht mehr, in welcher Chronik ich gelesen habe, daß vor einem der fürchterlichsten Brände, von denen Moskau betroffen war – »als das Feuer in Strömen sich ergoß, die Steine zerfielen, das Eisen wie in einem Schmelzofen erglühte, das Kupfer flüssig wurde und die Bäume sich in Kohle, die Gräser aber sich in Asche verwandelten« –, daß also auch damals die Raben über der Stadt, dem Kreml und allen Vororten herzzerreißend gekrächzt haben.

43

In Moskau sind elf Denkmäler »großen Männern und Revolutionären« errichtet worden.

44

Die Arbeiter der nationalisierten Druckerei »Fiat Lux« haben sich geweigert, in der Kälte zu arbeiten. Daraufhin erlaubte ihnen der Bezirkssowjet, das große danebenstehende Blockhaus des Kaufmanns Skorovertov zu Brennholz zu zerlegen.

Nachts schleppte Marfuša einen ganzen Sack trockener, glattgehobelter Bretter und hellblauer Klötze herbei. Ihr Verbrechen rechtfertigte sie mit dem Sprichwort, das behauptet, »in der Schenke und im Bade sind alle von gleichem Adel«.

Marfuša hat eine recht eigenartige Vorstellung von der ersten sozialistischen Republik der Welt.

Das »blaue Haus« des Kaufmanns brachte den eisernen Ofen zum Rotglühen. Durch die offene Fensterlücke schwamm das trostlose Schlagen der Kremluhr herein. Unbarmherzig rauchten die Schornsteine.

Um zwölf Uhr war Olga noch nicht da.

Im Ofen knisterte das trockene Holz, als ob eine starkzähnige Dorfmaid glühende Nüsse aufknackte.

Nachdem die unsichtbaren Pendel im Kreml zu Ende gespielt hatten, kam mir der Gedanke, daß es recht gut wäre, wenn man im Leben genausoviel sehen könnte wie unsere »Zitadelle« mit ihren schweren Türmen, dicken Mauern und zweihörnigen Zinnen, die noch die Erinnerung an die Spuren jener verrosteten Haken tragen, an denen seinerzeit die Köpfe der Strelitzen hingen – »jedes Plätzchen – ein Strelitzchen«.

45

Ein Uhr nachts. Olga saß am Tisch und blätterte in den endlosen Protokollen noch endloserer Sitzungen.

Die Revolution hatte bereits imposante Ressorts und mächtige Abteilungsleiter hervorgebracht.

Ich dachte über die Unsterblichkeit nach.

Der Held einer Erzählung von Balzac warf einmal eine Münze in die Luft und rief:

»Der ›Adler‹ für Gott!«

»Schauen Sie nicht hin!«

... riet ihm ein Freund, der die Münze im Flug auffing:

»Der Zufall ist ein so großer Spaßvogel.«

Wie sehr dumm ist das alles! Wie viele Jahrtausende müssen sich noch vorbeischleppen, bis man beim Nachdenken über die Unsterblichkeit nicht mehr »Kopf oder Adler« zu spielen gezwungen sein wird?

Olga versteckte die Papiere in die Aktentasche und trat an den Ofen. Der glitzernde Kaffeekessel verströmte in Schaum.

»Möchten Sie Kaffee trinken?«

»Gern.«

Sie schenkte zwei Tassen ein.

Auf dem Fayencepapagei lagen verschiedenfarbige Drops. Olga wählte sich einen grünen, sauren.

»Ach ja, Vladimir ...«

Sie legte sich das Dropschen in den Mund.

»... fast hätte ich's vergessen zu erzählen ...«

Der Wind schlug das Klappfenster zu.

»... ich bin Ihnen heute untreu geworden.«

Nach wie vor fiel der Schnee, und das Feuer im Ofen fuhr fort, seine Nüsse zu knacken.

Olga sprang vom Stuhl auf.

»Was ist Ihnen, Volodja?«

Aus dem Ofen fiel ein kleines goldenes Stückchen Kohle heraus. Aus irgendeinem Grunde wollte es mir durchaus nicht gelingen, den Speichel herunterzuschlucken. Der Hals wurde zu einem dünnen, umgeknickten Strohhalm.

»Nichts.«

Ich nahm eine Zigarette. Wollte sie anzünden, aber die ersten drei Streichhölzer zerbrachen, und vom vierten sprang das Schwefelköpfchen ab. Das Stückchen Kohle, das aus dem Ofen gefallen war, brannte ein Loch in den Parkettboden.

»Olga, darf ich Sie um eine Kleinigkeit bitten?«

»Natürlich.«

Sie hob die Kohle geschickt auf.

»Nehmen Sie, bitte, ein Bad.«

Olga lächelte:

»Natürlich ...«

Das fünfte Streichholz fing endlich Feuer.

Noch immer schneite es hinter dem Fenster, und nach wie vor knackte der Ofen die hölzernen Nüsse.

46

Von der Feuersbrunst, die Moskau im Jahre 1445 heimgesucht hatte, berichtet der Chronist:

»... verkohlet ward die ganze Stadt, daß kein Holz verblieb, die Gotteshäuser aber aus Stein zerfielen, und das Gemäuer der Stadt verging ...«

47

Nacht. Der Schnee knirscht.

Hinter dem alten quadratischen Schornstein kriecht ein goldenes Ohr der »Kosakensonne« hervor.

Jeder Schritt bringt mich dem Furchtbaren näher. Jedes, auch das leichteste Flöckchen der Zeit müßte man einfangen, ans Herz drücken, behutsam und zitternd tragen. Eigentlich, ja.

Im Torbogen eines kahl gewordenen, schiefbackigen Hauses zerfetzen alte zanksüchtige Krähen eine krepierte Katze. Sie fressen das stinkende Fleisch mit der Gier und dem Ingrimm hungriger Menschen.

Die tote Katze mit den aufgerissenen Augenhöhlen hat ihren hageren Hintern mit der Unverschämtheit einer Herausforderung gen Himmel gehoben.

»Da!« scheint sie zu sagen. »Schaut mir nur unter den Schwanz, ihr, mit eurem göttlichen Gleichmut.«

Sehr gut.

Man muß es verstehen, mit dem Himmel die richtige Sprache zu führen. Mit der Deržavinschen Begeisterung kommt man heutzutage nicht weit.

Ich gehe weiter.

Mein Weg ist noch verzweifelt, noch entsetzlich lang. Noch einen ganzen halben Häuserblock muß ich hinter mir lassen, bis ich jenes siebenstöckige Haus erreiche. Unterwegs schaue ich in das beleuchtete Fenster einer alten, etwas baufälligen herrschaftlichen Villa hinein.

Warum ist es nicht verhängt? Ach ja, der Wohnungsinhaber, Ernest Ernestovič von Dicht, hat sich aus dem pistazienfarbenen Vorhang ein Paar Hosen gemacht. Ernest Ernestovič war Rittmeister bei den Sumaschen Husaren. Die Angehörigen dieses Regiments haben unzuverlässige Hosen. Von Dicht hat es vorgezogen, von der Allrussischen Tscheka als Kokainhändler verhaftet zu werden.

Ich sehe genauer hin. Mein Gott, das ist ja Margarita Pavlovna von Dicht. Sie sieht wie eine nicht zu Ende geschriebene Acht aus. Ich hätte nie vermutet, daß ihr Körper weiß und biegsam ist wie italienische Makkaroni. Wer aber ist dieser zerzauste Glückspilz mit mächtigen Schultern und roten, schweren Handflächen? Er ist mir noch nie in unserer Straße begegnet.

Im ersten Augenblick bin ich darüber erstaunt, wie sehr ein Weib die Angst und die Vorsicht verachtet; im zweiten – habe ich bereits eine andere, logischere Schlußfolgerung: Der Ehegemahl Margarita Pavlovnas, der ehemalige Rittmeister des Sumaschen Husarenregiments, ist schon füsiliert. Wahrscheinlich Anfang dieser Woche, da die reizende Margarita Pavlovna noch am Sonnabend ihm »Liebesgaben« überreichen ließ.

Die Bescheidenheit führt mich vom Fenster weg.

Was für eine tote Straße!

Die »Kosakensonne« hat sich in einen niegelnagelneuen Schafpelz eingehüllt und sitzt auf dem Schornstein.

Es knirscht der Schnee.

Das siebenstöckige Haus sieht mich von der gegenüberliegenden Seite aus bösen blauen Brillen an. Wie eine alte Jungfer vom letzten Semester der medizinischen Fakultät. Eine Reliquie der Vergangenheit. In unserem proletarischen Land – falls es sich im Laufe des ersten Jahrhundertviertelchens nicht in eine bürgerliche Republik verwandelt – werden die ›alten‹ vermutlich dennoch bleiben, die »Jungfern« aber kaum. *Die junge Klasse* wird zu sehr von der eigenen Macht hingerissen sein, um so geringe Lappalien zu beachten.

Je mehr ich mich der Ewigkeit nähere, um so spaßiger werden meine Gedanken.

Sollte man nicht wirklich eine lustige Zehnkopekenmünze aus der Zarenzeit in die Luft werfen? Ich habe gerade so ein vorsintflutliches Geldstück in der Tasche.

Ich bin kein Anhänger der Monarchie:

»Die ›Zahl‹ für die Unsterblichkeit!«

Dem Zufall wird Gelegenheit geboten, ein wenig zu intrigieren.

Die Münze blitzt in der Luft auf, als wäre sie ein vom Monde gefallenes Tröpfchen.

»Der ›Adler‹, hol's der Teufel!«

Die gegenüberliegende Straßenseite ist von einem Gäßchen gespalten, das von Häusern zusammengedrückt und in Nacht eingehüllt ist (wie eine enghüftige, schlanke Frau in einen bis zu den Fersen reichenden Seehundspelz).

In diesem Gäßchen wohnte einstmals eine wohlbeleibte Witwe. Ich nannte sie:

»Mein Krümelchen.«

Die Witwe hatte mindestens fünf Pud dreißig Pfund Lebendgewicht.

Und dennoch sind wir das schrecklichste Volk auf Erden.

Nicht umsonst hat der arabische Schriftsteller im Buch »Kostbare Kostbarkeiten« aufgezeichnet:

»Niemand von den Russen verrichtet seine Notdurft in Einsamkeit: Drei seiner Kameraden begleiten ihn unbedingt und bewachen ihn. Immer tragen sie alle Schwerter, weil sie einander wenig trauen, und auch deshalb, weil arglistige Taten bei ihnen etwas Übliches sind. Wenn es einem von ihnen gelingt, auch nur geringe Habe zu erwerben, so beginnt sofort der eigene Bruder oder ein Freund, ihn zu beneiden und danach zu streben, ihn irgendwie zu töten und zu berauben.«

Die »Kosakensonne« erinnert mich an einen lustigen Kinderballon. Irgendein Rotznäschen hat die Strippe aus der Hand gelassen, und der kleine Ball ist zu den Sternen fortgeflogen.

An der Ecke schlummert ein Droschkenkutscher. Seine graugesprenkelte Stute sieht mich mit ihrem gleichgültigen Auge an, das in der Farbe gebeizter und polierter Eiche glänzt.

Dem Pferd ist natürlich alles einerlei.

Der Hof. Traurig und etwas dunkel wie ein Provisorgehilfe. Von allen vier Seiten – düstere, riesig hohe Mauern. Ohne Stuckfigürchen, ohne Schnörkelchen, ohne jede Zurundung.

Am Torbogen humpelt eine Schindmähre vorbei.

Ein betrunkenes, liederliches Frauenzimmer singt heiser und schwungvoll:

Du, sagt sie,
Bist frech, sagt sie,

Wie wohl, sagt sie,
Manch a-a-ainer.
Doch, sagt sie,
Hab' ich, sagt sie,
Dich gern, sagt sie,
Mein Kla-a-ainer.

Ich steige die Hintertreppe hinauf. Verrostetes eisernes Treppengeländer, abgetretene, beschmutzte steinerne Stufen und von Langeweile gefärbte, von zerfallenem Wachstuch umfranste Holztüren fremder Wohnungen.

Durch trübes Glas schauen Sterne herein.

Ich bin zu faul, mich noch weitere zwei Stockwerke hinaufzuschleppen. Wie wäre es, wenn man vom fünften ...?

Eine kreischende Frauenstimme durchlöchert die Tür. Ich sehe mich nach den anspruchsvollen Musterchen um, zu denen eine Lache von Hundeharn zerfließt. Weich und appetitlich schmatzt ein Holzscheit auf. Konnte der Schlag wirklich der Frau gegolten haben?

Mir kommt der glückliche Gedanke, daß einige alte Methoden in gewissen Fällen vielleicht doch Nutzen bringen.

Der Mond schneidet eine hohnvolle Fratze.

Ich klettere weiter.

1 9 1 9

1

»Ergreif das Gewehr, Arbeiter und armer Bauer! Hinein in die Reihen der Verpflegungsbataillone! Aufs Land, an die Speicher der Reichen, um Brot zu holen! Die simbirschen, ufimschen, samarschen Protzbauern geben dir kein Getreide – nimm es von denen, die es in den Gouvernements Voronež, Vjatka und Tambov besitzen ...«

Das nennt sich »Katechismus des klassenbewußten Proletariers«.

2

Die Bolschewiki schlagen sich (vermutlich tapfer) an drei Fronten, vier Abschnitten und in zwölf Richtungen.

3

Aus einem Befehl Peters I.:

»Wer vom Angriff entlaufet, soll als Schurke erkläret werden ... er soll Spießruten laufen, und es soll ihm ins Antlitz gespien werden ... und er soll zu Thode verurtheylet seyn ...«

Aus einem Befehl des Volkskommissariats für Kriegsmarine:

»Wenn irgendein Truppenteil eigenmächtig den Rückzug antritt, wird als erster der Kommissar und als zweiter der Kommandoführer erschossen.«

Und weiter:

»Feiglinge, Leuteschinder und Verräter werden der Kugel nicht entgehen. Ich bürge dafür vor dem Angesicht der ganzen Roten Armee.«

4

»Guten Morgen, Olga.«

»Guten Morgen, Volodja.«

5

Auf dem Grabmal des Patriarchen Josif in der Mariä-Himmelsfahrt-Kathedrale befindet sich ein Humpen mit aufgeprägten Mustern. Um seinen Rand windet sich die Inschrift:

»Aechte Liebe wird aehnlich einem güldenem Gefaeß, diesem aber ist nicht gegeben, zerbrochen zu werden; so es sich aber verbeulet, so bieget es sich gescheidt wieder gerade.«

6

Die Dinge lagen sehr einfach.

Im siebenten Stockwerk hatte auf der Hintertreppe ein Abfallkasten sein Plätzchen gefunden – es lagen darin: Heringsschwänze, Kartoffelschalen, ausgekochte Pferderippen.

Ich kroch aus dem Pelz heraus und warf ihn auf den Kasten. Dann nahm ich den hohen Hut aus grauem Pelzwerk vom Kopf (damit er mich, Gott behüte, nicht hindere, mir den Schädel ordentlich zu spalten).

An die Sterne war ein silbriger Nebel herangekrochen. Der Mond schwamm in ihm wie eine Zitronenscheibe in einem Glas mit Sahne geweißten Tees.

Man mußte das dicke, besudelte Glas zertrümmern.

Ich zog den Gummischuh vom linken Fuß und schlug zu. Das Glas kicherte, als ob man es unter den Achseln gekitzelt hätte, und verstreute sich über den Estrich des Absatzes und die abgenagten Stufen der ziemlich steilen Treppe.

Ein unerhebliches Nachtfröstchen lief mir vom Scheitel übers Kreuz, über Oberschenkel und Waden – in die schwitzenden, bebenden Fersen. Als ob man mir eine Handvoll kleiner Eisstücke in den Kragen geworfen hätte.

Es krächzte ein Vogel. Im Dunkel erschien er mir geckenhaft. Seine Flügel zappelten wie Frackschwänze. Der helle Kropf glich einem steif gestärkten Oberhemd.

Übrigens: In Paris trägt man noch Fracks. Mag es der Teufel holen, dieses Paris!

Ich verspürte den Wunsch, einen Blick auf jene Stelle zu werfen, an der einige Minuten später ein blutiges Bündel mit meinem Fleisch und meinen Knochen platt geschlagen liegen sollte.

Ich streckte den Kopf hinaus.

Was für ein Greuel!...

Ich erkenne dich, mein teures Vaterland. Ich stieß ein Schimpfwort hervor und spuckte vom siebten Stockwerk hinunter. Mein empörter Speichel fiel auf einen widerwärtigen Schutthaufen.

Die Schurken, die in der Nähe der Sterne wohnten, leerten den Kasten mit allerlei Unrat einfach durchs Klappenfenster hindurch. Heringsgräten, Kartoffelschalen und ausgekochte Roßrippen fielen aus einer erhabenen Höhe.

Ich bitte zu glauben, daß ich selbst in Gedanken nicht der Absicht mich näherte, den herrlichen Freund des Cäsars nachahmend, mir die Venen aufzuschneiden. Ich hegte auch nicht die Sehnsucht, den kläglichen irdischen Dingen ein Ende durch einen Sprung von jenem lombardo-byzantinischen Turm zu bereiten, den seinerzeit Zar Boris aufgerichtet hat, der Zar, von dem die Chronik sagt: »Er lebte wie ein Löwe, regierte wie ein Fuchs und starb wie ein Hund.«

Aber auf einem Dunghaufen zu verenden! Nein, das war schon zuviel! Ich sah mich gezwungen, den Gummischuh wieder anzuziehen.

Ich habe eine düstere Vergangenheit. In der fünften Klasse des Gymnasiums hatte ich eine Drei im Betragen, weil ich zum Ball im Mädchengymnasium mit einer hellblauen Chrysantheme im Knopfloch des väterlichen Smokings erschienen war. Das geschah in Pensa.

Der leichte Nachtfrost setzte sich mir auf die Wangen, biß meine Ohren und kitzelte wie ein Federchen meine Nüstern.

Ich holte aus dem Abfallkasten meinen Hut heraus und streichelte zärtlich das hübsche graue Tier aus Kamčatka.

Der Wind schüttelte den Frackrock auf dem schwarzen, brummigen Vogel, zerzauste mein Haar und fegte die Sterne zu einem Haufen zusammen. Das Siebengestirn lag da wie ein goldenes Hügelchen.

Auf dem Pelzärmel glitzerten einige silbrige Fünkchen der Heringsschuppen. Ich streifte sie herunter, knöpfte mich ganz zu und hob den Kragen. – »Aufgehängt – wir hängen sollen, reißt der Strick – uns weiter trollen«, sagte ich mir selbst, verbarg die Hände in den Taschen und begann mit leichtem und fast heiterem Herzen hinunterzusteigen.

7

Im Kollegium der Verpflegungsabteilung am Moskauer Sowjet hielt Doktor Voskresenskij einen Vortrag über die Ergebnisse der Versuche, Brot aus faulen Kartoffeln zu backen.

8

Dort, auf jenem Wandbrettchen, steht meine Lieblingstasse. Ich trinke aus ihr meinen Kaffee mit Genuß. Ihr Fassungsvermögen beträgt drei Viertel eines Glases.

Genau so viel verlangt mein Magen um zehn Uhr morgens.

Außerdem freut mich die weiche eirunde Form der Tasse und die Bemalung des Porzellans. Wunderbare Farbtöne! Ich sehe Bleigelb, Kupfergrün, Bergblau und kristallisierten Grünspan.

Es ist mir angenehm, diese Tasse in der Hand zu halten, mit den Lippen ihren Goldrand zu berühren. Was für Proportionen! Es wäre ein Verbrechen, die Stärke des Scherbens auch nur um das Maß eines Blättchens Zigarettenpapier zu vergrößern oder zu verringern.

Natürlich trinke ich meinen Kaffee mitunter auch aus anderen Tassen. Sogar aus einem Glas. Wenn man mich als einen »Speichellecker der Bourgeoisie« ins Gefängnis einliefern wird, so werde ich die dünne »Liebesgabenlorke« aus einem stinkenden, mit Ziegelstein gereinigten Blechbecher schlürfen.

Genauso würde ich, wenn Olga mich für drei oder vier Monate verlassen sollte, unbedingt zu Marfuša ins Bett kommen.

Ändert das aber etwas an dem Wesen der Dinge? Hört denn meine Tasse auf, für mich die einzige in der Welt zu sein?

Jetzt folgendes: Meine Großmutter war aus einer streng altgläubigen Familie. Ich erbte von ihr: das Nörgeln, die ausgetrocknete Nase mit dem Höcker und ein längliches Gesicht, das so aussieht, als ob man es zu einem Röllchen zusammengedreht hätte.

Es ist mir nicht sehr angenehm, wenn in meine Tasse Kaffee für irgendeinen unserer Gäste eingeschenkt wird. Immerhin werfe ich sie – die einzige auf Erden – hiernach nicht auf den Boden, wie es meine Großmutter – sicherlich rasend geworden – getan haben würde. Sie hat erst mit dreiundsechzig Jahren nach Silben lesen gelernt, ich – als ich dreieinhalb Jahre alt war.

In einem gewissen Maße muß ich Lindenbast und Seife anerkennen.

Nicht wahr?

Was aber Olga anbetrifft, so hatte sie doch – ich spreche von jenem Abend – meine Bitte erfüllt. Sie hat ein Bad genommen.

9

In Čern, im Gouvernement Tula hat der dortige Sowjet beschlossen, einen »Brotfonds der proletarischen Weltrevolution« zu organisieren.

10

»Olga, vor einer Viertelstunde hat Ihr Geliebter angerufen ...«

Sie setzte ihren Hut ab und begann ihr Haar mit dem großen Schildpattkamm zu ordnen.

»... er bittet Sie, heute um neun Uhr zu ihm zu kommen.«

11

Die Republikaner bewachsen mit Schmutz.

Der Chronist der »Izvestija« beklagt sich über die Badeanstalten, die »in der letzten Zeit immer geschlossen zu sein pflegen«.

12

Wir fahren durch die abendlich gewordene Tverskaja. Der tiefe Schnee knirscht unter den Kufen wie hygroskopische Watte. Auf den Bürgersteigen laufen flache schattenähnliche Menschen. Sie scheinen aus Packpapier herausgeschnitten zu sein. Die Häuser gleichen Apothekerschränken.

Jedesmal, nachdem wir zwanzig Schritt zurückgelegt haben, sinkt der Schlitten unbedingt in eine Grube.

Ich halte Olga fest um die Taille. Der breite Bauernrock des Kutschers bildet Falten wie der Ballfächer einer Modenärrin aus dem vorigen Jahrhundert.

Wir fahren schweigend.

Jeder denkt über das Seine nach. Ich, Olga und der strenge Rücken des Fuhrmanns.

An der Ecke des Kammerherrn-Prospekts bleibt unser braunes Roß mit den Hufen plötzlich im Schnee stecken.

Der ganz alte, grauhaarige Kutscher, mit Augen, wie sie Mikola der Wundertäter hat, bemüht sich, das Tier aus der Erstarrung zu reißen. Anfangs redet er dem Gaul wie einem kleinen Kinde zu, dann spricht er auf ihn ein wie auf einen angeheiterten Freund, und schließlich beginnt er ihn anzubrüllen, wie wenn das Tier ein eigensinniges Weib wäre.

Das Pferd bewegt die Ohren, krümmt die Wirbelsäule, hebt den Schweif und fällt in den Schnee. Schaumiger Speichel fließt aus seinen Nüstern; sein rosiges Zahnfleisch wird weiß, wie zwei Globusse drehen sich die riesigen Märtyreraugen in den Höhlen.

Ich lüfte den Hut. Ehren wir den Tod. Er ist in allen seinen Formen rätselhaft und erhaben. Der braune Gaul stirbt noch bedeutend tragischer als sein zweibeiniger Herr und Gebieter.

Ich fasse Olga unter den Arm.

»Kommen Sie.«

Aus Verzweiflung beginnt der grauhaarige Mikola der Wundertäter aus all seinen kümmerlichen Kräften den Verendeten zu peitschen und dreht ihm den Schwanz um.

Olga krümmt die Brauen:

»Schon das vierte Pferd, das in dieser Woche unter mir fällt. Das Pferdefutter bekommen jetzt *wir*, auf Karten. Das ist herzlos. Man muß Marfuša sagen, sie soll keine Ölkuchen mehr nehmen.«

Olga nimmt einen kleinen Brillanten vom Ohr und gibt ihn dem Fuhrmann.

Wir gehen die Tverskaja hinunter.

Auf dem Platz werden heimlich verschiedene Waren verkauft: Schwarzbrotknuste, angebissene Stücke Würfelzucker und Kochsalz in Tüten, verpackt wie Pyramidon.

Vor dem »Metropol« reicht mir Olga ihren engen grauen Handschuh:

»Warten Sie heute nicht auf mich, Vladimir. Ich werde wahrscheinlich gleich von Sergej zum Dienst gehen.«

»Gut.«

Ich knöpfe ihr ein wenig den Handschuh auf und küsse ihre Hand.

»Sagen Sie meinem Brüderchen, ich hätte jenes Buch, das er auf keine Art und Weise besorgen konnte, für ihn bei einem Althändler ausgegraben.«

Olga wird von der Drehtür des Eingangs zum »Metropol‹ weggefegt.

Ich stehe bewegungslos da. Ich grüble nach: über mich, über die Russen, über Rußland. Ich hasse mein Blut, den heimatlichen Himmel und Boden, die Gegenwart und die Vergangenheit; diese »Heiligtümer« und »Feste«, die von Tataren, Polen, Litauern, Franzosen und von Zaren aus Holstein besudelt wurden; die »Eichene Stadt«, die Kalita zusammengefällt hat, die »Stadt der Kamee«, die Volodimir errichtet und Peter »bis zur Sohle« heruntergerissen hat; all diese Kirchen in Rübengestalt, mit Kuppeln, die wie Runkeln aussehen, und Türmen in Möhrenform.

Napoleon, der die Geschichte schlecht kannte und sie gut zu machen verstand, sagte, als er vom Spatzenberg einen Blick auf die Zinnen vom Kreml geworfen hatte:

»Les fières murailles!«

»Stolze Mauern!«

Warum denn das?

Vielleicht deshalb, weil vor etwa sechs Jahrhunderten im drohenden Schatten der Türme, Halbtürme und Schießtürme mit den Wasserbehältern für den Fall einer Belagerung und den Scharten für Bogenschützen der russische Zar aus seinem hohen Zobelhut ein tatarisches Pferd mit Hafer gefüttert hat? Der krummnasige Chan aber saß hoffärtig im Sattel, schnarrte und kitzelte seinem Roß den Bauch. Oder vielleicht deshalb, weil der Hetman Żołkiewski mit seinen Heiducken im Borisovschen Hof Quartier genommen, die Moskauer Bojarenfrauen auf großfürstlichen Federbetten vergewaltigt und mit den Stadtschlüsseln in seiner Tasche geklappert hat? Oder weil Ivan der Schreckliche die Spitze des vierkantigen Stabes, den die Großfürsten von Moskau einst von Diotkrim erhalten hatten, jenes Stabes, der von Generation zu Generation als Zeichen des Gehorsams überging, in die Fußsohlen seiner Sklaven hineinzubohren pflegte? Genügt das nicht? Nun, dann wollen wir zum Schluß uns noch mit dem Zaren Vasilij Ivanovič Šujskij brüsten, den der falsche Demetrius auf dem Richtplatz vor allem Volke hatte auspeitschen lassen.

13

»Vladimir Vasiljevič! Vladimir Vasiljevič!«

Ich wende mich um.

»Guten Abend!«

Der Genosse Mamašew begrüßt mich mit der Geste eines Patriziers.

»Hab' die Ehre!«

Er springt wie ein junger Hahn um eine große graue Limousine.

»Schön der Wagen, wie? Hundertzwanzig PS.«

Und tätschelt der Maschine den eisernen Hals, wie der Ritter de la Mancha seine kriegerische Rosinante.

Der Chauffeur, gepanzert in eine lederne Rüstung, schielt gutmütig herüber:

»Nur zwanzig, Genosse Mamašew.«

Der Genosse Mamašew stülpt seine Unterlippe um einen halben Zentimeter weiter vor:

»Genosse Petrov, ich glaube Ihnen nicht. Ich glaube es nicht!«

Ich blicke nach den zwei Schatten im beleuchteten Fenster des dritten Stocks. Dann schließe ich die Augen. Aber durch die gesenkten Lider sehe ich noch klarer. Um nicht aufzuschreien, presse ich die Zähne aufeinander.

»Nun, Genosse Petrov, und wie geht es ...«

Mamašew sprudelt von Liebenswürdigkeit über:

»... Jefraim Markovič?«

»Ausgezeichnet.«

»Freut mich sehr.«

Ich wende dem Gebäude den Rücken zu. Nun sucht der Rücken das erleuchtete Fenster im dritten Stockwerk. Wo sind denn die Schatten? Wo sind die Schatten? Der Rücken scharrt mit seinem übermäßigen Tuchauge alle Winkel ab. Er findet sie. Schreit. Denn er hat keine Zähne, die er zusammenpressen könnte.

»Nun, und im Revolutions-Kriegsrat bei Ihnen, Genosse Petrov, ist dort alles beim alten – keine besonderen Degradationen, Beförderungen ...«

Genosse Mamašew senkt die Stimme zu Baßnoten hinab:

»... Ernennungen, Verschiebungen?«

»Alles beim alten. Gestern hat man wieder bis fünf Uhr morgens beraten.«

»Jefraim Markovič ...«

Die Drehtür des »Metropol« fegt den blinzelnden Kneifer Skljanskijs heraus. Der Genosse Mamašew grüßt ehrerbietig. Skljanskij tritt raschen Schritts an den Wagen heran.

Das Auto gleitet davon.

Genosse Mamašew wendet mir sein unnachahmlich erstauntes Gesicht zu:

»Sonderbar ... Jefraim Markovič hat mich nicht erkannt ...«

Ich fasse ihn an den Ellbogen.

»Genosse Mamašew, Sie wissen alles ...«

Seine weichen, abstehenden Ohren erröten vor Vergnügen und vor Stolz.

»Schauen Sie, Genosse Mamašew, ich möchte mich gern betrinken. Wissen Sie, wo man Schnaps bekommen kann?«

Er zieht auf mir mit seinen feuchten Äugelchen einen verächtlichen kleinen blauen Strich:

»Ihre Frage, Vladimir Vasiljevič, versetzt mich sogar in Erstaunen ...«

Und er hebt die Schultern bis zu den Ohren:

»Ich weiß es.«

14

Genosse Mamašew pufft den »Branntweinzöllner« wach.

»Wano! Wano!«

Wano – in unsauberen Beinkleidern mit herunterbaumelnden Bändchen und einem schmutzigen, geblümten Kattunhemd – schläft auf der unbedeckten Matratze. Offen liegt er da auf dem gestreiften Bettzwillich, das in faulen Fransen, in blutigen Druckmalen übel riecht.

»Steh auf, Kazo*!«

Wie rheumatisch knirschen die verrosteten, ungefärbten Knochen des Bettes.

Ein wüst dreckiges, euterstarkes, fetthaltiges Weib schabt sich den falben Schweif im Genick.

»Stoße du ihn, Freundchen, stoße ihn fester, meinen verfluchten Chemahl!«

Eine schwarze Wanze, von der Größe eines Hosenknopfes, kriecht träumerisch aus einem Riß in der geborstenen Tapete.

* Kazo – (georg.) Freund, Freundchen.

Wano dreht sich um, atmet geräuschvoll, zieht die Unterhosen höher, reibt sich die hammerharten Sohlen und setzt sich auf.

»Was willst?... Sprit willst... Sprit ist geworden teurer ... willst – nimmst, willst – nimmst nicht ... willst – trinkst, willst – amüsier dir so. Ich pfeif' dir was.«

Er fährt sich mit der Hand in den Hemdausschnitt und kratzt sich nachdenklich unter der Achsel. Das Haar wächst bei ihm auf allen Teilen des Körpers mit der gleichen Üppigkeit.

Wir erklären uns mit der »Verteuerung« einverstanden. Wano bringt in einer grünen Bierflasche verdünnten Sprit; stellt picklige Teegläser auf; legt eine Zwiebel auf den Tisch.

»Salz, Kazo, hob ich nicht. Willst – ißt, willst nicht – ißt nicht. Werd nicht weinen.«

Wano hat einen bösen Traum gehabt. Düster sieht er auf das Leben und auf seine mächtige Gattin.

Ich schenke ein, verschütte dabei etwas auf den Tisch und gieße die Gläser so voll, daß sie überlaufen.

Im dreizehnten Jahrhundert hielt man den Schnaps für ein feuchtes Derivat des Steins der Weisen und nahm ihn nur tropfenweise ein.

Ich stürze mir ein ganzes Glas voll in die Kehle. Verschlucke mich an Feuer und an Bitterkeit. Eine Grimasse dreht mir die Backenknochen um. Ich bin gezwungen, mich zu rechtfertigen:

»Der erste wie ein Balken, der zweite wie ein Falke, der dritte wie ein kleines Vögelchen.«

An der Schwelle wachsen zwei neue Gestalten auf.

Genosse Mamašew drückt die Hand ans Herz und grüßt.

Der soeben eingetretene Mann hat einen breitkrempigen Hut und den Bart eines spanischen Granden. Dieser Bart fließt ihm vom Kinn wie der rötliche Dotter eines Gänseeis. Seine Augen sind hell, traurig und erhaben. Die Nase dünn, nüsternlos, fast durchsichtig. Die foliantartige Haut hat sich an den flachen Backenknochen festgesogen. So saugt sich ein guter Handschuh an der Hand an.

Die Frau trägt ungewöhnliche Federn. Sie sind verwelkt, als ob sie Blumen wären. 1913 haben diese Federn auf der Rue de la Paix sehr viel gekostet. Sie wurden von den Damen getragen, die sich bei Paquin, bei Worth, bei Chaneille und bei Poiret zu kleiden pflegten. Diese Frau hat einen gelben Pelzkragen um, der in seiner Vergangenheit von demselben Weiß gewesen ist wie die Haut auf ihrem dünnknochigen Körper. Der Herbst des Hermelins erinnert an den Herbst von Birkenalleen. Die Frau ist mit »kostbarem Geschmeide« behängt. Man spürt, daß diese Steine neue Bewohner sind. Sie gleichen den Bourgeois der Kriegszeit. Der Atlas an der Frau ist genauso ausgeblichen wie ihre Augen. Die venezianischen Spitzen sind bräunlich geworden und hängen genauso schlaff wie ihre Haut. Noch vor wenigen Monaten wäre diese Frau in so einem Aufzug aller Wahrscheinlichkeit nach unendlich lächerlich gewesen. Heute wirkt sie tragisch.

Der Genosse Mamašew begrüßt »den Liebling der Musen und seine schöne Dame«.

Die Worte klingen wie Fanfaren.

Die Frau streckt ihm die Finger zum Kuß hin, der »Liebling der Musen« zieht seinen spanischen Hut.

Wano stellt eine grüne Flasche auf den Tisch.

Ich trinke den Schnaps, esse hinterher Zwiebeln und weine. Vielleicht ist die Zwiebel daran schuld, vielleicht meine Liebe, vielleicht die Verachtung.

Der »Liebling der Musen« tut einen Schluck aus der Flasche und spuckt aus. Der Kazo soll wissen, daß der Urahn des Dichters den Titel einer »Alltrunkenheit« getragen hat und dreier höchster Orden gewürdigt war: eines »Tölpels im Knopfloch«, eines »Bechers um den Hals« und eines »Großen Schnapsstoffs um die Brust«!!

Wano bringt eine Flasche unverdünnten Sprits.

Ich schließe die Augen und sehe erlöschendes Licht im Fenster des dritten Stockwerkes. Ich drücke mir die Ohren zu, um nichts von dem zu vernehmen, was ich durch Steinmauern, über drei Straßen und über einen großen Platz hinweg höre.

Die Tür wird geräuschvoll aufgerissen. Ein riesiger Bursche in einer Feuerwehrlitewka mit Messingknöpfen und blauen Adern überblickt das Zimmer mit blinzelnden Zweipfundgewichten. Der Bursche hat ein zweischläfriges Gesicht, das soeben aus dem Feuer herausgeholt zu sein scheint. Der rote Bart und die roten Nüstern sind mit Kokain versilbert.

Der »Liebling der Musen« interessiert sich für meine Meinung über die Skythengedichte Ovids. Ich sage, daß Naso ungewöhnlich schön jenes Land besungen hat, das seinen Worten zufolge »kein glücklicher Mensch besuchen sollte«.

Mein Unterredner zieht Vergil vor. Im singenden Tone liest er mir Verse vor: von den Wassern, die auf ihrem Rücken in Eisen gepanzerte Räder tragen; von den vor Frost zerspringenden Kupfergefäßen; von eingefrorenen Weinen, die man mit dem Beil zerhackt; von ganzen Eichen und Ulmen, die damals die Skythen an ihre Herdfeuer heranrollten und den Flammen überantworteten.

Ich krieche in das dem Rausch verfallende Gedächtnis und schleppe von neuem den Naso hervor. Seine »Pferdehufe, die auf harte Wellen schlagen«, seine »sarmatischen Ochsen, die das Fuhrwerk der Barbaren über die Eisbrücken ziehen«. Ich spreche von den durch Winde gefesselten blauen Flüssen, die mit verborgenen Wassern zum Ozean kriechen; von den Haaren der Skythen, die bei jeder Bewegung im Behang der Eistropfen erklingen; von den Weinen, die – den Gefäßen entnommen – ihre Form beibehalten.

Zu guter Letzt kommen wir beide zu dem Schluß, daß nach den Lateinern ein Gespräch über Puškin selbst im Rausch lächerlich wäre.

Der »Liebling der Musen« muht verächtlich:

's ist Winter ... Froh ... auf breiten Kufen ...
Bahnt sich ... der Landmann ... das Geleis ...
Das Pferdchen ... schlägt mit seinen Hufen ...
Den Schnee ... und läuft im Trabe ... leis ...

Der Genosse Mamašew schläft neben dem mächtigen, euterstarken Weib auf der nackten übelriechenden Matratze.

Die Frau im welken Hermelin verliert eine Träne um ihren Freund – Anatole France. Der Feuerwehrmann hat inzwischen die Haken ihres ausgeblichenen Atlasleibchens abgerissen und versenkt jetzt seine rote Tatze hinter die welken venezianischen Spitzen. Nach gar nicht langem Suchen holt er ihre hagere, lange, erdfarbene Brust hervor, knetet sie wie eine Serviette und küßt die zusammengeschrumpfte Warze.

15

Das Schneegestöber fällt nicht in weichen Flocken kalter Watte, nicht in zerrissenen Papierfetzen, nicht in Eisgraupeln, sondern wie ein weißer Platzregen. Der Schnee über der Stadt, das sind die wirren grauen Zotteln eines alten Weibes, das mit den Sohlen über Sterne geht.

Hin und her wankend überquere ich die Straße. Im Durcheinander des Unwetters stoße ich auf einen Denkzettel aus Schnee. Aber der große Schneehaufen ist bedeutend härter als ein Daunenbett. Ich verliere das Gleichgewicht. Meine Hand ergreift etwas Haariges, Hartes, Vereistes.

Ein Schweif! Ein Pferdeschweif!

Ich schreie auf, bemühe mich aufzustehen und zerkratze mir die andere Hand an den gefletschten, grinsenden, toten Pferdezähnen. Ich springe auf. Laufe. Hinter mir schrillt eine Pfeife.

Das Schneegestöber reißt die Pelzflügel meines Mantels auseinander. Sicherlich gleiche ich einem dummen, an die Erde geketteten Vogel mit abgeschnittenem Schwanz.

Da ist auch unsere Gasse. Sie ist eng, geradlinig und weiß. Als ob eine angeschmolzene Stearinkerze in die Nacht gefallen wäre. Im Fenster des letzten einstöckigen Häuschens flammt ein Licht auf: man hat den Kerzendocht angesteckt.

Wer mag dort wohnen?

Lange und ergebnislos krame ich in meinen Taschen und suche den englischen Hausschlüssel.

Wie ärgerlich! Ich habe ihn wahrscheinlich bei dem Kadaver verloren. Man wird morgen oder übermorgen unbedingt dorthin gehen und nachsuchen müssen. Das tote Pferd wird schlimmstenfalls noch drei Tage da liegen.

Wer aber ist es immerhin, der es sich im einstöckigen Häuschen so gutgehen läßt? Ach! Wie konnte ich das nur vergessen! Unter dem Dach, das von dickbäuchigen Amoretten umgeben ist, wohnt die reizende Margarita Pavlovna. Bis auf den heutigen Tag kann ich ihren Körper nicht vergessen, der so biegsam und weiß ist wie italienische Makkaroni. Es ist noch gar nicht lange her, daß Margarita Pavlovna einen braven Verkehrmilizionär aus der 26. Abteilung geheiratet hat. Ich laufe am Kirchenzaun vorbei, lasse die in Wohnungen umgewandelten, aus Ziegel gebauten Pferdeställe hinter mir und stoße gegen unsere Tür. Ich läute.

Durch den Gang patschen weiche, nackte Füße. Es fröstelt mich um sie.

Brrrr!

Es knarrt das Schloß. Hinter der Ecke springt das Schneegestöber hervor. Ich öffne den Mund, um mich vor Marfuša zu entschuldigen, und tue es nicht...

Das Unwetter reißt ihr die Tür aus der Hand, bricht in den Gang hinein, wirft von den melonenrunden Schultern das im Halbschlaf nur irgendwie umgeworfene Bauernkittelchen und bläht über den Kniekehlen das rosige, weite, von der nächtlichen Wärme etwas feucht gewordene Hemd.

Die Worte und die Vernunft verlor ich gleichzeitig.

16

Aus irgendeinem Grund blieb Olga nicht die ganze Nacht bei Sergej. Gegen zwei Uhr kehrte sie heim.

Ich hörte mit abgerissenem Atem, wie ihr Schlüssel sich im Schloß umdrehte, wie sie geräuschlos, auf den Zehenspitzen, den Gang passierte, meinen Pelz vom Boden aufhob und dann weiterging.

Da sie das Bett leer gefunden hatte, kehrte sie zum Kämmerchen Marfušas zurück, klopfte an die Bretterwand und sagte:

»Hören Sie, Vladimir, schlafen Sie bitte nicht gleich ein, wenn Sie »den Becher des Genusses bis zur Neige geleert‹ haben werden! Ich habe einen ganzen Haufen neuer Gedichte der Imaginisten mitgebracht. Wir wollen uns zusammen daran ergötzen.«

17

Die Typhuskranken wälzen sich in den Gängen der Krankenhäuser in Erwartung des Tages, an dem auch sie an der Reihe sein werden, in ein Bett zu kommen. Die Läuse bezeichnet man als Feinde der Revolution.

18

Aus dem Gebiet um das Kaspische Meer ist nach Moskau Kamelfleisch abgesandt worden.

19

Am Sonntag, um zwei Uhr mittags, fand im Karetnyj Rjad die feierliche Grundsteinlegung des Palastes der Völker statt. Es wird geplant, am Palast ein Theater zu bauen, das fünftausend Menschen fassen und der Größe nach das zweite Theater Europas werden soll.

20

Die ganze Familie ist versammelt: Olga sitzt auf dem Sofa, sie hat die Beine unter sich gekrümmt und pafft Zigaretten; Marfuša hat etwas am Ofen zu tun; Sergej sammelt die Schachfiguren ein.

In einigen Tagen reist er an die Front. Trotz der Kavalleriehosen und der eng mit einem Gürtel umschnallten Bluse ist das Aussehen Sergejs tief zivilistisch. Er schnaubt recht kleinbürgerliche Gemütlichkeit und Wärme aus, wie ein altertümlicher Ofen mit Kachelgesims, Rundstäben und Schranksäulchen.

Ich drücke meine Besorgnis um das Schicksal der Heimat aus.

»Du hat allen Grund, nach altrussischen Mustern Krieg zu führen.«

Und ich erzähle ihm von dem Feldzug des Jahres 1571, in dem ein schlauer russischer Heerführer, der, mit einer zweihunderttausend Mann starken Armee den Tataren entgegengehend, es vorgezogen hatte, für alle Fälle den Weg zu verlieren.

»Der genaue Geschichtsschreiber aber hat für die Nachkommenschaft folgendes aufgezeichnet: »Getan hat er es indessen, wie man sagte, mit Vorsatz, weil ihm der Mut gefehlet hat, die Schlacht anzunehmen!‹«

Sergej fragt:

»Soll ich dir nicht ein Briefchen geben, daß man dich wieder als Privatdozent annimmt? Alles, was du am Tage ausplappern mußt – schwatz es doch lieber vom Katheder hinab.«

Ich gehe auf die Bedingung ein und bekomme einen ausgedehnten Brief an Anatolij Vasiljevič*.

Sergej hat Olgas Bitte sehr geschickt erfüllt. Ich selbst wollte das hochgestellte Brüderchen nicht belästigen.

Wir lassen es uns beim heißen Tee wohl ergehen.

Marfuša schleppt noch einen Armvoll kleingehackten Holzes herbei. Sie kauft es »pfundweise« an der Bronnaja-Straße.

21

Die Bewohner der Amtsbezirke Burničevsk und Korobinsk im Kreis Kozelsk traten in einen eintägigen Hungerstreik, um das auf diese Weise ersparte Brot den »Roten Arbeitern von Moskau und Petrograd« zu schicken.

»Träumer!«

»Wer?«

»Träumer, sag ich.«

»Wer?«

»Nun, du doch. Wahrscheinlich schläfst du des Nachts nicht und dünkst dich einen ›Roten Minin und Požarskij‹ ...«

Olga verzieht die Brauen:

»Sie kämpfen mit recht abgeschmackten Waffen, Vladimir.«

»Ich habe Grund, anzunehmen, daß, sobald das ins Wogen gekommene Flüßchen von neuem in seine schlammigen Uferchen treten wird, all dieser ›soziale‹ Burničevsk-Korobinsksche ›Patriotismus‹ sich in den allerliebsten Lokalstolz der Einwohner jener von Leskov beschriebenen Kleinstadt verwandelt, die sich folgendermaßen über ihren Kaufmann Nikon Rodionovič Maslennikov zu entzücken pflegten: ›Das ist ein Mensch! Was du nur willst – sofort kann er es mit dir

* Lunatscharski (Anm. d. Ü.).

anstellen! Willst du, daß er dich ins Kittchen stecke – kann er; willst du durchgepeitscht oder auf dem Polizeirevier mit Ruten durchgedroschen werden – kann er auch! Er braucht nur ein paar Worte dem Bürgermeister zu sagen oder ein Zettelchen zu schreiben. Kaum hast du dann dieses Zettelchen vorgewiesen – schon wirst du nach bester Art und Weise bearbeitet. So einen Menschen haben wir hier!‹ …«

22

Es sind zwei Waggons Robbenfett eingetroffen.

23

Täglich passieren lange Reihen von Lastfuhrwerken die Schlagbäume Moskaus, die Särge befördern. Es handelt sich immer um Tote, die von ihren Verwandten zur Beerdigung aufs Land gebracht werden, da man auf den städtischen Friedhöfen, angesichts des Mangels an einer genügenden Anzahl von Totengräbern, zu lange warten müßte, bis man an die Reihe käme.

24

Das vor einigen Tagen im Alexander-Park für Robespierre errichtete Denkmal ist von »unbekannten Verbrechern« zerstört worden.

25

Sergej ist – in einem eigenen Salonwagen aus einem ehemaligen Zarenzug – abgereist, um »Krieg zu führen«.

26

Heute früh erinnerte sich Olga daran, daß Sergej –

»… in gewöhnlichen Zwirnsocken«

– zur Front gefahren wäre.

Ich nahm an ihrer Beunruhigung teil:

»Wenn die Soldaten Napoleons seinerzeit warme Fußlappen gehabt hätten, so würden wir beide, Olga, die Geographie etwas schlechter kennen. Der Korse hätte die Anschläge Rastopčins vorher lesen sollen. Das Stadtoberhaupt hat nicht umsonst geschwätzt, daß »die Gecken ... an den Torbogen erfrieren, auf dem Hofe krepieren, in den Dielen vor Frost zittern, in den Stuben ersticken und an den Öfen verbrennen‹ würden.«

Olga sagte:

»Fahren wir zum Sucharewskij-Markt. Ich wünsche nicht, daß die große russische Revolution nach Sankt Helena gerät.«

»Ich auch nicht.«

»Dann ziehen Sie sich an.«

Ich trat ans Fenster. Der Frost hatte es mit den wunderlichsten silbrigen Ornamenten verziert: Ägypten, Rom, Byzanz und Persien. Eine prachtvolle und verschwenderische Mischung der Stile, der Manieren, der Temperamente und der Phantasien. Es besteht kein Zweifel daran, daß die höchste Kunst auf Erden nach dem Prinzip des »Cocktail« aufgebaut sein wird. Es ist schrecklich, daß die Köche ein größeres Ahnungsvermögen haben als die Künstler.

Ich hauche das Glas an. Der silberne Eisteppich weint große Tränen.

»Was interessiert Sie dort, Vladimir?«

»Die Grade.«

Das blaue Spiritusfädchen im Thermometer ist kürzer als die Ewigkeit, die wir mit achtzehn Jahren unseren Geliebten versprochen hatten.

Ich fasse mich an den Kopf:

»Siebenundzwanzig Grad unter Null!«

Olga kneift böse die Augen zusammen:

»Ziehen Sie sich ein zweites dickes Unterhemd an und warme Unterhosen.«

»Aber ich besitze keine warmen Unterhosen.«

»Ich werde Ihnen mit Vergnügen ein Paar von den meinen geben.«

Sie geht zum Schrank und holt ein Paar kamelhaarene blaßviolette »Reithosen« hervor.

Ich nehme sie unschlüssig in die Hand:

»Aber diese »Breeches‹ trägt man doch unter dem Rock!«

»Und Sie werden sie unter den Hosen tragen.«

Mit unterdrückter Heiterkeit lese ich die Marke:

»›Loow Wear‹ ...«

»Ja, ›Loow Wear‹!«

»Die sind also aus London ...«

Olga gibt keine Antwort. Mit erstarrenden Fingern glätte ich die violetten Bändchen auseinander.

»Mit Schleifchen ...«

Sie wendet mir ihr Gesicht zu:

»Jawohl, mit Schleifchen.«

Ihre Brauen wachsen herrschsüchtig zusammen:

»Nun?«

Ich versuche meine Schmach noch hinauszuschieben.

Drücke gewisse Besorgnisse aus:

»Sie sind etwas klein ...«

Es kratzt mich im Halse:

»Und auch der Schnitt scheint mir nicht gerade sehr passend zu sein ... sie könnten noch platzen ...«

Und ich breite sie in der Schrittweite auseinander.

Olga verliert die Geduld:

»Haben Sie keine Angst, sie werden nicht platzen...«

»Wenn aber ... doch vielleicht ... in der Naht ...«

Ihre Geduld ist zu Ende.

»Ziehen Sie sofort die Hosen aus!«

An der Höhe des Tones wird mir klar, daß ein weiterer Widerstand unmöglich ist. Und hat er überhaupt noch einen Zweck?

Was sind schon, im Grunde genommen, blaßviolette Reisehosen mit Schleifchen vor einer Liebe, die »Welten bewegt«?

Eine klägliche Prüfung.

Ich weiß nur zu gut, daß man selbst ein unansehnliches und unsauberes Häuschen, sogar dann, wenn man nur vierundzwanzig Stunden Zeit dazu hat, nach vielen Arten aufbauen kann – so und so und anders.

Und die Liebe?

»Olga!«

»Was?«

»Ich ziehe die Hosen aus.«

»Freut mich sehr für Sie.«

Mit ruhigem Herzen spreize ich die blaßvioletten, unterhalb des Knies abgeschnittenen Hosenbeine auf dem Bett auseinander, setze mich in einen Sessel und beginne fast lustig die schwarzen Hälschen der Hosenknöpfe aus den Lederösen der Träger zu befreien.

Letzten Endes kann man im Volksgewühl des Sucharewskij-Marktes bei siebenundzwanzig Grad Kälte in weichen, warmen Unterbeinkleidern aus Kamelhaar mit weit größerer Ruhe nach Wollsocken für den glücklichen Rivalen suchen.

27

Wir sind schon in der Nähe des Turmes, der wie ein ungeheurer Magnet gebrochene Herzen, leere Magen, gierige Hände und unsaubere Gewissen zu sich heranzieht.

Ich halte Olga fest unter dem Arm. Die Füße gleiten einem davon. Der Frost hat die heißen Unratsbächlein, die ihren Anfang unter dem Turmtor nehmen, in goldenes Eis verwandelt. Und die menschlichen Exkremente in Steine. An ihnen zerbrechen ihre Zähne: struppige Hofhunde mit klugen Augen; herrenlose »Bulldoggen« mit reinrassigen Schnauzen, die man für sehr alte Klosterschatullen halten kann; hungrige Windspiele mit rassigen Libellenbeinen und herumstrolchende Doggen, die gestreift sind wie Tiger.

Auf kleinen Bratpfannen zischen blutige Kreise von Würsten, hergestellt aus Fleisch, das voller Geheimnisse ist; in Eimern mit trübem Wasser schwimmen eingeweichte Äpfel, die vor eigenem Ekelgefühl zusammengeschrumpft sind; rötliche Heringe verströmen in Rost und zerfressen die aufgeschwollenen Hände der Händlerinnen.

Wir bahnen uns unseren Weg durch die lärmende, näselnde, feilbietende und bettelnde Menge.

Ich sage:

»Das ist ein Friedhof. Und vermutlich der schrecklichste auf der Welt. Ich habe noch nie gesehen, daß Verstorbene Handel trieben. Das ist eine zu heitere Beschäftigung.«

Olga ist mit mir nicht einverstanden. Sie behauptet, es geschehe etwas, was viel furchtbarer sei.

»Was denn?«

»Die schönste unter den Wöchnerinnen bringt ein Ungeheuer zur Welt.«

Ich bitte um nähere Erklärung.

»Sehen Sie denn nicht?«

»Was?«

»Daß die Revolution eine neue Bourgeoisie gebiert.«

Sie weist auf einen flachschultrigen Burschen mit kleinen, begierdevollen, hervorstehenden roten und weit auseinanderliegenden Äuglein hin. Das sind keine Augen, das sind die Warzen einer Männerbrust. Der Bursche handelt mit englischem Cheviot, mit Parfums von »Coty«, mit seidenen Strümpfen und guter Butter.

Wir schlagen uns weiter durch.

Unvermittelt stecke ich meine Rechte in die Tasche und stoße dort auf eine andere Hand. Sie versucht krampfhaft, sich meiner Umklammerung zu entziehen.

Aber ich halte sie fest. Da beginnt sie mir wollüstig die Hüfte zu streicheln. Ich habe Angst, mich umzudrehen. Ich fürchte ein Gesicht mit Brauen von Botticelli und einem Munde der Gioconda zu erblicken. Eine Frau, die einen so schmalen Handrücken und so zarte Finger hat, kann nicht mit groben Backenknochen und einer platten Nase versehen sein. Ich lasse die Hand der Diebin los und gehe, ohne mich umzuwenden, weiter.

Eine alte Frau mit einer Beamtenmütze bietet mir einen Ring an, in dem ein Smaragd steckt. Der Stein gleicht einem herausgerissenen Auge eines schwarzen Katers. Ein alter General mit einem angelaufenen Einglas im Auge und in durchgescheuerten Fausthandschuhen verkauft eine Flasche Madeira des Jahrgangs 1823. Das Gesicht des Generals ist dumm und tot, wie ein Bauch ohne Nabel. Ein Jude mit herabhängenden Backen hält eine weiße Frackweste und eine Flöte feil. Die Flöte sieht so traurig aus, als ob sie ihr ganzes Leben lang nur Trauermärsche gespielt hätte.

»Olga, wir werden, scheint es, keine Wollsocken bekommen.«

Sie antwortet nicht.

Der Frost tut wie eine Hausfrau, die eine Wassermelone vom Wagen kauft, und prüft meinen Schädel: ob er platzt oder nicht.

Eine Frau in einem Persianermantel und Filzstiefeln, wie sie von Kutschern getragen werden, hält auf der Schulter einen Krug aus Terrakotta. Ein kleines Mädchen mit goldig schimmernden Zöpfchen und irgendwohin eingesunkenen Augen hat auf ihre zitternden Fäustchen riesige Gummischuhe gestülpt. Ihre Ware geht gut. Die unter dem Sucharewskij-Turm entstehende neue Bourgeoisie wird in den ersten fünfzig Jahren kaum kleinere Gummischuhe gebrauchen können als »Nr. 14«.

»Wie fühlen Sie sich, Olga?«

»Ausgezeichnet.«

Die Physiognomie des Mannes, der einen Sammetrock verkauft, ist weißer als ein abgeschältes hartgekochtes Ei. Ich beginne, wie wahnsinnig, meine Wangen mit dem eingefrorenen Handschuh zu reiben.

»Da sind auch Wollsocken!«

Ich wende mich um. Was für ein Mönch! Die rotglühende Nase hängt ihm bis zur Unterlippe hinab. Es wäre nicht übel, wenn man sie in ein hellblaues Leibchen stecken könnte wie die Brust einer überreifen Herumtreiberin.

In mir kocht der Zorn. Bei so einem Mönch, dünkt mich, hätte ich sogar mein eigenes Leben nicht gekauft.

Olga knetet die Wolle, zieht die Socke über die Hand.

»Schön warm ...«

Ich versuche, mich an ihr Revolutionsgewissen zu wenden.

Sie steckt mir die gekauften Sachen zu und macht den Vorschlag, den Rückweg in der Straßenbahn zurückzulegen, da diese »heute ihren letzten Tag hat«.

Nach der Begebenheit mit den kamelhaarenen »Reithosen« hatte ich felsenfest beschlossen, ein für allemal auf jeden Widerspruch zu verzichten.

Im Verlauf einer halben Stunde mußten wir sehr vieles durchmachen: Wir hingen am Trittbrett und riskierten, die Finger angefroren an den Eisenstangen zu lassen; als ob wir Gazenetze wären, durchdrang uns auf der hinteren Plattform ein eisiger Wind; man knetete und quetschte uns, man drückte uns im Innern des Wagens platt, und erst gegen Schluß gelang es uns, auf den bettartigen Knien einer Heringshändlerin vom Sucharewskij-Markt für eine Zeitlang wieder ein wenig Mut zu fassen.

Ich konnte mich nicht zurückhalten und flüsterte Olga ins Ohr:

»Es ist allerdings selbst an einer Revolution nicht alles schlecht. Schon morgen, wenn sie den Straßenbahnverkehr zum Stehen bringt, werde ich ihr manches verzeihen.«

28

Marfuša hat den Ofen zum Rotglühen eingeheizt. Die Luft wurde welk, locker und schweißfeucht. Sie hängt an einer unsichtbaren Leine wie ein dunkelfarbenes Badetuch.

Olga sitzt nackt da und hat nichts weiter an als ihre saffianledernen Nachtpantöffelchen mit dem weißen Pelzbesatz. Ihre rosigen Füße scheinen im Schaum von Meereswellen zu stecken. An den nackten spitzen Knien liegt, überschüttet mit der aufgekochten Milch der Spitzen, ein seidenes Nachthemd. Dieses Hemd birgt noch die Wärme ihres Körpers.

»Olga, was beabsichtigen Sie zu tun?«

»Läuse fangen.«

»Der römische Naturforscher Plinius versicherte, daß Honig die Läuse vernichtet.«

»Schade, daß Sie es nicht vorher gesagt haben. Wir hätten auf dem Markt ein Gläschen gekauft.«

»Ich beneide Sie um Ihre Angst vor dem Tode, Olga.«

»Ziehen Sie sich auch aus.«

»Um nichts in der Welt!«

»Warum?«

»Ich werde mich jetzt an Ihnen rächen. Ich will der Wollsocken Ihres Geliebten wegen zugrunde gehen.«

»Dann müssen Sie damit rechnen, daß Ihre Typhusleiche von Hunden benagt wird. Vor einigen Tagen erstattete Genosse Motrozov im Moskauer Sowjet einen Bericht über ›Begräbnisangelegenheiten‹. Im Schauhaus unseres Bezirks, das zwölf Personen fassen soll, liegen jetzt dreihundert Leichen umher.«

»O-o-oh!«

»Es ist beschlossen worden, »Maßnahmen zur Beerdigung in Massengräbern zu ergreifen, wobei die Schützengrabenbagger Verwendung finden sollen‹!«

Der Eindruck ist erschütternd. Ich springe mit der unerklärlichen Behendigkeit eines Zirkusclowns auf und werfe in einem Augenblick Rock, Weste, Kragen, Krawatte und Hemd von mir.

Olga frohlockt. Ich zische:

»Welch Glück, in einer geschichtlich bedeutsamen Zeit zu leben!«

»Selbstverständlich.«

»Ich kann mir schon denken, wie nach zweiundeinhalb Jahrhunderten unsere »hohle, späte Nachkommenschaft‹ uns beneiden wird.«

»Besonders die Franzosen.«

»Diese ehemaligen Handwerker der Revolution.«

»Warum »ehemaligen‹?«

»Weil sie ihren Beruf gewechselt haben.«

Olga sucht in den Falten der Seide.

»Meinen Sie nicht, daß sie zu ihm wieder zurückkehren werden?«

»Kaum. Die Franzosen haben inzwischen Geschmack an nutzbringenden Beschäftigungen gefunden.«

Die Spitzen fließen durch ihre Finger und rinnen von ihren Handflächen.

»Das kommt alles vom Haß gegen die Ausländer.«

»Ja. Um bei den Deutschen kein Pyramidon und bei uns keine Butter zu kaufen.«

»Aber wir werden es ihnen heimzahlen.«

»In welcher Weise?«

»Wir werden versuchen, sie zu überreden, sich von unseren Ideen zu ernähren. Trotz ihres ganzen Geistes sind die Franzosen sehr naiv. Sie lernen jetzt schon bei uns, ihre Romane stilistisch so schlecht wie Tolstoj und so langweilig wie Dostojevskij zu schreiben. Aber leider gelingt ihnen das nicht.«

Wir führen das Gespräch in Halbtönen und lächeln, dabei unterbrechen wir nicht unsere gespannte Jagd nach den »Feinden der Revolution«. Aber ich habe wahnsinniges Pech im Leben. Die erste Laus wird von der Frau erwischt.

»Olga, wenn es Sie nach Ruhm gelüstet, dann töten Sie diese Laus nicht. Handeln Sie wie Kaiser Julian. Eine Laus, die von seinem Kopfe fiel, setzte er sich wieder in den Bart. Und seine treuen Untertanen priesen die Güte seines Herzens. Man muß es verstehen, sich seine Unsterblichkeit zu verdienen. Die Methode Julians ist nicht die schlechteste.«

Olga wünscht keine Unsterblichkeit. Sie glaubt mir nicht einmal, daß der Schöpfer des Alls beim Erschaffen dieses winzigen Ungeheuers viel geistreicher war als sonst jemals. Mit einer fast dichterischen Begeisterung beschreibe ich das spitze Köpfchen, das mit einer pergamentharten Haut bedeckt ist; die Augen, so vorgewölbt wie bei jüdischen Schönheiten und geschützt durch bewegliche Hörnchen; den kurzen Hals und schließlich den winzigen Magen, der mit Blitzesschnelle arbeitet. Unser Blut, anfangs dick und schwarz, wird schon in den Därmchen rot und flüssig und kommt in die Äderchen ganz weiß.

»Und dieser wunderbare Rumpf, der von einem unendlich dünnen, durchsichtigen Schuppenpanzer bedeckt ist, und diese sieben Buckelchen an den Seiten, durch die das kleine Ungeheuer in die Lage versetzt wird, sich mit allem Komfort in unseren Haaren einzurichten und sich an ihnen festzuhalten! Und diese von zwei Nägelchen gekrönten, unglaublich dünnen Beinchen! ...«

»Genug.«

Ich verstumme.

Das erstaunliche Insekt verendet unter dem rubinroten Nägelchen meiner grausamen Gattin.

29

Der Rat der Volkskommissare hat beschlossen, die Wagen erster und zweiter Klasse der Personenzüge aus dem Verkehr zu ziehen und einen Teil dieser Wagen unverzüglich in solche dritter Klasse umändern zu lassen.

30

Es wird geplant, in der nächsten Zeit eine kleine Lokomotive in Betrieb zu bringen, die bis auf weiteres die Straßenbahn auf der Strecke vom Passionsboulevard bis nach Petrovsko-Razumovskoje ersetzen soll.

31

Vom morgigen Tag an wird die Gasbeleuchtung der Stadt eingestellt.

32

Die Vertreter des »Verbandes der Theaterarbeiter« erklärten im Arbeiterrat, daß »im Falle eines völligen Aufhörens von Stromerzeugung, in Moskau die Theater Maßnahmen ergreifen werden, um das elektrische Licht durch anderes zu ersetzen«.

33

Für den 23. Februar ist allgemeine Arbeitsdienstpflicht angekündigt. Alle gesunden Angehörigen »der männlichen und weiblichen Bevölkerung im Alter von 18 bis 45 Jahren« sollen zur Reinigung der Straßen von Schnee und Eis herangezogen werden.

34

Ich küsse Olga auf den Hals, auf die Schultern, auf das Haar. Sie sagt:

»Erzählen Sie mir etwas von Ihrer Geliebten.«

»Ihre Augen sind grau wie Staub, ihre Lippen bilden ein Herzas, ihr Haar fließt in Blutströmen durch die Finger...«

Olga erkennt sich selbst:

»Mein Gott, welch Unglück ist es, einen Kavalier aus Pensa zum Gatten zu haben!«

»Leider!«

»Geben Sie eine Zigarette her!«

Ich strecke die Hand zum Nachttischchen aus. Hinter der Wand patschen weiche nackte Füße vorbei. Olga hebt vielsagend den Finger:

»Sie! ...«

Marfuša legt noch ein bißchen Holz ins Feuer, bei mir aber flammen die Ohrenspitzen auf. Olga steckt sich die Zigarette an:

»Unterhalten wir uns also ein wenig über Ihre Geliebte. Sie hat vermutlich einen schönen rosigen Rükken ... so heiß wie ein Backofen.«

»Er ist etwas zu breit.«

»Wenigstens schaut da nicht die Wirbelsäule hervor!«

Olga dreht sich auf die Seite um.

»Wie bei mir.«

Und sie seufzt:

»Bei mir ist sie wie ein Bambusstock, mit dem man Staub aus den Teppichen klopft.«

»Eine Flöte!«

Ich küsse sie auf den Mund.

Sie verzieht das Gesicht:

»Sie hindern mich am Sprechen.«

Nach dem Kuß bleibt in meinen Ohren ein Klingen und Sausen wie nach einem Chininpulver.

»Und was meinen Sie von ihrem Bauch? So erzählen Sie doch, oder ich sterbe in Ihren Armen vor Langeweile.«

Ich sehe in Olgas Augen und denke über meine Liebe nach:

... mein Heiligenbild wird nie den Glanz verlieren; zu seiner »Renovierung« werde ich weder alten Ocker noch griechisches Grün noch deutschen Purpur noch Kašinsches Weiß noch Scharlachrot und Mennige gebrauchen ...

Mit einem Wort, ich würde für alle Geheimnisse der alten Meister aus der »Silbernen Rüstkammer der Ikonenbildner« keinen einzigen Heller geben.

35

Der Personenverkehr auf der Eisenbahn ist eingestellt worden.

36

Das Volkskommissariat für Bildungswesen hat einen Plan zur Errichtung von fünf neuen Museen ausgearbeitet:

1. eines Moskauer Nationalmuseums,
2. eines Museums für russische Volkskunst,
3. eines Museums für die Kunst des Ostens,
4. eines Museums alter europäischer und
5. eines Museums der kirchlichen Kunst.

37

Heute hielt ich an der Universität meine erste Vorlesung über das »Steinzeitalter«.

Ein beunruhigender Stoff.

Dreimal wurde ich durch Applaus und Pfiffe unterbrochen.

Für jeden Fall habe ich mir im Notizbuch allzu »aktuelle‹ Stellen angemerkt:

1. »... um mit einem Gerät aus Bein oder Stein einen Kahn anzufertigen, brauchte man drei Jahre, zur Herstellung eines Futtertrogs – ein Jahr ...«

2. »... da die Gefäße aus Pflanzenwurzeln gemacht waren, warf man zur Erwärmung der Speisen in das Wasser glühende Steine ...«

3. »... sie schwammen auf den Flüssen und Fellen, indem sie diese an die Schweife der Pferde banden, die sie voranschwimmen ließen ...«

Die Tölpel, die das Auditorium überfüllt hatten, nahmen an, daß ich »stichelte«.

Auf der Straße hörte ich, wie hinter mir jemand sagte:

»Diese Kühnheit!«

Nächstes Mal werde ich vorsichtiger sein müssen.

38

Koltčak hat gesagt:

»Die Prügelstrafe ist nur eine halbe Maßregel.«

39

Im Gouvernement Saratov sind Bauernunruhen ausgebrochen. Über zweiundzwanzig Amtsbezirke ist der Belagerungszustand verhängt worden.

40

Seit Winterbeginn sind in der Republik bereits anderthalb Millionen Menschen an Flecktyphus erkrankt.

41

Auf einer kleinen, mit Räderchen beschlagenen Leiter bereise ich meine Bücherschränke.

Eine zerzauste Armee! Gelichtete Bataillone.

Olga liest einen Brief von Sergej, den sie soeben erhalten hat.

Ich rufe aus:

»Olga, um unserer beider allergefräßigsten Magen der Welt willen habe ich einen zehn Monate langen, schimpflichen Feldzug durchgeführt. Ich habe die kleinen Bücherbuden der Nikitskaja, Mochovaja, des Leontjevskij und des Kammerherrn-Prospekts mit saffiangebundenen und exlibrisgeschmückten Leichen besät. Drücken Sic mir also Ihr Beileid aus, Olga.«

Ohne die Augen vom Brief abzuwenden, murmelt sie:

»Ich denke gar nicht daran.«

»Sie sind herzlos!«

Ich nähere mich der Flanke, wo in Reih und Glied die Reste meiner Garde stehen – Rollen aus dem fünfzehnten Jahrhundert, gebrandmarkt mit Lilien, Blattschläuchen, Harfen, Schlüsseln, deren Bärte nach oben gedreht sind, und vierendigen Kreuzen; Handschriften aus dem sechzehnten Jahrhundert mit hindurchblickenden Ochsenköpfen, fliehenden Einhörnern und dahinspringenden Hirschen; und endlich: Folianten aus dem siebzehnten Jahrhundert mit fetten Schweinen. An den Fabrikationsstempeln, die das Papier trägt, kann man nicht nur das Alter der Kostbarkeit, sondern auch die Seele ihrer Zeit bestimmen.

Olga ruft aus:

»Das ist hervorragend!«

Ihre Finger zittern, und ihre Augen glänzen – der graue Staub ist silbrig geworden.

»Was denn?«

»Sergej hat Goga füsiliert.«

Ich krächze verdrießlich: der »Retter des Vaterlandes« hatte zarte Lippen eines gekränkten Mädchens und wundervolle Finger. Sergej aber hat die Hände eines Münchener Bäckers. Mit solchen Händen lohnt es sich nicht, auf Erden zu leben.

42

In den Gouvernements Simbirsk, Pensa, Tambov und Kasan sind Bauernunruhen ausgebrochen.

Amtsbezirke, Kreise und Städte befinden sich im Belagerungszustand.

43

Heute werden auf den Abschnitt Nr. 21 der Lebensmittelkarte Streichhölzer verabfolgt – eine Schachtel pro Person.

44

Lenin und Zjurupa haben in die Provinz ein Telegramm geschickt:

»... Moskau, Petrograd, Mittelpunkte der Arbeiterbewegung, ersticken vor Hunger.«

45

Nach einer Meldung aus Versailles vertritt der Oberste Rat der Entente die Ansicht, daß die Blockade von Sowjetrußland fortgesetzt werden muß.

46

Die Front in Turkestan:

»... nach einem hartnäckigen Kampf haben wir Soljonoje-Sajmišče geräumt.«

»... nach einem hartnäckigen Kampf haben wir unsere Truppen, die fünfundfünfzig Verst südwestlich von Uralsk gestanden haben, auf neue, etwas nördlicher gelegene Stellungen zurückgezogen.«

Die Front im Osten:

»Unsere am Vagaj stehenden Truppenteile werden zum Fluß Ašlik zurückgezogen.«

»... im Norden von Tobolsk sind unsere Truppen unter dem Druck des Gegners den Irtyš etwas weiter hinaufgegangen.«

47

Denikin hat Orjol besetzt.

48

Judenič hat Gatčina besetzt.

49

Die Abteilung für Bildende Künste am Volkskommissariat für Bildungswesen veranstaltet ein Preisausschreiben zur Errichtung eines ständigen Denkmals zur Erinnerung an die Pariser Kommune des Jahres 1871.

50

Der Fluß ist blau und kalt. Sein schwerer Leib liegt in den steinernen Ufern wie in einem Sarg. Die um ihn zusammengedrängte und sich über ihn neigenden Häuser haben ein tragisches Aussehen. Die unbeleuchteten Fenster gleichen vor Kummer dunkel gewordenen Augen.

Die Kraftfahrzeuge gleiten über die Brücke wie Schlittschuhläufer. Es sind ihrer heute mehr als gewöhnlich. Es kommt einem vor, als ob sie unnötige, zwecklose Kreise um den Kreml beschreiben, um dessen Zinnen mit den »Raupen«, um die schweren Geländer, Türme und Halbtürme mit den »Zelten« und Söllern aus Bruchsteinen und Ziegeln der Feldschuppen, die man mit Kalk, Scherben und Kiessand fester zu machen pflegte.

Der Sucharewskij-Markt hat bereits durch ganz Moskau gewisse Gerüchte verbreitet: von Kommissaren, die nach Sibirien fliehen, von Kisten mit Kostbarkeiten, Gold, Geschirr und Möbel- und Wäschestücken des Zaren, die sie in die sibirischen Wälder mit sich nehmen.

Wir gehen an der Mauer entlang. Der Wind kreuzt die nackten Ruten der Bäume, als wären es Rapiere; er schaukelt die schwarzen Stämme der Ahorne.

Ich betrachte genau die Gesichter der Passanten. Eine heitere Beschäftigung. Es ist, als ob man die Hand in einen Eimer mit winzigen Fischchen hineinsteckte. Unsichere Freude, schwankender Mut, fettansetzende

Bosheit, scheinheiliges Beileid, augenlose Unruhe, feige Hoffnungen – das ist meine kümmerliche Beute.

Ich frage Olga:

»Und wo ist denn die Liebe zur Republik?«

»Vor Tula und an den Zugängen Petrograds.«

Wir gehen die Straße hinauf, in der einstmals der Handel geblüht hat. Wir schreiten an herabgelassenen Fensterläden vorbei, an verrosteten Schlössern, zu denen die Schlüssel verloren sind, an Schaufenstern, die wie Clownfratzen mit weißer Schminke beschmiert sind.

Seitdem die Kaufleute wieder neben Räubern und Vergewaltigern von Minderjährigen auf den Gefängnispritschen liegen und der Handel nicht als »Tätigkeit«, sondern als eine Schmach und ein Verbrechen gilt, sind in Moskau nicht mehr als vier Kaufläden geblieben, in denen hinter den Ladentheken Dichter stehen, die allen Grund haben, in hundert Jahren Marmorgestalten zu werden, und hinter der Kasse – Philosophen, die von Grauhaar und Ruhm besilbert sind.

Wir gehen unter den heiteren, buntkarierten Kuppeln der Basiliuskathedrale. Ich drücke mein Entzücken über den Einfall Barmas und Postniks aus: nicht jedem wäre es in den Sinn gekommen, im Herzen Moskaus einen italienischen Harlekin aufzustellen.

Ein Lastauto ist mitten auf dem Platz steckengeblieben. Es sieht aus wie ein geköpftes und seiner Beine beraubtes Kamel. Ein kleiner Berg alter Militärgewehre glänzt im vereisten Stahl. Das Zeughaus der Republik hat viel freien Platz. Den Gewehren der »türkischen Feldzüge« ist es beschert, morgen das Schicksal des Sozialismus auf den Straßen Petrograds zu entscheiden. Olga sagt:

»Machen Sie drei Schritte zu jener Mauer und sehen Sie in der ›Pravda‹ nach, was heute in den Theatern gespielt wird.«

Seitdem bei uns »alles umsonst« ist, muß man die Zeitungen als »Zaungast« lesen. Man klebt sie wie Plakate auf.

»Was wollen Sie ansehen?«

»Wählen Sie ein Stück, das unserem heroischen Moment entspricht.«

»Ich werde es versuchen.«

Ich setze den Kneifer auf und lese:

»Großes Theater: ›Das Märchen vom Zaren Saltan‹; Kleines Theater: ›Der Kaufmann von Venedig‹; Künstlertheater: ›Zar Fjodor‹; Korš: ›Gentleman‹; Neues Theater: ›Die lustigen Weiber von Windsor‹; Nikitskij-Theater: ›Yvette‹; Nezlobin: ›Der König von Juda‹ ... Dichtung von Konstantin Romanov; Kammertheater: ›Salome‹ ...«

»Genug.«

Wir durchqueren den Platz.

Vielleicht betreten unsere Füße gerade die Stelle, an der die nackte Leiche Otrepjevs gelegen hat.

Die Liebe zu den »schönen Künsten der Possenspiele« ist ihm nicht bekommen.

Ich erinnere mich an die Aufzeichnung eines Augenzeugen: »Das Volk strömte herbei und hörte nicht auf zu schelten; manche legten ihm auf den Leib eine Larve, die aber von sonderbarer Gestalt, und man hatte sie bei Marina Mniszek gefunden; andere wiederum, seiner Liebe für Musik spottend, steckten ihm in den Mund ein Balgrohr und legten ihm unter den Arm eine Bockpfeife.«

In diesem Lande kann man nichts begreifen: Dem Schrecklichen verzeiht es, und Otrepjev zerfleischt es; siebenhundert Jahre lang führt es unglückliche Kriege und unterwirft mehr Völker als das Römische Reich; es versteht nicht, irgendwelche »Musketen« herzustellen, und errichtet auf einem Sumpf die schönste Stadt der Welt.

Ich sage:

»Finden Sie nicht auch, daß bei uns nur derjenige glücklich sein Ziel erreicht, der über einem Abgrund Seil tanzt? Versuche er nur, eine glatte Chaussee zu wählen, und er wird sich unbedingt das Genick brechen. Nach dem Fall von Orjol und Gačina beginne ich an die Festigkeit des Sowjetregimes zu glauben. Und schließlich taucht in mir auch der Gedanke auf, daß sie mit Hilfe von Läusen, Hungersnöten und Pestratten, die in Astrachan aufgetaucht sind, am Ende den Sozialismus verwirklichen werden.«

51

Eine Stunde später fahren wir zum Bahnhof, um Sergej zu empfangen. Genosse Mamašew versichert »aufgrund genauer Nachrichten des Revolutions-Kriegsrats«, daß die Kontusion nicht sehr schwer sei:

»So in drei Jahren wird er grad wieder mit dem linken Ohr hören können, der Kopf aber wackelt dann schon lange nicht mehr.«

1 9 2 2

1

Im Herbst des Jahres einundzwanzig begannen meine Finger, wer weiß warum, wieder zu kribbeln. Auf dem Schreibtisch erschienen von neuem Fetzen und abgerissene Stückchen Papier. Die schwarzen Näschen der Bleistifte wurden spitz. Jeden Morgen nahm ich mir vor, ein Heft zu kaufen, jeden Abend hatte ich die Absicht, mein Gehirn zu bewegen. Dann übermannte mich jedoch die Faulheit. Ich aber habe nicht die Gewohnheit, einem so reizenden Wesen Widerstand zu leisten, und halte so etwas sogar für Unfug.

Die weichen Blättchen mit meinen »Notizen« gerieten auf den Nagel des »Kabinetts der Nachdenklichkeit«, die härteren blieben erhalten. Ich bin Olga für ihr wählerisches Wesen sehr dankbar.

Da ich immer vergesse, die Daten aufzuzeichnen, muß ich jetzt alles in chronologischer Unordnung abschreiben.

2

Die regenlose Zeit und die Dürre der ersten Hälfte des Sommers vernichteten die Winter- und Sommersaaten, die Gemüsegärten und die Heuernte von Astrachan bis Vjatka.

3

Heuschrecken und heiße Winde brachten Verderben über die späte Hirse. Das späte Steppengemüse schmorte zusammen. Die Wassermelonen kamen ins Kochen (Donbezirk).

4

Die Hirse, die Gemüse und die Kartoffeln sind von heißen und nebligen Winden vernichtet worden (Ukraine).

5

Auf dem X. Parteitag sind die Grundlagen der Neuen Ökonomischen Politik festgelegt worden.

6

Bis Juli stand der Himmel in der Rauchhülle der hinter der Wolga brennenden Wälder. Die Sonne sengte die Felder zunichte. Die Erde spaltete sich und verwandelte sich in Asche. Dann setzten plötzlich endlose Regen- und kalte Tage ein. Die Sommersaaten und Gemüsefelder, die schon begonnen hatten, sich aufzurichten, fingen jetzt an zu welken. Gegen Ende Juli traten warme Tage ein – der Hafer bildete Rispen, für eine kurze Weile hatte man die Hoffnung, daß es Samen geben würde. Da erschien der schwarzbraune Wurm, und die Felder verwandelten sich in eine Wüste (Tschuwaschengebiet).

7

In Abänderung des Dekrets des Rates der Volkskommissare vom 14. Dezember 1917 über das Verbot von Geschäften mit Immobilien (Gesetzessammlung 1917, Nr. 10. Art. 154) und der Verordnung des Allrussischen Zentralen Vollzugskomitees vom 20. August 1918 über die Abschaffung des Eigentumsrechts auf Immobilien in Städten hat der Rat der Volkskommissare beschlossen: den Eigentümern nicht munizipalisierter Bauten die lukrative Veräußerung derselben zu gestatten ... wobei unter dem Besitz eines Hauses auch das Eigentumsrecht auf die zu ihm gehörenden, im Hofe sich befindlichen bewohnbaren und nutzbaren Bauten zu verstehen ist.

8

Die Mißernte hat sich auf das gesamte Brotgetreide ausgedehnt.

9

Von einer Heuernte kann keine Rede sein – nicht einmal zu zupfen gibt es etwas.

10

Der Boden ist ausgetrocknet und hart geworden – er erinnert an ein Parkett. Was nicht verkohlt ist, fressen die Heuschrecken zu Ende.

11

Eine Verordnung: »Die Exmittierung der Eigentümer aus den von ihnen bewohnten Räumen kann nur aufgrund militärischer Notwendigkeiten stattfinden.«

12

Die Bauern haben angefangen, Zieselmäuse zu essen.

13

Eicheln gelten bereits als Luxus. Aus Lindenblättern werden Piroggen gebacken. Im Kamagebiet verspeist man eine besondere Sorte von Lehm. Im Gouvernement Caricyn ernährt man sich von einem Gras, das ehemals nur von Kamelen gefressen wurde.

14

An Stelle früherer Verordnungen heißt es jetzt: »Keine Art von Besitz darf requiriert oder konfisziert werden.« Ausländische Valuten, Gold, Silber, Platin und Edelsteine über die festgesetzte Norm unterliegen der Abgabe *gegen ein Entgelt* in der Höhe der mittleren Marktpreise.

15

Für den Handel freigegeben sind: Reben-, Obst- und Rosinenweine, deren Alkoholgehalt 14 Prozent nicht übersteigt.

16

Es ist Schnee gefallen, der die letzten Nahrungsquellen der Hungernden zugedeckt hat.

17

Eine Anzeige:

Wo kann man
nahrhaft und schmackhaft essen?
Nur im Restaurant
E L E G A N T
Pokrovskij-Tor
Ideale europäische und asiatische Küche
unter Leitung eines erfahrenen Küchenkünstlers;
während der Mahlzeiten spielt ein Salonorchester;
Winkelchen tropischer Gemütlichkeit,
dazu: Séparées

18

Olga sagt völlig ruhig:

»Die Hand aber werde ich Ihnen, Ilja Petrovič, nicht reichen.«

Dokučajev blickt verloren auf Olga, auf mich und auf den Kopf Sergejs, der wie ein wahnsinnig gewordener Minutenzeiger auf den Schultern hüpft.

»Ich scherze nicht, Ilja Petrovič.«

Die behaarten, gespreizten Finger hängen in der Luft.

»Wo sind Sie soeben gewesen, Ilja Petrovič?«

Dokučajev kichert.

»... haben Sie uns vielleicht kaukasische Rosen gepflückt?«

»Sie belieben zu scherzen, Olga Konstantinovna.«

»Nicht im geringsten.«

Verlegen, gleichsam zum erstenmal im Leben, betrachtete Dokučajev seine runden, an grobe Teller erinnernden Handflächen. Seine Augen sind dunkel, klein und scharf – wie Tapeziernägel.

»Merken Sie sich bitte, daß man sich nach dem Klosett die Hände waschen muß. Und nicht mit Begrüßungen auf Leute herankriechen.«

Das Stubenmädchen bringt eine weiße Kaffeekanne und vier Täßchen von der Form halbierter Billardkugeln.

Olga bittet:

»Führen Sie Ilja Petrovič ins Badezimmer.«

Dokučajev geht gehorsam hinaus.

Olga ruft ihm nach:

»Aber mit Seife, hören Sie! ...«

19

Dokučajev trägt einen weichen Zobelhut. Er erinnert an das alte Moskau der Gemächer von Kaufleuten, der Trinkstuben, der Handelsbäder, der Garküchen, der Wächterhäuschen, der Kvasgeschirre und der Kornspeicher. An das Moskau der Läden, der Kaufbuden, der Pfannkuchenbäckereien, der trüben Zelte, der Pfefferkuchenbänke, der Arkaden, der Barbiere, der Pachtländereien und der Orte, an denen man mit Schlitten handelte.

Der Zobelhut reimt sich nicht sehr mit seiner dicken, rasierten Oberlippe und dem glatten Kinn. Dieses Kinn ist breit und fest wie ein Fußballstiefel.

Seine Biographie erzählt Ilja Dokučajev nach »hergebrachter Art«: Bis zum Jahre 1914 war er Laufjunge in einem großen Manufaktur-Engrosgeschäft an der Nikolskaja. Im Kriege trug er in einem Lazarett zu Pskov die Töpfe mit den Exkrementen der Soldaten hinaus. Seine Philosophie war einfach und begründet. Er sagte sich: Es ist besser, ich tue es für die anderen, als daß man es für mich zu tun beginnt. Vor Langeweile begann Ilja Petrovič eine interessante Statistik der »Tode und Töpfe« zu führen. Es ergab sich, daß auf je zehn Entleerungen nur eine Leiche kam. Im Laufe dreier Kriegsjahre hat Dokučajev sechsundzwanzigtausend Nachttöpfe geleert.

1917 wurde er von der Front nach Petersburg delegiert. Ein Viertelstündchen unterhielt er sich mit Kerenskij »selber« und bildete sich danach eine »demokratische Weltanschauung«. Im Oktober verhielt sich Ilja Petrovič »ganz neutral«. In den Jahren des Kriegskommunismus machte er »Reisen«. Mehr als ein- und als zweimal war er in Turkestan, auf der Krim, in der Ukraine, im Kaukasus und in Minsk. Und obwohl er nicht im Schlafwagen gereist war, sondern am häufigsten auf den Dächern der Waggons, auf den Kohlen der Lokomotive und auf den Puffern – bewahrte er seine »Voyagen« in zärtlichster Erinnerung.

Sein Gepäck pflegte sehr mannigfaltig zu sein. Er führte: Reis, getrocknete asiatische Aprikosen, kaukasische Rosinen, feinstes Weizenmehl, Weizenkorn, Speck, Salz, Zucker, Gold, Kerenskij-Noten, Zarengeld, Brillanten, Dollars, Pfunde, Kronen, englischen Cheviot, Cotypuder, Seidenstrümpfe, Büstenhalter, Kaufurkunden über Häuser, Hypotheken auf Güter, Aktien, Rentenpapiere, annullierte Anleihen, Bildwerke alter Meister, Miniaturen, Kameen, Tabaksdosen aus den Zeiten Jelisavetas, Bronze, Porzellan, Sprit, Morphium, Kokain und endlich »Juden«: als nämlich sein Weg ihn über das von Machno besetzte Gebiet führte.

Dokučajev behauptet, er hätte die Neue Ökonomische Politik schon ein Jahr vor dem X. Parteitag vorausgeahnt.

Jetzt ist er Pächter einer Textilfabrik, Alleinbewohner eines netten kleinen Hauses, Börsenjobber und Lieferant der Roten Armee. Außerdem besitzt er eine Manufakturwaren-Handlung in der Passage, einen Parfümerieladen an der Petrovka, ein Konfektionshaus an der Sretenka und verschiedene Zelte am Sucharevskij-Turm, auf dem Smolenskij-Markt und anderen Trödelmärkten.

Aber im »gegebenen Augenblick«, wie man so sagt, interessiert sich Ilja Petrovič ziemlich stark für die Hungersnot. Er fragt mich:

»Erfassen Sie das auch, Vladimir Vasiljevič – ganze Dörfer leben nur von Wasser. Es trinkt so ein Menschlein bis zu drei Eimer in vierundzwanzig Stunden, nun, und da schwillt es natürlich ein wenig an. Dann kommt also Erbrechen, und die Haut beginnt zu platzen.«

»Entsetzlich.«

»In der Tat. Das haben Sie ganz richtig bemerkt.«

Er dreht die feuchte Lippe von der Farbe rohen Rindfleisches und sieht mich ein wenig von der Seite an.

»Allein im Gouvernement Samara hungern jetzt nach den Mitteilungen des dortigen statistischen Büros bereits – also zwei Millionen achtmalhunderttausend Menschen.«

Er faßt mich unter den Arm.

»Bißchen viel, was?«

»Ja, sehr.«

Die Tapeziernägel sehen fast begeistert aus.

»Das ist, wenn ich es Ihnen sagen darf, eine ganz ungewöhnliche kommerzielle Perspektive, Vladimir Vasiljevič!«

20

Wir sitzen an einem Tischchen im »Empire«.

Dokučajev reicht Olga die Speisekarte:

»Bitte schön, Olga Konstantinovna, hier ist das Programmchen.«

Der Geschäftsführer knickt im Gürtel um. Es knarrt die Stärke und das alte Wirbelbein. Wie rachitische kleine Bäuche hängen seine gelben, glattrasierten und runzligen Backen herab. Seine Augen baumeln gleich schlecht angenähten Knöpfen. Hinter unseren Stühlen sind die Kellner zu schwarzen Säulen erstarrt.

Olga bestellt:

»Côtelette maréchal ... frische Gurken ...«

Der Geschäftsführer wiederholt jede Bewegung ihrer Lippen. Seine Worte schließen – nach Bulldoggenart – mit kurzen, gestutzten Schwänzchen.

»... ein Côtelettchen maréchal, Gnäfrau ... frische Gurken, Gnäfrau ... Sahneeis ... Kaffee auf Feuer, Gnäfrau ...«

Dokučajev blickt genießerisch auf die umgeknickte alte Wirbelsäule, auf die sich schüttelnden, runzligen rasierten Backen, auf die zitternden, schlecht ans Gesicht genähten Knöpfe, auf das unsichtbare Wedeln der Bulldoggenschwänzchen.

Die schwarzen Säulen nehmen die Bestellung entgegen. Die schwarzen Säulen laufen davon.

Olga überblickt die Tischchen:

»Ich kann eigentlich gar nicht begreifen, Dokučajev, warum Sie mir den Hof machen. Schauen Sie doch einmal um sich: Hier sind an drei Dutzend Prostituierte, von denen mindestens zehn schöner sind als ich.«

Einige sehen wirklich sehr gut aus. Besonders die zwei, die uns gegenübersitzen. Sie sind so dünn wie Stricknadeln.

Olga fragt:

»Muß man denn wirklich über einen unreinen Teint und einen schlechten Charakter verfügen, um geheiratet zu werden? Ich bin überzeugt, daß diese Mädchen nur ihrer Güte wegen auf die Straße geraten sind. Es hat ihnen gefallen, den Menschen eine Freude zu bereiten.«

Olga fängt die davoneilenden Augen Dokučajevs ein:

»Wieviel zahlen Sie, Ilja Petrovič, wenn ich mich zu Ihnen ins Bett lege?«

Dokučajev verbrüht sich an der Suppe. Kleine Fettbäche fließen ihm über das glattrasierte breite Kinn.

Olga wirft ihm eine Serviette zu:

»Wischen Sie sich ab. Es sieht sonst zu ekelhaft aus.«

»Jetzt haben Sie mich ganz aus dem Konzept gebracht, Olga Konstantinovna.«

Er reibt sich lange den schweren, fetten Kiefer.

»So für fünfzehntausend Dollar würde ich mich Ihnen vielleicht hingeben, Dokučajev.«

»Gemacht.«

Olga erblaßt.

»Man hat mir erzählt, daß in irgendeinem Dorfe des Gouvernements Kasan die Kinder sich vor Hunger in die Brunnen stürzen.«

»Das hat vor einer Woche in der Zeitung gestanden, Olga Konstantinovna.«

»Für fünfzehntausend Dollar kann man viele Kinder speisen.«

»Das stimmt, Olga Konstantinovna. Das haben Sie ganz richtig bemerkt.«

»Ich werde heute um elf zu Ihnen kommen.«

»Schönchen.«

Dokučajev fühlt sehr wohl, daß es sich keineswegs um die hungernden Kinder handelt. Olga verliert das Spiel.

Die reizenden Stricknadeln unterhalten sich in Blikken mit einem ungewöhnlich lächerlich aussehenden kleinen Herrn. Seine Beinchen baumeln unter dem Sofa, ohne den Boden zu erreichen; sein Bauch bedeckt die Knie, und statt eines Gesichts hat er einen löchrigen griechischen Schwamm.

Mit den Fingern zeigt er, wieviel er für die beiden ausgeben würde. Sie verlangen mehr. Der kleine Herr gibt etwas zu. Die dünnen Frauen klemmen sich zwischen die zarten vollen Lippen Zigaretten und setzen sich an seinen Tisch.

»Dokučajev, verlangen Sie die Rechnung.«

Ein Kellner stellt auf den Tisch eine große Kristallschale mit Früchten.

Olga steckt ein Messerchen in einen Pfirsich hinein:

»Ich habe Sergej Vasiljevič versprochen, Punkt sechs zu Hause zu sein.«

Der Pfirsich verströmt bernsteinfarbenes Blut. Wie ein Kopf, der soeben vom Richtklotz gefallen ist.

»Mein Gott, mein Gott!«

Meine Blicke begegnen jenen der Frau, die nach den Worten Olgas »zu gütig« ist, und ich werfe die Tasse mit dem Kaffee um, verletze mir die Handfläche mit dem silbernen Nagel des Obstmessers und rufe aus:

»Aber das ist doch sie! Das ist doch Margarita Pavlovna von Dicht! Die schöne Gattin des erschossenen Stabsrittmeisters. Bis auf den heutigen Tag kann ich ihren Leib nicht vergessen, der so weiß und biegsam ist wie italienische Makkaroni. Hat denn jener brave Verkehrsmilizionär, zum Abteilungsleiter ernannt, sie auf die Straße gejagt und eine andere Frau geheiratet, die von Geburt zumindest eine Gräfin ist? Bei diesen Menschen entwickelt sich unwahrscheinlich schnell die Eitelkeit. Wenn es in Rußland einmal einen Bonaparte geben soll, so wird er uns natürlich aus einem Verkehrsmilizionär entstehen. Das entspricht durchaus dem Geiste meines Vaterlandes.«

21

»Olga, gefällt Ihnen Dokučajev?«

»Ich weiß nicht.«

»Sie wollten ihm »das Herz verwunden‹ und haben ihm statt dessen eine Liebeserklärung gemacht.«

»Ich glaube, Sie haben recht.«

»Werden Sie heute zu ihm hingehen?«

»Ja.«

22

Mit Sergej hat man jetzt bedeutend lauter als sonst zu sprechen. Man muß beinah schreien.

»... ich kann, siehst du wohl, absolut nicht den Grund eurer Selbstverzückung erfassen. Dokučajev? Aber ich beginne wirklich daran zu zweifeln, daß ihr ihn ersonnen habt.«

Sergej blickt nachdenklich zur Decke hinauf.

»... und überhaupt, mein lieber Freund, bin ich nicht allzu hoher Meinung von eurer Phantasie. Wenn man im Ernst sprechen soll, so ist sogar der Bürgerkrieg schon fast zweitausend Jahre vor eurem Erscheinen von Jesus propagiert worden. Sieh dir nur jene Stelle in der ›Heiligen Schrift‹ an, in der Jesus seinen Schülern versichert, daß ›in seinem Namen‹ ein Bruder den Bruder und ein Vater den Sohn dem Tode überantworten wird, die Kinder aber sich gegen ihre Eltern erheben und sie zusammendreschen werden.«

Sergej fährt fort, in Gedanken versunken, die Decke zu betrachten.

»Weißt du noch: ›So dir jemand einen Streich gibt auf deinen rechten Backen, dem biete den anderen auch dar. Und so jemand mit dir rechten will und deinen Rock nehmen, dem laß auch den Mantel.‹ Mit derartigen Ideen im Schädelchen ist es ziemlich schwer, im Bürgerkrieg sich einen Orden der Roten Fahne zu verdienen.«

Der lächelnde, von großen flaumigen Augen verzierte Kopf Sergejs zuckt ununterbrochen auf, hüpft, zittert, schlottert und benimmt sich ganz eigensinnig. Bald sinkt dieser Kopf gleichsam in Kniebeuge, und bald springt er zwischen den Schultern wie ein piepsendes Jahrmarktteufelchen hervor.

Die Kaminuhr schlägt elf. Olga kommt aus ihrem Zimmer heraus. Es ist mir, als ob ihre Augen etwas weiter seien als gewöhnlich. Und ihre glatte, etwas abschüssige Stirn, die einer umgedrehten Untertasse gleicht, ist ein wenig bleich. Das rote Haar sieht wie lackiert aus und ist glattgekämmt. Als ob dieser Kopf soeben skalpiert worden wäre. Sie reicht Sergej die Hand:

»Auf Wiedersehen.«

»Sie gehen fort?«

»Ja.«

»Darf man fragen, wohin?«

»Natürlich.«

Und sie sagt so, daß Sergej sie verstehen muß:

»Zu Dokučajev.«

Sergej legt die bebenden und aller Wahrscheinlichkeit nach auch kalt gewordenen Finger auf das heiße Rohr der Zentralheizung.

23

Soeben haben wir, Olga und ich, fünfzehntausend Dollar in die »Hungerhilfe« gebracht.

24

Hoher Stil:

»Die Russen erkennen die Stärke des Feindes an der Breite des Weges, der von den tatarischen Pferden durch die Steppe getreten wird, an der Tiefe der Spuren oder am Wirbeln des Staubes in der Ferne.«

Ich sehe Sergej an. Soeben ist er von feindlichen Heereshaufen überrannt worden. Gierig suche ich nach Spuren und entfernten Wirbelwinden.

Unsinn! Ich habe ganz vergessen, daß weiche kleine Kissen heißen Staubes nie auf Eis liegen und daß man auf einem Stein keine Spur hinterlassen kann.

25

Im Kirchdorf Lipovki (Kreis Caricyn) hat ein Bauer, der die Hungerqualen nicht länger zu ertragen vermochte, beschlossen, seinen siebenjährigen Sohn mit dem Beil totzuschlagen. Er führte ihn in den Schuppen und schlug zu. Aber nach dem Mord hat er sich über der Leiche des umgebrachten Kindes selbst aufgehängt. Als man hinzukam, baumelte er bereits mit ausgestreckter Zunge, und gleich daneben – auf dem Klotz, der sonst zum Holzhauen benutzt wurde – lag die Leiche des erschlagenen Knaben.

26

Der kalte Winterhimmel ist mit allerlei Kehricht zugestampft. Die Sterne sind auf die Erde herabgefallen, in die verrückte Stadt, in die krummen Straßen herein.

Die kleinen Sternbilder beleuchten einen Kintopp, das bläuliche Sternbild des Kreuzes eine Nachtkneipe und der eisig schimmernde Polarstern die Sandunovsche Badeanstalt.

Ich höre eine bekannte Stimme und wende mich um.

Dokučajev handelt mit einem Kutscher. Dieser läßt brummend, unwillig und erbost vom Preise ab. Er ist schon alt, fuchshaarig und verrunzelt wie der Schaft eines Bauernstiefels. Sein Pferdchen hat einen dicken Heuleib und geschwollene Beine. Wäre es ein wirkliches Roß mit Hufen wie geschliffene Gläser, mit einem hohen, drallen Hinterteil, und hätte der Schlitten statt einer Bastmattendecke eine solche aus bestem blauem Tuch mit einem Rand aus Waschbärpelz, dann würde der graubärtige Greis von der Höhe seines Kutschersitzes den zudringlichen Fahrgast bestimmt zu allen Teufeln geschickt haben. Aber die Decke ist eben nicht gut, sondern gerade sehr schlecht, und auch der Gaul ist alt, barfüßig und bärtig wie Lev Tolstoj.

Dokučajev handelt dem Alten einen Groschen nach dem andern ab, und zwar ruhig, einprägsam und selbstsicher.

Der Kutscher knetet nur sein Mützchen, rutscht hin und her auf dem Bock und zupft die Leine.

»Nun, Großvater, willst du, oder willst du nicht? Es ist ein schöner Preis.«

Und Dokučajev entschwimmt aus dem Licht des eisig schimmernden Polarsterns, der über der Sandunovschen Badeanstalt erstrahlt ist, ins Dunkel hinein und biegt um die Ecke.

Der alte Kutscher ruft ihm nach:

»Setz dich schon! Steig ein! Wo gehst du hin?«

Er schlägt die bastmattene Decke zurück:

»Du brauchst wohl den Groschen weit mehr als ich, Herr ...«

Dann setzt er den Gaul durch ein Zupfen der zerlumpten Leine in Bewegung:

»Bereichere dich an meinem Pferd!«

Dokučajev flegelt sich auf dem Sitz hin:

»Mit euereinem, ihr Leuteschinder, kann man wohl reich werden!«

Ein Lächeln wälzt sein Kinn zurück, das schwerer ist als eine Gefängnistür.

Einmal war ich mit Ilja Petrovič im Bade. Anfangs wäscht er sich, dann liegt er auf der obersten Bank mit dem Bauchnabel nach oben so lange, bis ihm der siebente Schweiß ausbricht, und vor dem Fortgehen peitscht er sich mit einem Birkenbesen, bis es Narben setzt.

Ein waschechter Russe!

27

Im Dorfe Bolšaja Guščica des Pugatschovschen Kreises sind der Verwaltung der Konsumgenossenschaft zehn Pfund gekochten Menschenfleisches geliefert worden. Man hat es am Friedhof »erbeutet«. Dieses Fleisch ist von zehn Familien gegessen worden.

28

Im Kirchdorf Lubimovka des Buzulukschen Kreises hat man eine menschliche Leiche entdeckt, die aus der Erde gegraben war und zum Teil schon als Nahrung gedient hatte.

29

Nach der Berechnung von Nansen hungern jetzt dreiunddreißig Millionen Menschen.

30

Ich sage zu Dokučajev:

»Ilja Petrovič, an Ihnen geht ein gewaltiger Künstler verloren. Sie begehen ein Verbrechen, indem Sie keine psychologischen Romane schreiben. Es ist furchtbar und ungerecht, daß Sie mit einem Beamten aus der Moskauer Gouvernementsverwaltung der Immobilien verhandeln müssen und nicht mit dem Eisernen Kanzler. Ich nehme an, daß Sie vor einigen tausend Jahren jene Weise Schlange gewesen sind, die Adam verführt hat. Aber bei all diesen angemessenen Eigenschaften würde es Ihnen dennoch nicht schaden, die Geschichte zu kennen. Wenn auch nur die des eigenen Volkes. Unwissenheit ist eine gefährliche Sache. Ich bin überzeugt, daß Sie zum Beispiel – weil wir schon dabei sind – noch nie etwas von der Existenz eines, sagen wir, Ahmed Ibn Fadlan gehört haben. Dabei hat der Mann nicht wenig interessante und, was die Hauptsache ist, auch genügend nützliche Geschichten erzählt. Darunter berichtet er auch von einigen ausgezeichneten Sitten und Gebräuchen Ihrer und meiner entfernten Vorfahren. Er versichert zum Beispiel, daß die Slawen, ›wenn sie einen Menschen sehen, der beweglichen Geistes und verständig ist, sagen: Diesem Menschen geziemt es, Gott zu dienen. Daraufhin nehmen sie ihn fest, legen ihm ein Seil um den Hals und hängen ihn auf einen Baum, bis er in Stücke zerfällt!‹«

Dokučajev lacht laut und heiter.

Je länger ich Dokučajev kenne, um so mehr bezaubert er mich. Mitunter begleite ich ihn aus Neugier in die Sowjetämter, auf die Börse, in die Empfangszimmer der Volkskommissare, in die Arbeitsräume der Fachleute, an die Tische der Bürovorsteher, an die Pulte der Buchhalter, in die Fabrikkomitees, in die Ortskomitees und in die Kneipen, wo er sich als Fürsorger der kleinen Beamten gibt, und in die Spielhöllen, wo er sehr schlau auf Verlust spielt.

Ich wundere mich nicht mehr, wenn ich ihn heute in einem Zobelhut und in einem sibirischen Pelzmantel sehe, morgen dagegen in einem mit Wind gefütterten Mäntelchen, übermorgen in der Uniform eines Rotarmisten und ein anderes Mal in einem Schafhalbpelz oder in einer Lederjacke aus dem Jahre achtzehn.

Er wechselt nicht nur die Kleidung, sondern auch den Ausdruck des Gesichts, das Spiel der Finger, den Schmuck der Augen und die Arabesken des Ganges. Bald spricht er mit einem Vologodschen Akzent, bald wie ein Ukrainer und dann wieder wie ein Finnländer. Er bedient sich des Jargons der Leitartikel unserer Zeitungen, der Ausdrucksweise der Kongreßdelegierten, der Börsenmakler, der Altmoskauer Kaufleute, der Liederjane und der Faustkämpfer.

Dokučajev ist überzeugt, daß ein Mensch ungefähr so eingerichtet sein muß wie ein gutes englisches Necessaire, das alles zu enthalten hat, was man für eine Weltreise im internationalen Schlafwagen gebrauchen könnte – von einem Schächtelchen mit Präservativen bis zu einem Heiligenbildchen, das die Heilige Jungfrau darstellt.

Er versteht nicht, wie es Menschen irgendwelcher bestimmter Gefühle, Eigenschaften und Grundsätze geben kann.

Das vervollkommnete Dokučajevsche *Necessaire* hat zu enthalten: Selbstbewußtsein und Schüchternheit, Frechheit neben Bescheidenheit und eine wahnsinnige Eigenliebe neben einem vollkommenen und endgültigen Fehlen dieser Eigenschaften.

Ein Mensch, der in Sowjetrußland »Geld machen« will, hat *das* zu sein, was er im Augenblick sein muß. Das hängt dann jeweils davon ab, mit wem man es gerade zu tun hat – mit einer Bluse oder einem Sakko, mit einem Trottel oder einem klugen Kopf, mit einem Schurken oder mit einem mehr oder weniger anständigen Menschen.

Dokučajev ist der Schöpfer einer ganzen »Philosophie der Bestechung«. Er glaubt nicht an die Existenz von »Nichtnehmern«. Er behauptet, Robespierre hätte zu Unrecht seinen Namen »Der Unbestechliche« getragen.

Die Dokučajevsche »Bestechung« hat Tausende von Graden und Millionen von Schattierungen. Von der gröbsten – aus der Hand in die Hand – bis zur feinsten, so fein wie französische Schmeicheleien.

Dokučajev sagt:

»Alle nehmen! Die Frage ist nur – *was.*«

Er lacht höhnisch über Worte wie: Freundschaft, Gefälligkeit, Hilfe, Dank, Teilnahme, Entgegenkommen, Aufmerksamkeit, Unruhe, Zuvorkommenheit.

In seiner Sprache gibt es für alle diese Begriffe nur ein Wort: »Bestechung«.

Dokučajev ist ein furchtbarer Mensch.

31

Im Kirchdorf Gochtal des Gusichinschen Amtsbezirks haben der zweiunddreißigjährige Landwirt Stepan Malow und seine dreißig Jahre alte Frau Nadežda ihren siebenjährigen Sohn Feofil geschlachtet und aufgegessen.

Der Volksuntersuchungsrichter hat folgendes Bild entworfen:

»... legte seinen Sohn Feofil auf die Bank, nahm ein Messer und schnitt ihm den Kopf ab, von dem er das Haar ansengte, dann schnitt er ihm Arme und Beine weg, warf alles in einen Kessel und begann es zu kochen. Als das Fleisch gar war, machte er sich mit seiner Frau ans Essen. Abends schnitten sie der Leiche den Bauch auf und holten die Eingeweide, die Lunge, die Leber und einige fleischige Teile heraus; auch das kochten sie und aßen es auf.«

32

»Tu mir doch bitte den Gefallen und erkläre das unheilvolle Geheimnis deines Gesichts.«

»Was für eins?«

»Worüber freut es sich?«

»Über das Leben, mein Lieber.«

»Wenn dein Kopf wackelt, die Ohren gar nichts mehr hören, der Lupus die linke Backe weggefressen hat...«

»Lappalien...«

»Lappalien? Gut.«

Meine Finger bewegen sich boshaft.

»Und der Hunger? ... Ist das auch eine Lappalie?«

»Zu Godunovs Zeiten war die Luft noch viel dicker. Da hat man auf den Moskauer Märkten ganz offen menschliche Leichen verhökert. Lies nur bei de Toux nach: »Verwandte verkauften ihre Angehörigen, Eltern ihre Töchter und Söhne, Männer – ihre Frauen.‹«

Zum Glück gelingt es mir, mich an die Bemerkung zu erinnern, die ein russischer Historiker über die Übertreibungen der Franzosen gemacht hat:

»Die Übeltaten wurden damals heimlich begangen. Menschenfleisch verkaufte man in Piroggen eingebakken und nicht offen als Leichen.«

»Aber du hast doch noch von keiner Pastete genascht, die aus deiner Tante bereitet worden wäre?«

Nach einer kurzen Pause werfe ich das letzte Steinchen:

»Schließlich hat die Frau, die du liebst, einen Schieber zu ihrem Geliebten erkoren.«

Er sieht mich mit seinen blauen kindlichen Augen lächelnd an.

»Das ist doch wirklich sehr unangenehm!«

Mir kommt der Gedanke, daß die Menschen genauso glücklich oder unglücklich wie langbeinig oder kurzbeinig geboren werden.

Sergej, der gleichsam errät, was ich denke, sagt:

»Ich kannte so einen Idioten, dem es schon genügte, ein Taschentuch zu verlieren, um unglücklich zu werden. Lief ihm in so einem Augenblick die alte Schwiegermutter über den Weg, so plagte er sie, bis sie ihres Lebens nicht mehr froh wurde, geriet ihm aber ein dicktatziges unschuldiges Kindlein unter die Finger, so knöpfte er ihm die Höschen ab und verdrosch es ganz jämmerlich. Ein andermal wurde diesem Individuum ein angebranntes Kotelett gereicht. Sofort fühlte er sich von seiner Frau enttäuscht und erkrankte an Migräne. Wenn ihn morgens der Hauptbuchhalter in der Kanzlei etwas schief ansah, verlor der arme Teufel jeden Appetit, stieß das Tintenfaß um, verwechselte die eingegangenen mit den ausgehenden Papieren. Und erlebte auf dem Heimwege in seiner Einbildung den Abbau, den Hungertod und das Begräbnis seiner sterblichen Überreste auf dem Vagankovskoje-Friedhof. Sein ganzes Schicksal war schwarz wie Kohle. Er hatte nicht einen einzigen rosigen Tag. Er hielt sich für den unglücklichsten unter den Sterblichen. Dabei aber mußte er, als ich ihn einmal danach fragte, welches Unglück er für das größte in seinem Leben halte, sehr lange und gequält nachdenken. Er rieb sich die Stirn, bewegte die Augenbrauen und war außerstande, sich an etwas anderes zu erinnern als an eine Vier in Religion, die er bei der Entlassungsprüfung bekommen hatte.«

Mit unverhohlener Wut betasten meine Blicke Sergej.

»Ungehobelter Kerl! Er knackt Nüsse und wirft die Schalen in die Kristallvase für Blumen!«

Mir nichts, dir nichts überkommt mich plötzlich das recht sonderbare Verlangen, ihn auszuziehen und nackt auf die Straße zu jagen. Alle Menschen sehen wie Menschen aus – in Pelzen, Gummischuhen und Hüten, du aber hüpfe nur auf deinen dummen und molligen Fersen so, wie deine Mutter dich geboren hat!

Sehr hübsch!

Vielleicht ist der Nabel auf deinem Bauch genauso wie bei allen anderen und dein Hintern keineswegs rosiger, als es sich gehört, und dennoch bist du lächerlich! Furchtbar lächerlich.

Und ganz vergessend, daß dieser Erguß gar nicht laut vorgebracht war, erkläre ich völlig unerwartet:

»Herr Newton war zwar ein Genie, aber ohne Hosen wäre auch er nur ein schäbiger Lump gewesen!«

Sergej sieht mich mit Bedauern an.

Ich sage:

»Der eine Idiot wurde unglücklich, wenn er das Taschentuch verlor, der andere Idiot aber stellte folgende Erwägungen an: ›An der Front bin ich verletzt worden, das Trommelfell in meinen Ohren ist geplatzt, mein Kopf wackelt und hüpft – welch ein Glück! Man bedenke nur: Dasselbe Geschoß hätte mich ja in hundertvierundzwanzig Stücke zerreißen können!‹ …«

Sergej nimmt eine Zigarette aus meiner Schachtel, steckt sie in Brand und tut mit Genuß einen tiefen Zug.

Meine Augen – so böse wie Stecknadeln – kriechen – bis an die Köpfchen – in seine Pupillen hinein:

»Oder noch ein Beispiel der vierhufigen Philosophie eines glücklichen Tierchens …«

»Ich höre.«

»… Olga hat sich Dokučajev zum Geliebten erkoren! Dokučajev ist ihr ›Freund‹! Wie? Do-ku-ča-jev? Unglaublich! Undenkbar! Unfaßbar! Übrigens … Olga hat auch mich sozusagen zum ›Kurschneider‹ auserwählt … nicht wahr? Und das hätte ja auch anders kommen können … Ebensogut konnte das Glück eine andere Straße wählen, an mir vorbeigehen …«

Ich hole Atem:

»… nicht wahr? Und infolgedessen …«

Er nickt bejahend und spricht meinen Gedanken zu Ende:

»… Ist alles in bester Ordnung. Ganz recht.«

Oh, wie ich ihn hasse und ihn beneide, diesen tauben, gehörnten, vom Lupus zerfressenen glücklichen Menschen!

33

In Pugačovo sind zwei Menschenfresserinnen aus dem Dorf Kaminka verhaftet worden, die zwei Kinderleichen und die verstorbene Inhaberin ihres Häuschens verspeist hatten. Außerdem haben die Menschenfresserinnen zwei alte Frauen, die bei ihnen übernachten wollten, abgeschlachtet.

34

Olga geht Arm in Arm mit Dokučajev. Sie vervielfältigen sich in den gelben kleinen Parkettwaben und in den bläulich schimmernden Säulen des ehemaligen Adelskasinos. Die Säulen sehen so aus, als ob sie nicht aus Marmor, sondern aus Wasser wären. Wie riesige erstarrte Wasserstrahlen schweigsamer Springbrunnen.

Die Kristallüster, durchdrungen vom elektrischen Licht, schwimmen in diesen vereisten Aquarien wie Schwärme von Goldfischen.

Es donnern die Orchester. Was kann widerlicher sein als Musik? Ich bin absolut außerstande zu begreifen, warum die Menschen, die Pfannkuchen fressen, nicht behaupten, daß sie sich mit Kunst beschäftigen, die Menschen aber, die Musik fressen, es alle zu tun vorgeben. Warum sollen die Geschmacksbläschen auf der Zunge weniger erhaben sein als die Trommelfelle? Es ist ja hier und dort dieselbe Physiologie. Es kann mich niemand davon überzeugen, daß eine geniale Symphonie gehaltvoller ist als ein genialer Salat. Wenn wir Mozart ein Denkmal errichten, so sind wir verpflichtet, auf dieselbe Weise auch den Herrn Olivier zu verewigen. Ein Gläschen Schnaps und ein kriegerischer Marsch wecken in gleichem Maße Mut, ein Gläschen Likör und die Melodie eines Negertanzes – die Wollust. Diese einfache Wahrheit haben sich die Unteroffiziere und Budiker längst zu eigen gemacht.

Während ich Olga und Dokučajev folge, mustere ich die Unmenge verdächtig neuer Smokings und viel zu runder Schultern, die obendrein vielleicht nicht sauber genug gewaschen sind.

Es ist noch gar nicht lange her, daß der Sucharevskij-Markt nach der Petrovka umgesiedelt ist. Deshalb sind bei den Männern die Taschentücher ein wenig zu stark parfümiert, während bei den Damen die Hintern, meist so breit wie bei Pferden, ein übertrieben *eigenes Leben* führen.

Die gläsernen Drehtrommeln mit all den Tombolalosen sind zusammengepreßt von Pupillen, die in Fett schwimmen, zitternden Händen, die von blauen und roten Äderchen durchzogen sind, von schwitzenden Hälsen, geräuschvoll atmenden Nasen und feucht gewordenen Brüsten, die vor Aufregung ihre Tüllschalen verlassen haben.

Eine hübsche Blondine, die an Stelle der Beine schwarze Seidenfäden hat, ruft die Hauptgewinne aus:

»Eine Vierzimmerwohnung am Arbat! Ein reinrassiges Hunterpferd! Ein Becker-Flügel! Ein Ford-Auto! Eine Kuh!«

Olga und Dokučajev nähern sich den Regalen mit allerlei Gegenständen aus Bronze, Porzellan und Kristall, mit Silberservicen und Statuetten aus Terrakotta.

Olga mustert die Ausstellung:

»Ich möchte unbedingt diese Bakkaratvasen gewinnen.«

Die kleinen Vasen sind entzückend. Sie sind so luftig wie die Röcke einer Ballettänzerin, wenn man sie aus der Tiefe des vierten Ranges betrachtet.

Dokučajev wendet sich an die hübsche Blondine auf den schwarzen Seidenfäden:

»Sagen Sie, Fräulein, ist der Gewinn Nummer dreitausendsiebenunddreißig in Ihrem Kasten?«

Die Seidenfäden nicken mit dem Kopfe.

»Dann nehme ich alle Lose.«

Olga sieht Dokučajev mit beinahe verliebten Blicken an.

Die geräuschvoll atmenden Nasen erblassen. Die schwitzenden Hälse füllen sich mit Blut. Die nackten Schultern bedecken sich mit Gänsehaut.

Eine hochschultrige Frau mit verschleierten Augen watschelt mit ihren geräumigen Hüften an Dokučajev heran. Der Fettwanst, der ihr das Täschchen hält, greift sich ans Herz.

Olga dreht die kleinen Vasen in ihren Händen:

»Von weitem schien es mir, daß sie gut geformt sind.«

Die schwarzen Fäden zählen die Lose, die Dokučajev bezahlen soll.

Olga stellt das entzückende Ballettröckchen aus Bakkaratkristall zurück auf das Regal:

»Ich will die Vasen nicht haben. Sie gefallen mir nicht.«

Die Frau mit den verschleierten Augen sagt zu ihrem Fettwanst:

»Petja, schau mal, unter jenem Samovar steht dieselbe Nummer, die unser Telefon hat: vierzig-fünfundvierzig!«

»Ein sehr schöner Samovar! Nadenka, möchtest du diesen hervorragenden Samovar gewinnen?«

Sie lacht und wiederholt:

»Was für ein Zusammentreffen: vierzig-fünfundvierzig!«

Sie schickt ihren Fettkloß fort, damit er ihr eine Apfelsine hole, und klebt sich noch zärtlicher mit ihren geräumigen Hüften an Dokučajev.

Olga sagt laut:

»Merken Sie sich für jeden Fall ihre Telefonnummer, Ilja Petrovič. Das ist eine anständige Frau. Einige Minuten bevor Sie Ihr prachtvolles Begehren bekundeten, hatte sie laut davon geträumt, wie gern sie für ihren ältesten Sohn eine Trommel und für die Tochter die große Puppe im blauen Kleidchen gewinnen möchte.«

Olga wendet sich höflich an die Frau mit den verschleierten Augen:

»Wenn ich nicht irre, meine Dame, so ist Ihre Telefonnummer vierzig-fünfundvierzig?«

Die geräumigen Hüften heben den Rock etwas höher und entfernen sich.

»Mein Gott, wie naiv! Sie hat sich wohl eingebildet, daß ich eifersüchtig sei.«

Wir gelangen in einen runden Saal.

Auf der Bühne stellen weichknochige Jünglinge und Mädchen den *Tanz der Maschinen* dar. Hätten unsere Fabriken diesen Tanz eingeübt, so wäre er entzückend. Interessant, wie lange wir noch gezwungen sein werden, ihn lediglich auf den Brettergerüsten der Nachtkneipen zu bewundern!

Der Ansager, eingeschnürt in einen altmodischen Frack, in einen Kragen von unermeßlicher Höhe, die den Hals einem Lilienstengel ähnlich macht, glänzt durch Lack, Stärke, Witz und eine runde Glasscherbe im Auge.

Dieser Ansager ist einer der findigsten und geistreichsten Menschen in Moskau. Er hat den Veranstaltern der grandiosen, sieben Tage währenden Feier und Lotterie »zum Wohle der Hungernden« sein Wort gegeben, daß kein einziger Nepmann, der in den runden Saal kommen sollte, eher von seinem Tischchen aufstehen würde, als bis seine Brieftasche geleert sei. Er versprach, die Schieber zu zwingen, bis zum Erbrechen zu fressen und bis zur Kolik zu lachen, da nach einer Beobachtung der Römer das Lachen fördernd auf die Verdauung wirkt.

Mit großer Mühe gelingt es uns, ein Tischchen zu bekommen. Ilja Petrovič bestellt Champagner einer guten französischen Marke.

Aus dem Nebensaal klingt zu uns die silbrige Arie Nadirs herüber. Gesungen wird sie von Sobinov.

Die russischen Schauspieler haben sich stets durch ein empfindsames Herz ausgezeichnet. Während der ganzen Revolution widmeten sie freigebig ihre Montage, die eigentlich in einer Badeanstalt verbracht werden sollten, wohltätigen Zwecken.

35

Der gemästete, fette Samovar schnurrt und blinzelt vergnügt. Hinter dem Fenster hängt Schnee.

Dokučajev beginnt beunruhigt seinen Tee zu schlürfen.

Ilja Petrovič hat einen nicht gerade sehr unwichtigen Fehler. Mitunter scheint es ihm nämlich, daß er an einem zärtlichen Gefühl für sein Vaterland kranke.

Ich bemühe mich ab und zu, ihn von diesem Unwohlsein zu kurieren. Man muß sich doch einem guten Menschen gegenüber dankbar erweisen. Mag es sein, wie es will, aber ich trinke doch seinen Wein, esse seinen Kaviar und schlafe sogar hin und wieder – übrigens nicht allzuoft – mit meiner Frau, die sein Geld ausgibt.

Dokučajev knetet seine feuchte Lippe von der Farbe frischen Rindfleisches, steckt den Finger in den Lackschuh und fragt:

»Möchten Sie Engländer sein, Vladimir Vasiljevič?«

Ich antworte:

»Ja.«

»Und wenn Sie Araber werden müßten?«

»Soviel Sie wollen. Wenn dieser Araber in einer Wohnung mit anständigem Bad und in einer Stadt mit über vier Millionen Einwohnern leben darf.«

»Nun, Vladimir Vasiljevič, ich sehe die Dinge anders an.«

Und er mustert sich kurz im Spiegel:

»Meine Nase ist, muß ich Ihnen sagen, recht groß und außerdem in Furchen und roten Patschen ...«

Olga hebt ein wenig die Lider und sieht auf seine Nase.

»... und doch würde ich sie für eine meinetwegen auch schickste andere nicht vertauschen, selbst nicht für eine mit einem griechischen Hügel.«

Olga reckt sich ein wenig:

»Sehr schade.«

»Ganz recht.«

Und er spricht seinen Gedanken zu Ende:

»Und in meiner Einfalt, liebe Olga Konstantinovna, möchte ich auch kein Engländer sein. Ich bin stolz auf meine niederträchtige Nation.«

Gegen die »Niedertracht der Nation« widerspreche ich nicht. Der Hauptmann Mergerette, der tapfere Kämpfer unter den Fahnen Heinrichs IV., des Hetmans Żółkiewski, des Römischen Kaisers und des Königs von Polen, dieser Mann, der gegen die Türken, Ungarn und Tataren gefochten, dem Zaren Boris die Treue gebrochen und mit einer beneidenswerten Ergebenheit dem falschen Demetrius gedient hat, erzählte mit einer musterhaften Wahrheitsliebe und einer den Franzosen eigenen Eleganz, wie sehr unbestreitbar wir in Unhöflichkeit, Arglist und Treubruch allen anderen Völkern überlegen sind.

Ilja Petrovič wiederholt nachdenklich:

»Ich bin sto-o-o-olz!«

Da hebt Olga ihren Kopf vom seidenen Kissen:

»Machen Sie, daß Sie nach Hause kommen, Dokučajev. Mir wird heute übel von Ihnen.«

Hinter dem Fenster schmilzt der Wintertag zu Ende. Der Schnee fällt in großen, seltenen Flocken, die man für weiße Ahornblätter halten kann.

Dokučajev entfernt sich auf schwankenden Beinen. Ich seufze:

»So ist das Los der Bezwinger der Welt. Alexander von Mazedonien pflegte während des Persischen Feldzugs angesichts der Schönheit der Perserinnen in Ohnmacht zu fallen ...«

36

Gerade wollte ich die Erbse der Klingel drücken, als ich bemerkte, daß die Tür nicht geschlossen war. Ich stieß sie auf und trat ein. Im Vorzimmer scharrte ich ein wenig mit den Gummischuhen, hüstelte ein paarmal, legte geräuschvoll die Überkleider ab.

Nichts rührte sich.

Was ist denn schon eigentlich dabei? Ist Dokučajev mein Freund oder nicht?

Ohne viel Umstände zu machen, trat ich über die Schwelle.

Im kristallenen Kronleuchter, der wie eine umgedrehte Zuckerdose aussah, brannte ein dünnes elektrisches Streichholz. Das Halbdunkel drückte sich an die Wände.

In der Wohnung Dokučajevs sind die Teppiche so weich, daß man sich schämt, auf ihnen zu schreiten. Man hat das Gefühl, zu schleichen, anstatt zu gehen.

Die Stühle und Sessel gleichen kauernden Kammerherren in Hofuniform.

Das Mahagoniholz ist mit Gold, jede Wand mit Bildern überspritzt. Übrigens bleiben einem mehr die Rahmen als die Malereien im Gedächtnis haften.

Es ist mir, als hätte dort eine Katze miaut. Und nicht einmal eine Katze, sondern ein Kätzchen, dem man den Schwanz eingeklemmt hat.

Aber ich entdecke keine Katze. Auch kein Kätzchen. In der Ecke des Zimmers sitzt eine Frau. Sie ist mit einer breiten Kattunjacke und einem baumwollenen Rock dörflichen Schnitts angetan. Rock und Bluse sind mit roten Beeren bemustert. Die Frau hat sich nach ländlicher Art ein graues Tuch um den Kopf gebunden. Unter dem flachen Kinn blicken seine grauen Zipfel wie Ohren hervor. Als ob man einen unglücklichen Hasen an den Beinen aufgehängt hätte.

Ich mache einige Schritte.

Die Frau bleibt unbeweglich sitzen. Über ihre rauhen Backenknochen rinnen schmutzige Tränen.

Was ist das?

Nicht rote Beeren sind auf der Kattunbluse, sondern auseinandergeflossenc Blutstropfen.

»Wer sind Sie?«

Die Frau zerschmiert mit der Faust die dunklen kleinen Bächlein über das ganze Gesicht.

»Warum weinen Sie? Nehmen Sie ein Taschentuch. Wischen Sie das Blut und die Tränen ab.«

Und plötzlich ist es mir, als ob man mir einen Hieb auf den Scheitel versetzt hätte:

»Sie sind *seine* Frau?«

Ich berühre ihre Schulter:

»Er hat Sie ...«

Ihre Augen werden glasig.

»... geschlagen?«

37

»Im vorigen Monat: eins ... zwei ... am vierzehnten – drei ...«

Olga biegt die Finger ein:

»In der vorigen: vier ... Montag – fünf ... gestern – sechs ...«

Dokučajev beißt der Zigarre das Schwänzchen ab:

»Was geruhen Sie zu zählen, Olga Konstantinovna?«

Olga hebt zu ihm ihre dunklen Lider, in denen statt Augen kalter, grauer Staub liegt:

»Warten Sie, warten Sie.«

Und rechnet in Gedanken nach:

»Ich geruhe nachzuzählen, wie viele Male ich mit Ihnen geschlafen habe, Ilja Petrowitsch.«

Das Stubenmädchen schlägt mit der Tür. Ein leichter Wind trägt den kalten Staub nach meiner Richtung hin:

»Wieviel hat in Friedenszeiten eine gute Prostituierte genommen?«

Die Zigarre hüpft in Dokučajevs Fingern.

Ich sage:

»Jedenfalls nicht fünfzehntausend Dollar.«

Sie entläßt zwei dünne Rauchfäden aus den kaum sichtbaren, gleichsam mit einer Nähnadel gestochenen Nüstern:

»Es ist Zeit, für das Alter zu sorgen. Ich werde mir auf der Petrovka eine dickbäuchige Sparbüchse kaufen und das Geld in sie hineinwerfen. Wenn ich nicht irre, habe ich für sechs Nächte zu bekommen.«

Dokučajev überreicht ihr die Brieftasche mit nichts verstehenden Fingern.

Wollte diese Frau morgen sagen:

»Ilja Petrovič, bringen Sie an der Decke einen Haken an ... nehmen Sie einen Strick ... machen Sie eine Schlinge ... seifen Sie sie ein ... hängen Sie sich auf!« – so hätte er sich aufgehängt. Ich setze meine Hand zum Pfande – er hätte sich aufgehängt.

Man muß Olga vorschlagen, spaßeshalber so ein Experiment zu machen.

38

Ich frage Dokučajev:

»Ilja Petrovič, sind Sie verheiratet?«

Er reibt sich überlegend die Hände:

»Warum?«

Mit seinen Handflächen könnte man gut Nägel einschlagen.

»Wo ist sie?«

»Das Weib? In Tyrkovka.«

»Ein Kirchdorf?«

»Ein Kirchdorf.«

Seine Augen werden still und träumerisch:

»Meine Heimat, mein Vaterland.«

Er wirft sich auf die Sessellehne zurück:

»Das Weib stochert in der Erde herum, hegt das Vieh, bringt die jungen Hunde zur Welt. Sie ist recht arbeitsfähig. Eine große Familie. Alle müssen ernährt werden.«

»Helfen Sie denn nicht?«

»Wozu soll ich sie verwöhnen?«

»Wie viele haben Sie?«

»Von den Welfen? Sie geht schon mit dem neunten. In der Karwoche wird sie es ausglucken.«

»Wie können Sie denn eine schwangere Frau schlagen?«

Er reißt zu mir ein fremdes und ungütiges Gesicht empor:

»Möchten Sie ein Zigarettchen, Vladimir Vasiljevič? Ein ägyptisches.«

Ich nehme ihm eine ab. Mache einen Zug und spreche meinen schon längst im geheimen herumgetragenen Gedanken aus:

»Wenn Sie, Ilja Petrovič, einmal so mit meiner Frau verfahren wollten ... auf die Backen ...«

Dokučajev versteckt erschrocken seine Handflächen, mit denen man so bequem Nägel einschlagen könnte.

Ins Zimmer tritt Olga. Sie hat meinen letzten Satz gehört:

»Ach, was sind Sie doch für ein Närrchen, Wolodja! Was für ein Dümmchen!«

Sie setzt sich auf die Armlehne des Stuhls und zerzaust mir zärtlich das Haar:

»Wann er darauf kommt! Ah? Endlich! Nach vier langen – überlangen Jahren! So ein Dümmchen!«

Über ihre traurigen Augen legt sich ein leichter Nebel.

Ich beiße mir schmerzvoll auf die Lippe, um nicht in ein Schluchzen auszubrechen.

39

Der Verkäufer sieht wie ein Chirurg aus. Er hat nachdenkliche Brauen, weiße Hände, einen blitzblanken

Kittel, lederne Armreifen und ein ausgezeichnetes Messer.

Ich stelle mir vor, wie so ein Messer mich selbst in dünnste Scheibchen zerlegt, und empfinde beinah einen Genuß.

Olga überblickt die Auslage:

»Geben Sie mir von dem Lachs.«

Der Verkäufer nimmt den Fisch, der so rosig ist wie eine Frau. Seine Bewegungen sind erfüllt von Zärtlichkeit. Er streichelt den Lachs mit dem Messer.

»Befehlen Sie auch ein wenig von dem Stör?«

Olga befiehlt.

Der gedörrte Stör hat einen Leib wie der Wildesche Jochanaan.

»Kaviar?«

»Bitte.«

Diese kleinen schwarzen Perlen müßte man auf eine Schnur reihen. Sie würden auf runden und etwas weiß gepuderten Schultern herrlich aussehen.

»Werfen Sie einen Blick auf das Geflügel, Madame.«

»Ja.«

Angebratene Auerhähne haben befranste Papierhälschen. Rebhühner strecken die weißen Brüstchen hervor und krümmen ihre unglaublich dünnen Beinchen. Unmoralische Truthennen liegen mit dem Bauch nach oben.

»Olga, Sie wollten doch an Ihr Alter denken!«

Krebse haben ihre geheimnisvollen Pupillen aufgerissen und die purpurroten Scheren aufgetan. Sterlette mit den listigen Spitznasen haben sich zu Ringen gerollt.

»In unserem Lande kann man beim besten Willen nicht vernünftig sein. Ich habe zehn Straßen abgelaufen und keine Sparbüchse gefunden.«

Unter Glasglocken schwitzen die Schweizer Käse in silbernen Uniformmänteln.

»Gestatten Sie, daß ich frisches Gemüse beilege?«

»Natürlich.«

Die grillenhaften Gurken sind durchfroren. Ihre zarte Haut hat sich mit kleinen Bläschen bedeckt. Die Radieschen haben – gleichsam gekränkt – die vollen roten Lippen aufgeworfen. Die jungen Zwiebeln haben ihre grünen Pfeile in den Köcher gesteckt.

»Vladimir, ich habe hier noch eine gute Stunde zu tun. Fahren Sie rasch zu Sergej hinüber, und holen Sie ihn zu uns. Er hat sich drei Tage lang nicht blicken lassen, und mir ist es, als ob schon Monate vergangen wären.«

»Und wenn ich ... drei Tage ausgeblieben wäre?«

»Ich hätte mir gesagt, daß Jahre vergangen sind.«

»Und wenn Dokučajev ...?«

»Drei Minuten ... oder vielleicht auch drei Jahrzehnte.«

Der Frost wird härter. Die langbeinigen Laternen frieren an den Straßenecken.

40

FRISEUR
ehem. Große Dmitrovka 13
DAMENSALON
Frisieren, Maniküre, Pediküre,
Gesichtsmassage,
Séparées für Haarfärbung

41

MODELLHAUS
Kuzneckij-Gasse 5
Letzte Neuheiten
Capes, Mäntel, Abend-
und Nachmittagstoiletten,
Kostüme

42

MOSSELPROM
Verlangen Sie
in allen Konditoreien, Kiosken,
Bäckereien:

	Nestlé
Kakao	*Kohler*
Schokolade	*Gala Peter*
	Cailer

und andere Auslandserzeugnisse
höchster Marken

43

»Mein Großvater war ein bedachtsamer Greis, Vladimir Vasiljevič. Einen Bart hatte er wie ein Tor, aber auch sein Verstand war nicht vom Hinterpförtchen. Breite Stirn, aber nicht wenig Hirn.«

Dokučajev schenkt sich selbst und auch mir Schnaps ein.

»Hat mit Kleinigkeiten angefangen. Hat mit den schiefäugigen Mordwinen Bast geschält. Na, und ich sag' es eben – gegen Schluß der Messe haben seine Dampfschiffchen wie die Enten geplätschert. Dreiundfünfzig Jahre lang hat er sein Vermögen gefestigt, dann aber – in einer Nacht – hat er alles bis zum letzten Kupferstück durchgebracht ... Trinken wir noch einen, Vladimir Vasiljevič?«

»Mir ist's recht.«

»Und dann war er ein riesiger Liebhaber von Hahnenkämpfen. Er lernte daran, wie man leben soll. Hatte Rassevögel, immer vom selben Stamm. Man konnte sich an ihnen nicht satt sehen. Meist waren sie hellgelb, isabellfarben oder grasgrün und rot gefiedert. Einen Kropf hatten sie: so schwarz wie Rabenflügel. Und die Beine: entweder grün oder gelb. Die Krallen schwarz, die Augen rot... Soll ich Ihnen was zugießen, Vladimir Vasiljevič?«

»Bitte.«

»Im Kampfe schätzte er am meisten die ›Einjährigen‹. Das heißt die Hähne, die sich gerade in die zweiten Federn gekleidet hatten.«

Dokučajev steht auf und geht durch das Zimmer.

»Das Geflügel muß, genauso wie unsereiner, streng gehalten werden. Kaum hängt es Fett an, sofort muß es auf schmale Kost gesetzt werden – Kügelchen aus Schwarzbrot und trockenem Hafer. Wenn man das Federvieh nicht richtig füttert, wird sein Fleisch todsicher weich wie Weißbrotteig. Und was den Kamm anbetrifft oder die ›Montur‹ sozusagen, da braucht man gar keine Worte zu verlieren! Das war vielleicht ein Purpur, das war vielleicht ein Glanz! ... Noch einen, Vladimir Vasiljevič?«

»Noch einen.«

»Im Kampfe hat ein jeder Vogel seinen ›eigenen Gang‹, muß ich Ihnen sagen. Der eine ist ein ›Biederschläger‹. Tritt wie ein Hengst auf. Es ist eine Lust, zuzuschauen. Der reinste Ritter und kein Hahn. Aber das führt zu nichts. Ist nur gräflicher Mutwille.«

Ilja Petrovič lächelt.

»Dann gibt es noch die ›Dreher‹. Nun, die sind schon ein bißchen gescheiter. Einem Ritter kann ein ›Dreher‹ immer zeigen, wo der Pfeffer wächst. Tja. Dann, Vladimir Vasiljevič, kommt der ›Geheimwerber‹. Diese Kanaille schlägt von hinten aus. Ein ›Dreher‹ hält es gegen so einen auf keinen Fall aus.«

Dokučajev gießt sich noch ein Gläschen ein und trinkt aus. Ißt einen Steinpilz hinterher. Und beugt sich mit geheimnisvoller Bedeutsamkeit zu meinem Ohr herab:

»Aller Hähne Hahn und Sieger aber ist derjenige, Vladimir Vasiljevič, der den ›Diebesgang‹ hat. An seiner Kampfesweise hat das Auge keinen Spaß. Entweder hängt das Luder auf dem Gegner, oder es kriecht unter ihn. Keine Spur von Ehre, kein Mut, keine Großzügigkeit. Nur daß er den anderen quält und ihm die Nerven zerrüttet. Eine wunderliche Strategie. Aber ein Schädel! Ein Schädel, muß ich Ihnen sagen! Der reinste Sokrates und kein Vogel ... Unser Wohl, Vladimir Vasiljevič! ... Der Großvater pflegte mich mitunter mit dem Finger auf die Stirn zu tippen und dabei zu sagen: ›Nimm dir ein Beispiel, Iljuša, laß dir die Weisheit des Lebens beibringen. Tritt nicht wie ein Hengst auf, du Tölpel. Schwimme nicht wie ein Schwan. Wer, frage ich dich, ist weise? Das kriechende Reptil ist weise. Der Versucher ist weise. Die Schlange! Hörst du – die Schlange! Das macht nichts, lieber Freund, daß der Bauch im Dreck kriecht, dafür ist der Verstand nicht im Dunkel, mein Lieber. Verstehst du: *nicht im Dunkel!*‹«

Und Dokučajev bespritzt, übergießt und verschluckt sich an seinem Lachen.

»Worüber lachen Sie?«

»Über die Errichter des Kommunismus.«

Er reibt sich Knie an Knie, knetet mit den Handflächen seine Unterlippe, als wäre sie ein Stück rosigen Kitts, und trumpft mit den Augenbrauen auf.

»Soeben habe ich eine kleine Handelskombination vollendet, Vladimir Vasiljevič. Gestatten Sie, daß ich sie Ihnen in zwei Worten erzähle?«

»Ja.«

»Der Polesskische Streichholztrust, sehen Sie wohl, brauchte auf einmal Paraffin. Auf dem Zollamt des Außenhandelskommissariats lag eine ziemliche Portion davon. Zum Preise von soundso viel. Wie würde also ein Geschäftsmann handeln, der den ›Biedergang‹ hat? Nun, das ist ganz klar: Er hätte die Ware vom staatlichen Zollamt erworben, einen Aufschlag draufgesetzt und sie dann dem ebenfalls staatlichen Streichholztrust gleich weiterverkauft.«

»Wahrscheinlich.«

»Nun, der ›Dreher‹ oder der ›Geheimwerber‹ würden ebenfalls kaufen, etwas länger zurückhalten und erst dann weitergeben. Der Aufschlag wäre ja allerdings angewachsen, aber das Kapital hätte sich doch nicht bewegt. Hätte wie ein fettes Schwein dagelegen. Das ist doch kränkend für das Kapital.«

»Und wie ist es beim ›Diebesgang‹?«

Die Pupillen Ilja Petrovičs flammen auf wie zwei schwarze Kerzen:

»Vor zwei Wochen kaufte der Bürger Dokučajev auf dem Zollamt eine Partie Paraffin und verkaufte sie der chemischen Sektion des Gouvernements Petrograd. Dann spielte er auf Baisse. Kaufte das Paraffin bei der Gouvernementsektion und verkaufte es dem Rivoš. Kaufte es dort und setzte es wieder beim Nord-Süd-Trust ab. Kaufte es beim Nord-Süd-Trust und gab es weiter an den Technobedarf, fand dabei aber einen Abnehmer bei der Chemischen Hauptverwaltung. Schließlich kaufte er den ganzen Kitt von dort wieder und bot ihn dem ... Streichholztrust an. Wobei Sie bedenken müssen, daß mit jedem Umsatz meine Prozente, wie ich mir zu bemerken erlaube, sich immer verbrüdern konnten ...«

»... mit dem Gewissen und mit dem Gesetz?«

»Ganz recht ... Gestatten Sie, Vladimir Vasiljevič?«

»Meinetwegen.«

»Und heute läßt der Streichholztrust das Paraffin vom Zollamt abholen.«

»Also hat es die ganzen zwei Wochen auf dem Zollamt gelegen?«

»Ohne sich zu rühren. Stoßen wir an, Vladimir Vasiljevič!«

Der Wein schnaubt in den Gläsern wie ein ungeduldiges Pferd.

Ilja Petrovič schlägt die Handflächen zusammen. Es erschallt ein trockenes Knacken, als ob man ein Holzscheit gegen ein anderes gestoßen hätte.

Er möchte ein bißchen großtun:

»Nun soll einer sagen, Dokučajev bringe den Bolschewiki nicht nach bestem Wissen und Gewissen das Handeln bei.«

Ich bemerke mit einem Lächeln:

»Fioravanti, der in Bologna einen Glockenturm von seinem Platze weggerückt hat und in Cento einen anderen geraderichtete, lehrte die Moskowiter, Ziegel zu brennen.«

Er wiederholt: »Fioravanti, Fioravanti.«

44

Sergej schmeißt in den Kamin noch etwas Kleinholz hinein. Olga liest aus einer kleinen Theaterzeitschrift vor:

»Forreger stellte sich die Aufgabe, ein Pferd zu zerstreuen. Es ist aber nicht leicht, diese Tiere heiter zu stimmen ... Noch schwerer ist es, ein Pferd zu rühren, es in Aufregung zu versetzen. Damit sind andere Sucher beschäftigt, andere Spielleiter und Dichter ... Die Pferderichtung ist erst im Keimen begriffen, bekommt erst jetzt Gestalt ...«

Sergej zupft und zerrt mit einer eisernen Zange die Kohlen im Kamin und fragt:

»Und wie denken Sie, Olga – ist Dokučajev ein Pferd oder nicht?«

»Doch.«

Ich fahre auf:

»Wenn Dokučajev auch ein Tier ist, dann jedenfalls ...«

Sergej unterbricht:

»Das haben wir schon gehört. Ein geniales Tier?«

»Ja.«

»Und wie denken Sie darüber, Olga?«

»Ein starkes Tier.«

»Wirklich?«

Da halte ich es nicht mehr aus und erzähle ausführlich die Geschichte mit dem Paraffin.

Sergej stochert nach wie vor in den rosigen und goldenen Kohlen herum.

»Du sagst also ... anfangs der Chemischen Sektion des Gouvernements Petrograd ... dann dem Rivoš ... dann dem Nord-Süd-Trust ... dem Technobedarf ... der Chemischen Hauptverwaltung und endlich dem Streichholztrust ... ausgezeichnet!«

Olga lacht aus vollem Halse.

»Hervorragend!«

Sergej holt aus dem Kamin eine kleine Kohle hervor und steckt sich, während sein zuckender gütiger Mund lächelt, eine Zigarette an.

Vom Tabak schlängelt sich eine kleine Rauchfahne hinauf, die so zart und blau ist wie seine Augen.

45

»Die Menschen- und Leichenfresserei nimmt einen Massenumfang an.« (»Pravda«)

46

Gestern ist um zwei Uhr nachts aus seiner Wohnung heraus Dokučajev verhaftet worden.

47

Sergej scharrt im Vorzimmer mit seinen komisch aussehenden Bauernstiefeln von der Art, wie Dorfpopen sie zu tragen pflegen. Er wird noch zwei Stunden lang scharren. Dann, wie ein großer zottiger Hund, lange den Schnee von sich schütteln. Dann – sich schneuzen. Dann ...

Ich schreie aufgeregt:

»Hast du schon gehört? Ilja Petrovič ist verhaftet worden!«

Er reicht Olga die Hand. Und wieder gleicht er einem gutmütigen, faulen Hund, den man gelehrt hat, die Pfote zu geben.

»Ich weiß.«

»Ist es dir vielleicht bekannt – weshalb?«

»Ja.«

Olga sieht nicht nach rechts und nicht nach links und wühlt in ihren Pralinés. Vor ihr steht eine achtunggebietende viereckige Dreipfundschachtel, die vorgestern Dokučajev hergebracht hat.

Olga seufzt:

»Über alles in der Welt liebe ich Kognakkirschen.«

Und hüpft wie ein unartiges kleines Mädchen mit den Knien auf dem Diwan umher:

»Gefunden! Gefunden! Ganze zwei!«

»Teilen Sie mit uns.«

»Nie und nimmer.«

Sergej macht eine zerknirschte Handbewegung. Olga aber stopft sich die beiden Pralinés wollüstig in den Mund.

»Erzähl mir doch, was du von Dokučajev weißt.«

»Was soll ich da viel erzählen?«

Er wendet mir seine zärtlichen Blauaugen zu:

»Man hat ihn wegen dieser Geschichte mit dem Paraffin festgenommen. Wir haben deine Nachrichten nachgeprüft ...«

Ich schreie:

»Wer ist das: ›wir‹? Was sind das für ›meine Nachrichten‹?«

»Bist du aber ein Sonderling! Hat mir selber in der umständlichsten Weise die ganze Epopöe erzählt und tut jetzt so, als ob er an einem Herzschlag sterben müßte.«

Olga lächelt und reicht mir auf einem silbernen Dreizack ein Dokučajevsches Konfekt:

»Vladimir, ich habe Ihr Lieblingsstück gefunden. Mit gestoßenen Pistazien. Sperren Sie den Mund auf.«

1 9 2 4

1

Die Fabrik »Pneumatik« hat eine erste Sendung von Stoßbohrern in den Verkehr gebracht.

2

Die Staatlichen Flugwerke »Ikarus« veranstalteten eine Feier anläßlich der Vollendung der ersten besonders starken Motore.

3

Die Fabrik »Bolschewik« lieferte der Versuchsstation der Timirjazevschen Landwirtschaftlichen Akademie den ersten in den Werken hergestellten Traktor.

4

»Olga, wollen wir nicht ein bißchen durch die Stadt schlendern? Es ist Frühling. Man sagt, die Spatzen zwitschern schon.«

»Ich mag nicht.«

»Heute ist bei Mejerchold eine Premiere. Was sagen Sie dazu?«

»Langweilig.«

»Ich werde Sergej anrufen, daß er hierherkommt.«

»Lieber nicht. Seitdem man ihn aus der Partei ›hinausgereinigt‹ hat, brummt er nur griesgrämig und erzählt einem sehr schlecht lauter vorjährigen Klatsch und Witze mit langen grauen Bärten.«

»Von dem Erhabenen bis zum Lächerlichen ...«

Und einer dummen Gewohnheit zufolge krieche ich in die Geschichte:

»Nach der Flucht aus dem östlichen Rußland lebte der Fürst Andrej Kurbskij in Kovel ›in Hauszwistigkeiten und stürmischem Unfrieden mit den Verwandten seiner Gemahlin‹. Hören Sie, Olga ...«

»Was?«

»Ich springe mit einem Satz zu Jelisejev hinüber, hole Wein, Apfelsinen ...«

»Lassen Sie mich in Ruh, Vladimir!«

Sie legt die Hände unter den Kopf und streckt sich auf dem Diwan aus. Es ist jeden Abend dasselbe. Nun wird sie mit offenen Augen daliegen bis zwei, bis drei, bis vier Uhr nachts. Wird schweigen und rauchen.

»Ach, der Teufel, fast hätte ich es vergessen. Ich habe doch heute einen Brief von Dokučajev bekommen. Merkwürdig, da hat man den Mann ins Loch gesteckt, auf Polareis gesetzt ...«

»... und er erkaltet immer noch nicht.«

»Ganz recht. Wollen Sie lesen?«

»Nein, ich mag keine Briefe mit orthographischen Fehlern.«

5

Die Boulevards sind grün übersprenkelt. Die Nacht ist leicht und ohne Hast. Sie atmet wie ein Mädchen, das man auf den Mund küßt.

Ich sitze auf einer Bank mit einem alten Freund:

»Höre mal, Paška, daß du gar nicht mehr zu mir hereinblickst, ist eine Schweinerei. So viele Jahre steckst du schon in Moskau, und bei mir warst du gezählte zwei Male.«

»Paška« hat gütige Knie und Schultern so breit wie Domstufen. Er ist Professor einer Moskauer Hochschule. Aber in England ist er bekannter als in Rußland. Und in Tokio kennt man ihn besser als in London. Seine Bücher werden in zwölf Sprachen übersetzt.

»Und ich komme auch nicht, bester Freund. Hier hast du mein Wort, daß ich nicht kommen werde. Du bist eine ausgezeichnete Person, aber kommen werde ich nicht.«

»Warum denn?«

Seine Augenbrauen rutschen unruhig hin und her, und er zuckt mit den kurzen, gescheiten Armen – (als ob sein Rock oder sein Hemd ihn unter den Achseln schnitte).

»Aus welchem Grunde willst du nicht zu mir kommen?«

»Gestatte, daß ich dir ganz offen sage: Bei dir gibt es nichts als Scheußlichkeiten und eine Eiseskälte, liebster Freund. Den ganzen Winter hindurch lese ich in Halbschühchen und friere nicht, bei dir aber habe ich kaum eine abgestandene halbe Stunde gesessen, und schon waren meine Fersen vereist.«

»Das soll ich wohl bildlich auffassen?«

Nachdenklich, wie ein kleines Kind, bohrt er in der Nase, holt einen »Kücks« hervor, der wie ein Würmchen aussieht, versteckt ihn mit böser Miene in sein Taschentuch und brummt:

»Du witzelst ... deine Frau witzelt ... ihr beide sagt scheinbar ganz lustige Dinge ... nennt alles mit eigenen Worten ... das Innerste zuoberst ... allerlei Scheußlichkeiten kommen unverhüllt aufs Tapet ... noch ein Schritt weiter, und ihr werdet einem die nackten Hintern zeigen – aber es herrscht eine Frostkälte! Und eine Trübsal, mein Lieber! So ein Jammer! Ihr selber merkt es vielleicht nicht, aber einem Menschen von draußen verschlägt es den Atem.«

Grüner Anwurf hängt auf den Zweigen. Der sommersprossige, glotzäugige Mond hält hinter den Kuppeln des Christus-Doms nach etwas Ausschau. Die Nacht seufzt wie ein Mädchen, das man auf die Lippen küßt.

Paška sieht in den Himmel hinauf, ich aber betrachte mit Neid seine kurzen, dicken Beine. Fest stehen sie auf der Erde! Und irgendwie erinnert er im ganzen an eine schwerscherbige Tasse eines Speisewagens. Nicht hübsch und nicht schlank, aber schönen Dank! Der Zug saust seine hundert Verst in der Stunde, zittert und schwankt wie ein Betrunkener, knickt auf seinen eisernen Waden ein, sie aber kümmert sich gar nicht darum – ist bis zum Rande vollgeschenkt und verschüttet keinen Tropfen.

6

Sergej war hier. Olga bat, zu sagen, sie wäre nicht zu Hause.

7

»Olga, lassen Sie uns eine Beschäftigung für Sie ersinnen.«

»Fangen Sie an.«

»Gehen Sie zur Bühne.«

»Nein.«

»Warum?«

»Ich bin zu ehrgeizig.«

»Um so mehr Grund ...«

»Ach, mein Gold, selbst wenn ich mich von Ihnen scheiden lassen und einen gewandten Regisseur heiraten würde, könnte aus mir keine Komissarževskaja werden, eine Koonen aber möchte ich nicht sein.«

»Gehen Sie zum Film.«

»Ich möchte lieber im fotografischen Atelier Nappelbaum gut aufgenommen zu werden als bei Pudovkin schlecht.«

»Bringen Sie ein Kind zur Welt.«

»Besten Dank. Ich hatte schon einmal ein Junges von einem preisgekrönten Foxterrier. Sie sind nur bis zum vierten Monat drollig. Machen aber leider überall Schmutz.«

»Treiben Sie Unzucht.«

»Die Umarmung eines Mannes gibt mir weniger Genuß als ein gutes Praliné.«

»Nehmen Sie sich einen reichen Liebhaber.«

»Wozu denn das?«

»Als die Stadt Theben von den Mazedoniern zerstört worden war, hat die Hetäre Phryne ihren Mitbürgern vorgeschlagen, sie auf ihre Kosten wieder aufzubauen.«

»Und?«

»Leider wurde ihr Anerbieten abgelehnt.«

»Da sehen Sie!«

»Die Hetäre hatte nämlich die Bedingung gestellt, daß auf die Tore der Stadt die Inschrift gesetzt werden sollte: ›Zerstört durch Alexander, wieder aufgebaut durch Phryne.‹«

Olga holt aus ihrem von blutigen Tropfen kleiner Rubine befleckten Etui eine Zigarette hervor:

»Selbst wenn es mir gelingen sollte, die Geliebte des reichsten Nepmanns der Republik zu werden, könnte ich im nötigen Augenblick leider nie auf eine so geniale Phrase kommen.«

Und fügt hinzu:

»Ich aber bin ehrgeizig.«

8

Sergej war da. Wir aßen, rauchten, schwiegen. Olga kam überhaupt nicht aus ihrem Zimmer hervor.

9

Aus den vorläufigen Angaben der Hauptverwaltungsstelle für Metallindustrien geht hervor, daß die Gewinnung von Gußeisen gegen das Vorjahr um das Dreifache gestiegen ist, die Produktion an Martinstahl um das Doppelte und die Leistungen der Walzwerke in Schwarzblech um 64 Prozent erhöht werden konnten.

10

In Nikolajev hat man mit Aufbau eines Getreideelevators begonnen, der imstande sein wird, einen Ozeandampfer in 2½ Stunden zu laden.

11

Die Werke »Elektrosila« begannen mit der Herstellung von Generatoren von 10 000 Pferdestärken.

12

Bei irgendeiner Gelegenheit sagte ich Olga, daß ein jeder von uns sich sein Leben, seine Frau, seine Liebe und sogar sein eigens Ich selber einbildet.

»... je ärmer die Phantasie, um so besser.«

Sie warf die bis an die Watte heruntergerauchte Zigarette durchs offene Fenster hinaus:

»Warum haben Sie mir diesen vernünftigen Gedanken nicht schon früher zugeflüstert?«

»Wieso?«

»Ich würde mir unbedingt eingebildet haben, eine Hausfrau zu sein.«

13

Ich bin sechzehn Jahre alt. Wir wohnen in einer Sommervilla in der Nähe von Nižnij Novgorod an einem hohen Ufer der Oka. Wenn man in mondlosen Sommernächten am Abhang steht, erscheint einem der breite Fluß als ein dünner grauer Bindfaden. Kilometerweit dehnt sich der Kiefernwald. Lange und gerade gewachsene Bäume gleichen zum ersten Male gespitzten Bleistiften. Im August krächzen sie und weinen.

Unsere Sommervilla ist groß, zweistöckig und hat einen Turm. Sie ist umschlungen von Terrassen, Veranden und kleinen Balkonen. Das Dach besteht aus lustigen Schachwürfeln: grünen, gelben, roten und hellblauen. Die Fenster sind mit geschnitzten Holzstickereien verziert. Die Alleen, die Plätze, der Turm, die Zimmer, die Veranden und die Terrassen sind von einem unaufhörlichen Radau bevölkert.

In unserer Nachbarschaft aber wohnt jeden Sommer in einem zusammengeschrumpften Sommerhäuschen eine Frau in reiferen Jahren mit zwei unschönen Mädchen. Diese beiden haben lange, magere Hälschen, die im Sonnenlicht durchsichtig erscheinen wie eingefettetes weißes Papier.

Die bejahrte Frau mit runden Brillengläsern und ihre unschönen Mädchen nehmen an unserem Leben teil. Ein eigenes haben sie nicht. Sie leben durch unsere Feste, Spiele, Tränen und Freuden; unser übergelaufenes Eingemachtes, unsere angebrannte Ente, unser gelungenes Eis, unsere Mutter gewordene Hündin, unser neues Spielzeug; sie zehren von unseren Küssen, die wir mit den Basen wechseln, von unseren Raufereien mit den Vettern, von unseren Zänkereien mit den Gouvernanten.

Wenn auf den kleinen Balkonen gelacht wird, lachen auch die Augen der unschönen Mädchen; fließen auf den Balkonen Tränen, so heben die häßlichen Mädchen ihre Taschentücher zu den Lidern.

Jetzt denke ich daran, daß mein Leben und zum Teil auch das Leben Olgas irgendwie an das Spiegeldasein jener bejahrten Frau mit den runden Brillengläsern und das ihrer Töchter erinnert.

Auch wir haben uns in einer Nachbarschaft niedergelassen. Wir spähen durch die Ritzen eines fremden Zaunes. Horchen mit einem Ohr.

Aber wir sind unvergleichlich schlechter. Als die Nachbarn Dummheiten machten – rieben wir uns die Hände; als bei ihnen eine Tragödie heranreifte –

kicherten wir; als sie endlich ernst ans Werk gingen – begannen wir uns zu langweilen.

14

Sergej hat Olga einen Brief zugeschickt. Sie hat ihn nicht beantwortet.

15

»Vladimir, glauben Sie an irgend etwas?«

»Es dünkt mich – nein.«

»Das ist dumm.«

Der Nachtwind schwenkt seine langen gespensterhaften Arme, es ist einem, als ob er gleich auch den grauen Staub der Augen Olgas wegwehen werde. Und dann bleibt nichts übrig – nur leere, sonderbare Höhlungen.

»Der Samojede, der einen Baumklotz anbetet, ist klüger als Sie ...«

Sie steckt sich eine neue Zigarette an. Die wievielte?

»... und als ich.«

Irgendwo in der Nähe sauste ein flinkes Gespann vorüber. Unter den Hufen des heißblütigen Pferdes war das Straßenpflaster erklungen. Als ob das Roß nicht über Steine, sondern über eine umgedrehte Zigeunergitarre hinweggejagt wäre.

»Jeder Glaube wird einem schließlich zuwider, wie gehackte Koteletts oder wie eine Nudelsuppe. Ab und zu muß man unbedingt wechseln – Perun, Christus, Sozialismus.«

Sie ißt den Rauch in großen männlichen Schlücken: »Es ist ganz gleich, woran, nur glauben muß man.«

Und ganz leise:

»Sonst ...«

Wie weiße Erdwürmer kriechen ihre Finger über die zuckenden Knie. Die Laternen riechen widerlich süß nach Jasmin. Die Straße ist gerade, gelb und hat verglaste Pupillen.

16

Heute traf der Außerordentliche Gesandte und Bevollmächtigte Minister Mexikos, Basilio Vadilio, ein.

17

Ein mir bekanntes Bürschchen wurde ins Gefängnis gesteckt. Für eine unbedeutende Zeit und wegen einer Tat, die dieser Strafe nicht wert war. Er hatte nichts weiter verbrochen, als daß er irgendeinen Schuft gebackpfeift hatte. Das Bürschchen hat die poetische Seele eines goldbeinigen Kalbes, sein Haar ist von der Farbe der Blätter im September, und seine Augen sind erfüllt von dem freundlichen Geplapper eines Mädchens aus dem Dammerdergebiet.

Das Kalb geriet in die Gesellschaft von Kriminalverbrechern. Alles schwere Jungen, stämmig und von gleichem Schlag. Der Zellenälteste aber war geradezu museumsreif: die Visage – wie ein kupfernes Fünfkopekenstück – rund und schwer; das eine Ohr – in Kämpfen weggedreht; im Munde – ein gelichteter Zaun. Der wackere Mann hatte schon eine reichhaltige Dienstliste – es war auch was »Nasses« dabei, und die Vergewaltigung einer »gottgefälligen« Greisin und Gräberschändung.

Und eines Tages fragte also mein Kälbchen diesen Ältesten:

»Sagen Sie, Herr Kollege, wofür sitzen Sie hier?«

Der Bandit erwiderte:

»Wahrscheinlich wohl dafür, Bruderherz, daß ich die Revolution nicht richtig verstanden habe.«

Ich sehe in Olgas Augen, die so leer und so traurig sind.

»Wofür? ...«

Ich denke über eine Antwort nach und kann keine finden, die treffender wäre als die des Banditen.

18

An allen Straßen sind Spucknäpfe aufgestellt. Die Moskauer bezeichnen sie vor Schreck als »Urnen«.

19

Wieder kam ein Brief von Sergej. Ein sehr dickes Schreiben. Olga warf es ungeöffnet in den Papierkorb.

20

»Vladimir, hören Sie gerne Witze?«

»Sehr gern.«

»Ich auch. Soeben ist mir die Geschichte von einem abgezehrten jüdischen Bräutigam eingefallen, den man zu einer Schönheit gebracht hat, so lang wie Peter der Große, mit Brüsten wie Kürbisse im Spätherbst und einem Hintern, so breit wie ein Mittagstisch.«

»Und?«

»Der schwächliche Bräutigam überblickte mit Neugier und Angst die Fleischmassen der Auserkorenen und fragte den triumphierenden Heiratsvermittler im Flüsterton: ›Ist das wirklich alles für mich?‹ ...«

»Ausgezeichnet.«

»Scheint es Ihnen nicht, Vladimir, daß in der letzten Zeit irgendein verruchter Ehevermittler mit sinnlosem Eifer bemüht ist, mich mit einem Kummer von einem ebenso unermeßlichen Umfang zu veräppeln? Schade nur, daß mir der jüdische Humor fehlt.«

21

Die Sterne sind gleichsam mit guter, wohlriechender Seife gewaschen und mit einem Frotteehandtuch trokkengerieben worden. Die Frische, die Rüstigkeit und die Lebensfreude dieser strahlenden Greisinnen sind ungewöhnlich.

Wieder, wie vor sechs Jahren, gehe ich durch die dunklen, leeren Straßen und grüble über meine Liebe nach. Aber heute unterscheide ich mich durch nichts mehr von den teuren Mitbürgern. Am Tage hätte kein erstaunter Passant auf mich mit dem Finger gewiesen, und die Straßenjugend wäre mir nicht im lärmenden Rudel nachgelaufen – das Lächeln zerschneidet mein Gesicht nicht mehr von Ohr zu Ohr mit seinem gleißenden Rasiermesser. Mein Mund ist so fest zusammengepreßt wie die finstere Faust eines Menschen, der sich anschickt, auf Leben und Tod zu kämpfen. Meine Lider hängen herab, ich kann sie nicht heben, vielleicht sind die Wimpern aus Gußeisen.

Der dummdreiste Mond vergießt flüssiges Kupfer. Ich bin ganz durchnäßt. Ich verspüre Lust, Rock, Hemd und Unterhosen von mir zu reißen und sie auszuwringen. Das giftige Kupfer beginnt bereits ins Blut einzudringen, in die Knochen, ins Gehirn.

Aber was hat das mit dem Mond zu tun? Wieso mit dem Mond?

An allem schuld ist die gemeine, widerliche, verfluchte Liebe! Ich belohne sie mit groben Fußtritten und wuchtigen Genickstößen; ich spucke ihr in die Augen und spreche mit ihr wie ein betrunkener Zuhälter, der von der Dirne ihre nächtliche Einnahme verlangt.

Ich hasse meine Liebe. Wenn ich wüßte, daß man sie erwürgen könnte, hätte ich es mit meinen eigenen Händen getan. Wenn ich wüßte, daß sie zu ersäufen wäre, hätte ich ihr selbst einen Stein um den Hals gehängt. Wenn ich wüßte, daß man vor ihr ans Ende der Welt fliehen könnte, ich hätte schon längst in den schwarzen Abgrund geblickt, hinter dem es nichts mehr gibt.

Die herbstlichen Linden sehen wie Straßenmädchen aus. Ihr Haar ist ebenfalls mit Henna und Wasserstoff gefärbt. Sie haben einen steifharten Körper und kühles Blut. Sie gehen den Boulevard entlang und wiegen sich verführerisch in den schmalen Hüften.

Ich sage mir:

»Erwürge Olga, schmeiß sie in eine blaue Wassergrube, fliehe vor ihr zur Großmutter des Teufels!«

Wie ist doch alles, in der Tat, so einfach: Ihr Hals ist so dünn wie ein Strohhalm ... sie vermag nicht zu weinen ... ganze Tage lang liegt sie, ohne sich zu rühren, auf dem Diwan. Wenn ich das Zimmer verlasse, wird Olga den Kopf nicht umwenden. Ich werde nicht einmal ans Ende der Welt zu fliehen brauchen. Ich habe nichts weiter zu tun, als mich in die erste beste Straßenbahn zu setzen und keine Rückfahrkarte zu kaufen. Das ist alles.

Plötzlich beginne ich zu lachen. Laut, kreischend, heiser. Die eiligen Passanten wenden sich empört und angewidert ab.

Eines Tages begegnete ich auf der Straße zwei Blinden – auch sie lachten laut im Gehen und schwenkten ihre heiteren Hände. In ihren welken Lidern drehten sich tote Augen.

In meinem ganzen Leben habe ich bisher noch nichts Schrecklicheres gesehen. Nichts, was empörender gewesen wäre. Laut lachende Ausgeburten! Laut lachendes Mißgeschick! Welch ein Unfug! Wenn nicht die Furcht vor dem Milizrevier gewesen wäre, so hätte ich die beiden geohrfeigt. Das Unglück hat kein Recht auf ein Lachen.

Ich setze mich zu den Füßen des erstarrten Puškin. Zu beiden Seiten des eisernen Gitters haben sich welke kleinwüchsige Häuser in Reih und Glied aufgestellt. Die Stille, gekleidet in Stein und Eisen, wurde noch tiefer und geheimnisvoller.

Wie, wenn Olga wirklich stürbe ... Ein wahrhaft ungeheurer Gedanke! Eine Vermutung, entstanden in einer Irrenanstalt. Die Welt, dieser Pfiffikus, benimmt sich schon wunderlich seit den ersten Tagen der Schöpfung. Alles ist verdreht, überall das Unterste zuoberst:

Das Leben trägt auf seinen Schultern den Tod, der Tod aber schleppt hinter sich die Unsterblichkeit.

Der getrübte Verstand will seine Liebe ewig machen. Eine Liebe, die schrecklicher ist als der Irrsinn selbst.

Die Nacht saust über den rauhen Asphalt in einem schwarzen Auto, sie spaziert über den Boulevard in einem schwarzen steifen Rundhut, sie sitzt auf einer Bank mit aufgelöstem schwarzem Haar.

22

Sergej ist in die Berliner Handelsvertretung beordert worden.

Er bat mich, Olga mitzuteilen, daß er morgen vom Windauer Bahnhof abreise.

23

»Vladimir Vasiljevič, Ihre Gattin bittet Sie, an den Apparat zu kommen.«

»Danke.«

Ich eile durch den gelben Gang. Durch die Wände sickert der Lärm der Hörsäle hindurch. Unklar und aufreizend. Ebenso fremd und feindlich wie diese Mädchen mit den unangenehmen breitnäsigen, rostig schimmernden Gesichtern und diese pickligen Jünglinge mit den schweren, hartnäckigen Schädeln. Die Stirnen sind von runden Schläfenhöckern gekrönt. Sie scheinen einem unausgerodete Stümpfe von *Hörnern* zu sein. Die Hörner müssen aber feststößig und bösartig gewesen sein.

»Am Apparat.«

»Guten Abend, Vladimir.«

»Guten Abend, Olga.«

»Verzeihen Sie die Störung. Aber ich habe eine wichtige Neuigkeit.«

»Ich höre.«

»In fünf Minuten erschieße ich mich.«

Aus dem schwarzen Ohr des Hörers schülpern heitere Krächztöne herüber.

»Was sind das für dumme Scherze, Olga!«

»Aber ich denke gar nicht daran, zu scherzen.«

Meine Finger drücken den beinernen Hals des laut lachenden Apparats fest zusammen:

»Hören Sie auf zu lachen, Olga!«

»Aber ich kann doch nicht weinen, wenn ich lustig bin. Leben Sie wohl, Vladimir.«

»Olga! ...«

»Leben Sie wohl.«

»Olga! ...«

»Schreiben Sie mir Postkarten ins Jenseits. Alles Gute.«

Wütend geworden, spreche ich in den schwarzen beinernen Mund:

»Bon voyage!«

»So ist's recht. Viel Glück.«

24

Ich brülle den rotbärtigen Mietskutscher an. Er schlägt seine Stute mit einer Peitsche aus Bindfaden. Die Schindmähre raschelt mit den Ohren wie eine am Wege stehende Weide mit verstaubten Blättern und bewegt mit der verfluchten russischen Faulheit ihre in die Hufe gesteckten stangendürren Beine.

Ein Milizionär hebt mit der Feierlichkeit eines Römers seinen Stab: ein Wagen, beladen mit einem ab und zu grunzenden Schwein, und unsere Schindmähre bleiben stehen.

In meinem Herzen ist Sturm und Verwirrung.

Ich knirsche den Milizionär an:

»Auferstandener Pharao!«

»Hering!«

»Esel in roter Schlafmütze!«

»Feind des Volkes!«

Der Stab senkt sich. Ich wische mit dem Handschuh den kalten Schweiß ab, der in reichlichen Mengen auf meine Stirn tritt.

25

Die herbstliche Sonne ist wie ein gelbes Feuerklümpchen. Ein wahnsinniger Zirkusartist hat die Fackel, mit der er jongliert hat, in den Himmel geworfen. Die Fackel hat nicht zu wünschen geruht, auf die Erde zurückzufallen. Meiner Liebe war die Rückkehr zur Erde ebenfalls nicht genehm. Und ich habe doch so ungeheure Dinge mit ihr getrieben!

Aber wie lange fahren wir denn schon eigentlich?

Fünf Minuten?

Fünf Stunden?

Oder fünftausend Jahre?

Ich weiß nur eins: Als junger Mann war ich in diese Droschke der Verstoßenen gestiegen, und als alter Mann werde ich sie verlassen. Schon zittern meine Knie, und meine Finger beben; die Haut auf meinen Händen ist zusammengeschrumpft; in sechzigjährigen Beutelchen hängen die aufgedunsenen Backen herunter; die Augen tränen.

Du armseliger, jämmerlicher Possenreißer! Du hast deine Liebe gezwungen, in der närrischen Arena buntes Rad zu schlagen, zu zwangst sie, tödliche Salti mortali unter einer Kuppel aus geteertem Segeltuch auszuführen. Du belohntest sie mit schallenden und wuchtigen Ohrfeigen. Du hast sie mit Kartoffelmehl und schlechter Schminke beschmiert. Hast ihr auf den Hintern ein verblutendes Herz gezeichnet. Hast sie in buntfarbige, viel zu weite Hosen gekleidet. Und sie ließ ihre Schellen erklingen und schnitt so häßliche Grimassen, daß sie selbst bei den Naivsten statt eines Lachens nur Ekel hervorrief. Und was ist die Folge? Durch Wahnsinn in den Himmel hinaufgeschleudert, blieb sie dort als gelber Feuerklumpen hängen und wünschte nicht, auf die Erde zurückzufallen.

26

In der Luft flimmert die Peitsche. Wie Blätter rascheln die Pferdeohren, gemächlich klatschen die ausgetretenen Hufe über die herbstlichen Pfützen.

Ich verschlucke mich an Wut. Ich packe den rotbärtigen Burschen am Kragen. Er hält die Leine wie ein Zepter. Sitzt auf dem Bock wie Zar Alexander III. auf dem Thron.

Ich schreie:

»Ich bringe dich um!«

Und hole aus der Tasche das schwarze Brillenfutteral hervor. Der rote Bart Alexanders III. hebt sich zu Berge.

Mein Körper ist wie ein alter Kronleuchter. Jeder Nerv klingt und zittert, als wäre er ein Kristalltropfen.

27

»Was für ein Unsinn! ...«

Ich werfe mich auf die Lehne zurück und werde von einem feinen Lachen erschüttert.

»Wer war der bösartige, hirnlose Geselle, der gesagt hat, daß es einen Tod gibt? Den schäbigen Kerl möchte ich einmal sehen! Den würde ich mit einem schönen Nasenstüber traktieren! Ich schwöre es bei meiner Großmutter.«

Der goldene Schweif der Stute schwankt über die Kruppe wie der Helmbusch eines Grenadiers vergangener Zeiten.

»Ehrenwort, ich bin meiner Sinne mächtig. Beweise? Bitte schön: geboren im Jahre achtzehnhundertneunzig, feiere meinen Namenstag am fünfzehnten Juli alten Stils, die Großmutter hieß Pulcherija.«

Die Stute stemmt sich mit den Vorderhufen gegen eine Pfütze und knickst wie ein Weib auf die Hinterbeine.

»Und dennoch existiert der Tod!«

... ein heißer glitzernder Strahl bohrt sich in die Erde hinein.

»Jawohl! Da habt ihr was, statt des Todes! Ihr könnt mir im Mondschein begegnen!«

Fast ganz ruhig erinnere ich mich daran, daß die Skythen während der Schlachten Stuten vorzogen, weil diese ihre Blase im Laufen entleeren konnten. Überall Lüge!

»Übrigens sterben die Puškins, Shakespeares, Newtons, Bonapartes, Müllers und Schultzes tatsächlich. Ich selbst habe auf dem Vagankovskoje-Friedhof gelesen: ›Unter diesem Kreuz ruht der Körper des Knechtes Gottes Krivopupikov.‹ Es läßt sich absolut nicht bestreiten, daß Nikolaj Vasiljevič Gogol ›grüßen ließ‹. Man hätte ihm sonst kein Denkmal errichtet. Wichtigkeit – ›Tote Seelen‹! Unser Hausdiener, der alte Fedotyč, wird natürlich auch alle viere von sich strecken. Diese Stute da mit den schönen, in den Wolken schwebenden Augen wird in einem oder in zwei Jahren krepieren. Aber was hat das mit Olga zu tun? Un-sinn! Ihre Unsterblichkeit spüre ich nicht weniger wirklich als den Hut auf meinem Kopfe. Ihr ewiges Leben sehe ich ebenso klar wie diesen Zarenhintern, der den knirschenden Bock zerdrückt hat. Bilden Sie sich nicht ein, daß ich etwas Geheimnisvolles meine, etwa das Schweben der Seele im Raume über den Sternen oder ihre Übersiedlung in den Leib eines schwarzen Katers. Nichts dergleichen. Ich behaupte ganz einfach, daß Olga und ich noch Jahrtausende um Jahrtausende Kalbskoteletts essen, ins Bad gehen, an Verstopfungen leiden, Ovid lesen und im Theater einschlafen werden. Wenn ich auch nur in einem Stäubchen eines Augenblicks den Glauben gewonnen hätte, daß es anders sein wird, könnte ich denn so unverfroren weiterleben?... Essen? Trinken? Schlafen? Mich bewegen? Stillstehen? Warten Sie, warten Sie! Und Sie? Sie, verehrtester Ivan Ivanovič? Wenn Sie, Ivan Ivanovič, sentimental aufseufzen: ›Ach, ich fühle, daß mein Tod naht‹, was ist denn das: ein leeres, ausgeweidetes, nichts bedeutendes Wort? Oder *etwas*, was Sie genauso wirklich spüren wie ich den Hut auf meinem Kopfe? Der Tod! Verstehen Sie – der Tod? Da sind Sie, bester Ivan Ivanovič – der Hauptbuchhalter und... – eine Leiche. Ihnen, Ivan Ivanovič – dem Hauptbuchhalter – und nicht Ivan Petrovič, Ihrem Gehilfen – stülpt man ein Leichengewand aus Kaliko über. Auf Ihren Lidern liegen kupferne Fünfkopekenmünzen. Sie stinken. Sie werden in den Sarg hineingestopft. Man schmeißt Sie in eine Grube. Sie werden von Würmern gefressen. Fühlen Sie das? Sie lügen, Verehrtester! Sie lügen schamlos. Gar nichts fühlen Sie. Absolut nichts! Sonst würden Sie, Ivan Ivanovič, jetzt nicht an Ihrem Büropult sitzen, sondern wären längst in einer Klapsmühle. Sie würden dort die Steinmauern beißen und tierisch brüllen, die trüben Gläser hinter den eisernen Stäben in Stücke brechen. Könnten Sie, Ivan Ivanovič, Ihren *Tod* genauso deutlich erblicken, wie ich jetzt auf dem Bock das Gesäß des Zaren sehe, diesen Hintern, den das furchtbare Unglück und das blendende Glück der Menschen in gleichem Maße kaltläßt, dann würden Sie, Verehrtester, im selben Augenblick mit den eigenen Fingernägeln sich – mit Blut und mit Fleisch – die sehend gewordenen Augen herausreißen.«

28

Die Straßenuhr bewegt ihren schwarzen Schnurrbart. Auf dem Kremlturm singen unsichtbare Standbilder.

Der gebrechliche Glöckner eines menschenleer gewordenen Kirchspiels hat die Glocke gezogen.

Ich ergreife die Hand des Kutschers und bedecke sie mit Küssen. Die rauhe, knochige Hand von der Farbe roten Pferdeurins.

Ich flehe:

»Liebster, Bester, überhole die Zeit!«

Die nichtige, erschöpfte, altersschwache Zeit! Millionen von Jahren schleppt sie sich, zieht sie sich wie klebriger Hundespeichel, und da, plötzlich, mir nichts, dir nichts, hat sie sich aufgebäumt und saust und sprengt in rasender Heftigkeit vorwärts.

29

Olgas Lippen machen ein Lächeln. Die Hand – so schimmernd und dünn wie eine Schnur echter Perlen – streckt sich zum Nachttischchen aus.

»Olga! ...«

Die Hand stockt und fällt herunter.

»Geben Sie mir bitte diese Schachtel.«

Olga liegt auf dem Rücken, gerade, glimmerig, schwer, als ob sie aus Silber gegossen wäre.

Auf dem Nachttisch, neben dem kleinen, wie ein Spielzeug aussehenden Browning, steht eine Schachtel mit Pralinés. Einige Kognakbohnen liegen zerstreut auf dem glatten Birnbaumholz.

»Geben Sie mir doch die Schachtel ...«

Ihr linker Mundwinkel läßt ein dünnes rotes Bächlein niederrinnen. Anfangs dachte ich, es wäre Blut. Dann, als ich auf der Unterlippe eingetrocknete Schokolade entdecke, beruhige ich mich.

Ich flüstere:

»Wie haben Sie mich erschreckt!«

Und mich zu ihr hinabbeugend, wische ich mit dem Taschentuch den kleinen Bach aus dickem süßem Rum ab. Da holt Olga unter der Decke ein zusammengedrehtes Frotteehandtuch hervor. Es ist bis zum letzten Faden von Blut durchtränkt. Schwere Tropfen fallen auf die Seidendecke.

Sie seufzt:

»Ich hab' wie ein altes Waschweib geschossen ...«

Und läßt den blutigen Lappen aus der Hand fallen.

»... die Kugel ist wahrscheinlich in der Wirbelsäule steckengeblieben ... meine Beine sind schon gelähmt.«

Dann streicht sie mit der Zungenspitze über die Lippen und leckt den Rest der geronnenen Schokolade mit den süßen Rumtropfen fort.

»Ein erstaunlich gut schmeckendes Konfekt ...«

Und macht wieder ein Lächeln:

»... wissen Sie, nach dem Schuß ist mir sogar der Gedanke gekommen, daß es sich vielleicht allein schon wegen dieser Kognakkirschen verlohnt, auf Erden zu leben ...«

Ich stürze ans Telefon, um die Rettungswache anzurufen.

Sie sagt:

»Gegen Abend werde ich wahrscheinlich sterben.«

30

Die Operation wird ohne Chloroform durchgeführt.

31

Olgas Kiefer sind zusammengepreßt, ihre Lippen sind verzerrt. Mit meinen erkalteten Fingern erfasse ich ihre heißen Hände. Sie sind so durchsichtig, daß man meint, man könnte, wenn man sie auf ein offenes Buch legen würde, durch sie hindurch die in Petitschrift gesetzten Zeilen lesen.

Ich flüstere:

»Olga, haben Sie große Schmerzen? ... Ich werde den Arzt holen ... er hat versprochen, Ihnen Morphium zu spritzen.«

Mit Mühe hebt sie die Lider. Sagt:

»Stellen Sie sich doch nicht so dumm an ... Es ist mir einfach ein wenig widerlich, so mit ungeschminkten Lippen dazuliegen ... ich sehe jetzt wahrscheinlich scheußlich aus.«

32

Olga verschied um 8 Uhr und 14 Minuten.

33

Und auf der Erde war alles so, als ob gar nichts geschehen wäre.

Nachbemerkung von Peter Ludewig

An einem heißen Augusttag des Jahres 1918 begegnete Anatolij Marienhof erstmals Sergej Jesenin. »Vor mir stand ein Bürschlein in hellblauem Herrenmantel. Unter dem Mantel glänzte ein weißes Seidenhemd. Wellig das Haar, strohgelb, mit einem Hauch Gold. In der Stirn, wie zufällig (in Wahrheit durchaus gewollt!), eine große Locke. Durch diese Schmachtlocke machte er den Eindruck eines jungen hübschen Friseurs aus der Provinz. Und nur die blauen Augen (keine sehr großen und nicht besonders schöne) gaben dem Gesicht Intelligenz, eher jedenfalls als die Locke, der blaue Mantel und der wie ein russisches Handtuch gestickte Kragen des Seidenhemds« (Anatolij Marienhof: *Roman ohne Lüge*).

Das zufällige Zusammentreffen mündete in Freundschaft, die zwei jungen Dichter waren bald unzertrennlich, sie lebten und arbeiteten zusammen. Gemeinsam mit den Schriftstellern Rjurik Ivnev und Vadim Šeršenevič und den Malern Boris Erdman und Georgij Jakulov veröffentlichten sie im Januar 1919 die Deklaration des »Imaginismus«.

In den Kontroversen in der von Anbeginn heterogenen Gruppe, in den Auseinandersetzungen mit anderen literarischen Strömungen und im steten Dialog mit Sergej Jesenin entwickelte Anatolij Marienhof sein literarisches Konzept, das auch seinen Ende der zwanziger Jahre erschienenen Kurzromanen und den Erinnerungen *Mein Jahrhundert, meine Jugend* (Erstveröffentlichung 1988) zugrunde liegt.

Anatolij Marienhof wurde am 24. April 1897 in Nižnij Novgorod geboren. Schon als Gymnasiast in Pensa schrieb er erste Gedichte. Der Vater förderte behutsam die literarischen Neigungen seines Sohnes und kritisierte Schwulst und hohles Pathos in dessen Lyrik. Nach Absolvierung des Gymnasiums wurde Anatolij Marienhof 1916 zum Kriegsdienst eingezogen. Von der Oktoberrevolution hörte er in einem Eisenbahnwaggon, als er auf Fronturlaub nach Hause fuhr. Da sein Vater bei einem Angriff der tschechoslowakischen Bataillone, die auf Seiten der Weißen kämpften, von einem Querschläger getötet worden war – die Mutter war schon gestorben, als Marienhof noch Gymnasiast war –, verließ er Pensa, im Koffer Exemplare des »Revolutionären Almanachs« *Ausweg*, den er mit seinem Schulfreund I. Starcev herausgegeben hatte. Ein Vetter vermittelte ihm in Moskau eine Stelle als literarischer Sekretär beim Verlag des VCIK (Gesamtrussisches Zentrales Exekutivkomitee), wo jene denkwürdige Begegnung mit Sergej Jesenin stattfand. Ihrem Freundschaftsbund schlossen sich bald Rjurik Ivnev und Vadim Šeršenevič an, wobei vor allem von Vadim Šeršenevič, einem guten Kenner der neuesten literarischen Strömungen in Westeuropa, wesentliche Impulse für die Gründung der Gruppe der Imaginisten ausgingen.

Sie einte die Einsicht, daß sie sich in der Literatur leichter als Gruppe durchsetzen könnten. Polemische Ausfälle gegen andere literarische Strömungen und Skandale inszenierten sie, um die Aufmerksamkeit des Publikums auf sich zu lenken. Dem futuristischen Manifest »Das Wort als solches« stellten sie in ihrer Deklaration das »Bild als solches« entgegen: »Der Dichter arbeitet mit dem Wort, das er nur im bildlichen Sinn nimmt.« Vor allem Sergej Jesenin, Anatolij Marienhof und Vadim Šeršenevič präzisierten diese Vorgabe in ihren theoretischen Arbeiten. Dabei führten ihre unterschiedlichen Temperamente zu Polarisierungen in der Gruppe. Die »Linken« – Marienhof und Šeršenevič – waren Urbanisten, die Anregungen aus dem Westen verarbeiteten, während die »Rechten« – Jesenin und Ivnev – stärker die Traditionen des bäuerlichen Rußland aufnahmen. Auch ihr Verhältnis zum dichterischen Bild war gegensätzlich: »Der eine Flügel mit Sergej [Jesenin; P.L.] an der Spitze gestand dem Bild eine dienende Bedeutung zu und forderte einen organischen Zusammenhang zwischen den Bildern im Gedicht. Der andere Flügel (wohin Marienhof gehörte) nahm das Bild als Selbstzweck und meinten, daß der Zusammenhang zwischen den Bildern technisch sein müsse« (Matvej Rojzman: *Woran ich mich erinnere*).

In dem Buch *Die Insel Bujan* (1920) gründete Anatolij Marienhof seine Poetik auf die Einheit der Schöpfung: »Schuf denn nicht ein und derselbe göttliche Geist das sanfte Lamm und den blutrünstigen Tiger, das wohlgestalte Pferd und den häßlichen Wal? Liebt er denn die Taube mehr als den Habicht, die Nachtigall mehr als den Frosch, die Gazelle mehr als die Boa ...« Daran anknüpfend, definierte er das dichterische Bild als »Kreuzung des Reinen mit dem Unreinen« gemäß »dem Gesetz der magischen Anziehung von Körpern mit negativem und positivem Pol«. Durch das Aufeinanderprallen krasser Gegensätze wollte er dem Bild auf »geringste Distanz höchste Geschwindigkeit« verleihen. Die daraus resultierende Spannung zwischen Hohem und Niedrigem, zwischen Erhabenem und Schmutz bewirkt eine ironische Brechung der Texte, die weder Schwulst noch hohles Pathos aufkommen läßt.

Nach dem Zerfall der Gruppe der Imaginisten Mitte der zwanziger Jahre wandte sich Anatolij Marienhof in verstärktem Maße der Prosa zu: In schneller Folge erschienen die drei Kurzromane *Roman ohne Lüge* (1927, deutsch 1984), *Zyniker* (1928, deutsch 1929) und *Der rasierte Mann* (1930).

Schon in ihrer ersten Deklaration hatten die Imaginisten festgestellt: »Der Prosaiker unterscheidet sich vom Dichter nur durch die Rhythmik seiner Arbeit.« Diesen Ansatz kombinierte Anatolij Marienhof in seinen Romanen mit Elementen aus Eisensteins Ästhetik des Films, insbesondere der »Montage der Attraktionen«: »Das ist jene Verbindung von Spielteilen, die beim Zuschauer eine direkte Emotion hervorrufen soll, ohne sich an andere assoziative Reihen oder eine andere Bedeutungsfüllung zu wenden« (Viktor Šklovskij: *Eisenstein*). Sergej Eisenstein verstand die Montage als Zusammenstoß von Einstellungen. In vergleichbarer Weise ließ Anatolij Marienhof in seinen Romanen kurze Episoden aufeinanderprallen.

In *Zyniker* konfrontierte er zudem Momentaufnahmen aus dem Leben der Hauptgestalten Olga und Vladimir mit dokumentarischem Material zur Entwicklung der Sowjetunion. Diese Zitate geben zwar kein getreues Bild der sich vollziehenden Veränderungen, da sie vom Wahrnehmungsvermögen Vladimirs gefiltert werden, aber seine Auswahl vermittelt den Eindruck der Konsolidierung der neuen Ordnung, während Olga und er einem zunehmenden moralischen Verfall unterliegen.

Eine weitere Brechung erfährt die Romanhandlung durch Anekdoten aus der russischen Geschichte, mit denen Wladimir deren fortdauernde Kontinuität belegen will. Ihm entgeht, daß die Oktoberrevolution die »Chance einer ganz neuen Lösung im Angesicht einer ganz neuen Aufgabe« (Walter Benjamin) eröffnet. Vladimir will Zaungast der Geschichte, überlegener Beobachter bleiben. Dies öffnet ihm aber auch den Blick für Zwiespältigkeiten der Entwicklung: »Die Revolution hatte bereits imposante Ressorts und mächtige Abteilungsleiter hervorgebracht.«

Am Beispiel von Vladimir zeigt Anatolij Marienhof den Zerfall jener Schicht, die im vorrevolutionären Rußland Träger der Kultur war. Vladimirs Lebensentwurf, allein seiner Liebe zu Olga zu leben, muß zwangsläufig scheitern. Der Druck der gesellschaftlichen Verhältnisse obsiegt über seinen individuellen Glücksanspruch. Hiermit wies Anatolij Marienhof auf die Verluste hin, die mit der Revolution und dem Aufbau des Sozialismus einhergingen, gerade weil seine Sympathien den Bolschewiki galten. Zugleich vermied er in seinen Romanen jede explizite Stellungnahme. Marienhof vertraute auf den Leser. Um mit Brecht zu sprechen: Er denkt in den Köpfen der Leser. Die offene Form von *Zyniker* bietet ihnen hinreichende Möglichkeiten, ihre geschichtlichen Erfahrungen einzubringen.

Anatolij Marienhofs Sohn nannte die »Stalinschen Jahre« eine »Epoche des unaufgeklärten Absolutismus«. Der Darstellung der Verluste beim Aufbau der Sowjetmacht wurde unter diesen Verhältnissen das Existenzrecht in der Literatur abgesprochen. 1929 wurden der Roman *Zyniker* von Anatolij Marienhof und die Antiutopie *Wir* von Jevgenij Zamjatin auf einer allgemeinen Schriftstellerversammlung als »antigesellschaftliche Erscheinungen auf dem Gebiet der Literatur« verurteilt. In den dreißiger Jahren veröffentlichte Anatolij Marienhof nur wenig und wurde allmählich von den Verlagen und den Lesern vergessen. In seiner Autobiographie *Mein Jahrhundert, meine Jugend*, an der er von 1953 bis 1956 schrieb, nutzte er noch einmal die literarische Technik seiner Kurzromane. Da Anatolij Marienhof nicht erwartete, daß dieses Buch zu seinen Lebzeiten erscheinen würde, löste er aus ihm einzelne Abschnitte heraus, die er überarbeitete, um seine Erinnerungen wenigstens in dieser Form den sowjetischen Lesern zugänglich zu machen. Die Zeitschriftenveröffentlichung des *Romans mit Freunden* (1965) erlebte Anatolij Marienhof nicht mehr. Er starb am 24. April 1962 in Leningrad.

Berlin, August 1989

Anatolij Marienhof

1897 bis 1962

Ich stehe bewegungslos da. Ich grüble nach: über mich, über die Russen, über Rußland. Ich hasse mein Blut, den heimatlichen Himmel und Boden, die Gegenwart und die Vergangenheit; diese »Heiligtümer« und »Feste«, die von Tataren, Polen, Litauern, Franzosen und von Zaren aus Holstein besudelt wurden; die »Eichene Stadt«, die Kalita zusammengefällt hat, die »Stadt der Kamee«, die Volodimir errichtet und Peter »bis zur Sohle« heruntergerissen hat; all diese Kirchen in Rübengestalt, mit Kuppeln, die wie Runkeln aussehen, und Türmen in Möhrenform. *Zyniker · 1919*

Dossier

Zusammengestellt von Inga Kuznecova

Anatolij Marienhof: Biographie (1930)

Ich kam in der Nacht vor Johanni* zur Welt. Der Legende nach erblüht in dieser Nacht der Farn. Die Träumer suchen seine Blüte, welche sie zu geheimen Schätzen führt. In jener Nacht erblühte Rußland mit Liedern und Lagerfeuern. Ich selbst bin durch die Flammen gesprungen und habe mir dabei die Fersen und meine Jugend versengt.

Ich wurde von einer verrückten Hebamme ans Licht gebracht. Als ich geboren wurde, hatte ich schwarze Löckchen und abstehende Ohren. Mein Kopf soll einer ausgereiften Sonnenblume ähnlich gesehen haben. Die verrückte Hebamme hielt mich für den Teufel. Sie versuchte, mir mit einer Schere den Kopf zu stutzen. Irgendwie gelang es meinem Vater, sie von diesem edlen Gedanken abzubringen. Von uns aus wurde die Hebamme direkt ins Irrenhaus gebracht...

Meine Abneigung gegen Musik machte mich zum Revolutionär. Vor zwanzig Jahren saß ich an einem Feiertag der Krone in der Schülerloge des Nižnij Novgoroder Theaters. Bevor sich der Vorhang hob, fing das Orchester »Gott schütze den Zaren« an zu spielen.

* Johannistag – 24. Juni. Nach dem neuen, nachrevolutionären Kalenderstil ist Marienhofs Geburtsdatum jedoch der 6. Juli 1897. (Anm. d. Ü.)

Melodien und Chinesen waren für mich zum Verwechseln ähnlich.

Als das Theater sich wie ein Mann erhob, blieb ich auf meinem Stuhl sitzen und vertiefte mich in das Programmheft mit den Namen meiner geliebten Schauspieler. Die Hymne wurde dreimal gespielt. Dreimal sah und hörte ich nichts. In der Pause dann wurde der zwölfjährige Gaffer von einem Gendarmerieoberst mit Watteschnurrbart gerügt:

»Die Revolution, junger Mann, ist eine Schweinerei. Und Sie tragen die Uniform eines Adelsinstituts. Was für eine Schande!«

Der Gendarm meldete mein Vergehen dem Direktor unserer moralischen Anstalt. Ich bekam 36 Stunden Karzer und einen wunderbaren Tadel in der Aula, die mit Porträts von Imperatoren vollgehängt war. 300 Institutsangehörige standen in feierlichen Reihen. 600 Augen schauten mich neidisch an. Es hätte großer Weisheit bedurft, sich danach nicht wie ein Held, wie ein Märtyrer für eine Idee vorzukommen. Dieser Vorfall hatte mir freundlich die Papirossa der Ruhmsucht angeboten. Ich sog ihren Rauch bis zum Nabel ein, ohne daß mir übel dabei wurde. Das Gift hatte sich mit meinem Blut vermischt.

Im Karzer schrieb ich mein erstes Gedicht. Der Gendarm war meine Muse. Als ich das Gedicht meinem Vater zeigte, entdeckte er in jeder Zeile einen orthographischen Fehler. Poetische Kraft jedoch konnte er nicht darin finden. Das hat mich ein wenig bekümmert.

Als meine Mutter in Agonie lag, spielte ich Fußball. Ich war Mannschaftskapitän und Mittelstürmer. Das Spiel gewann ich, verspielte jedoch die Heiterkeit meiner Kindheit, deren Azur für mich für immer mit einer Rauchwolke bedeckt blieb, die in den Augen beißt.

Nach dem Tod meiner Mutter zogen wir von Nižnij Novgorod nach Pensa.

Im Sommer 1914 wurde ich Schiffsjunge auf einem Segelschulschiff. In einer Matrosenkneipe in Kopenhagen bin ich zufällig nicht an Syphilis erkrankt. Meine Geliebte wollte mich schon dazu überreden, mir zur Erinnerung an den Sündenfall oberhalb meines Herzens das Profil ihres Unterleibes tätowieren zu lassen. Oje, sogar ihre goldene Chrysantheme machte ihn, nach dem Geschmack von Oscar Wilde, nicht besser.

Am Tag der Kriegserklärung hing unser dreimastiger Kahn zwischen Stockholm und Hangö. Das wohlmeinende Schicksal setzte nicht uns auf die russische Mine, sondern einen übermäßig eiligen Dampfer. Eine Viertelstunde vor seinem Untergang hatte er unserer St.-Andreas-Flagge noch hastig Salut erwiesen ...

1916 beendete ich das Gymnasium. Mir stand die große Ehre bevor, mit dem Gewehr in der Hand das teure Vaterland zu verteidigen. Beim Abschiedsgelage ließ ich die Bemerkung fallen: »Besser, man ist sein Leben lang ein Feigling, als einmal tot.«

Und blieb wohlbehalten im Hinterland zurück. Mein Aphorismus war ein Glückspilz: fallengelassen in einem Séparée des Pensaer Tanzcafés, wurde er bereits wenige Wochen später, nachdem er seinen Urheber losgeworden war, zur Nationalweisheit. (...)

1918 machten sich tschechische Bataillone auf den Weg aus dem bolschewistischen Moskau nach Sibirien. Die rote Garnison in Pensa bot den ankommenden Militärzügen einen Waffenstillstand an. Daraufhin wurde die Stadt von den Tschechen gestürmt. Auf dem Dach unseres Hauses stand ein bolschewistisches Maschinengewehr, das von Schrapnells befühlt wurde. Der Maschinengewehrschütze der Rotgardisten bat mich um Tabak. Ich brachte ihm eine Schachtel Papirossy. Mein Vater rief aus dem Fenster: »Anatolij, komm rein!«

Ich antwortete: »Papa, hier ist es lustig...«

Wenige Minuten später trug ich ihn dann hinein. Eine Kugel hatte seine Leistengegend getroffen. Ich kenne mich in der Anatomie schlecht aus. Mir schien, eine solche Wunde sei nicht tödlich. Ich hatte meinen Vater unendlich geliebt. Hinter mir lagen meine Kindheit, von der Rauchwolke bedeckt, und eine schwarze Jugend.

Im selben Jahr gab ich einen kleinen Gedichtband in Druck. Er hieß »Garderobe des Herzens«. Nachdem die Drucker das Manuskript auf einer Versammlung verlesen hatten, faßten sie den Beschluß: 1.) die Gedichte nicht zu setzen; 2.) das Manuskript zu verbrennen. Wie sich herausstellte, hatte ich über die Liebe geschrieben, doch ihrer Meinung nach übermäßig derb. Das geschah in jenen Tagen, als die Welle des roten Terrors ihren Höhepunkt erreicht hatte. Einige Wochen später wurde in der Moskauer Zeitung »Sovjetskaja strana« mein erstes Poem »Magdalena« abgedruckt. Eine Strophe endete folgendermaßen:

Bürger, wechselt die Unterwäsche Eurer Seelen!
Magdalena, auch ich komme heute
In sauberen Unterhosen zu dir.

Meine Reinlichkeit brachte die Kritiker zur Raserei. Damals erstaunte mich das einigermaßen. Ich war äußerst grün hinter den Ohren. Von der Literatur hatte ich verzerrte Vorstellungen.

Zitiert nach: Anatolij Marienhof: Biografija. Geschrieben als Vorwort für eine nicht realisierte amerikanische Ausgabe der Romane »Zyniker« und »Der rasierte Mann«. Handschrift im Staatlichen Russischen Literaturarchiv.

Anatolij Marienhof: Roman mit Freunden (1960)

1919 wurde in der Zeitung »Sovjetskaja strana« mein Poem »Magdalena« abgedruckt. Einer der Zeitungsredakteure war Boris Fjodorovič Malkin, der wie ich aus Pensa kam. Er leitete außerdem die Zentralverwaltung für Druckerzeugnisse.

Drei Tage nach dem Erscheinen von »Magdalena« kam ich zu ihm ins Arbeitszimmer. »Guten Tag, Boris Fjodorovič.«

Er sah mich mit seinen braunen, stets traurigen, biblischen Augen an und sagte mit seiner ebenso hoffnungslos traurigen Fistelstimme: »Guten Tag, Anatolij, setzen Sie sich. Unterhalten wir uns ein bißchen. (...) Gestern abend war ich bei Iljič im Kreml«, piepste Malkin traurig. »Er hatte gerade Ihre ›Magdalena‹ gelesen.«

Boris Fjodorovič verstummte, und sein Blick wurde noch trauriger. »Nun gut«, dachte ich, »wir sind auch nicht von Pappe, auch wir können notfalls schweigen, mal sehen, wer hier länger durchhält.«

Ich hielt länger durch als Boris Fjodorovič, obwohl es höllisch schwer war.

»Iljič fragte mich: ›Wie alt ist er, Ihr Dichter?‹ Und ich habe ihm geantwortet: ›Etwa zwanzig.‹«

»Ich bin zweiundzwanzig.« (...)

Malkin verstummte abermals. Diesmal hielt ich es nicht aus und fragte heiser: »Was hat Lenin zu meinem Poem gesagt?«

»Nichts.«

»Wieso nichts!«

»Aber über Sie, Anatolij, sagte er: ›Ein kranker Junge.‹«

»War das alles?«

»Ja. Iljič sprach danach gleich über die Angelegenheiten der Zentralverwaltung.«

Ich muß gestehen, daß ich auf Lenin sehr böse war, sowohl wegen »krank« als auch wegen des »Jungen«.

Zitiert nach: Anatolij Marienhof: Moj vek, moja molodost', moi druz'ja i podrugi. Leningrad: Chudožestvennaja literatura 1988, S. 303f.

Anatolij Marienhof: Roman ohne Lüge (1927)

Die ersten Wochen in Moskau wohnte ich bei meinem Cousin Boris* (genannt Bob) im Zweiten Haus der Räte (Hotel »Metropol«) und war über alle Maßen stolz.

Wie auch nicht: vor dem Eingang stand ein Matrose mit einem Gewehr, an einem Tischchen in der Eingangshalle gab ein Rotgardist mit einem Browning Passierscheine aus, und zwei Rotarmisten mit Maschinengewehrgurten um die Schultern nahmen sie einem wieder ab. Die Rotarmisten ähnelten Buren, und das Luxushotel dem geheimnisvollen Transvaal. Ich gestehe, daß ich sogar ein wenig enttäuscht war, als mir der Tee von einem friedlichen Wesen in weißer Spitzenschürze ins Zimmer gebracht wurde.

Gegen Mitternacht, als ich mir bereits die Decke über die Ohren ziehen wollte, kam ein kleiner Mann in mein Zimmer getänzelt. Er hatte helle Augen, helles Haar und einen Bart, der dem Zipfel eines Leinentischtuchs ähnelte.

(...)

Der Mann eilte durchs Zimmer und stieß dabei auf einen Stapel Bücher. Auf dem Umschlag des obersten

* Nach B. Averin kam Marienhof nach Moskau zu seinem Großonkel, der als Kommissar für Schiffstransporte tätig war und als Prototyp für den Bolschewiken Sergej aus dem Roman »Zyniker« diente.

Buches war der mit fetten Buchstaben gedruckte Titel »DER AUSWEG« zu sehen sowie die Zeichnung eines tierartigen Menschen (halb Zweibeiner, halb Vierbeiner), der in seinen hellblauen Klauen die Rose von Bachčisaraj von der Größe eines Rotkohlkopfes in die gespenstische Ferne davonträgt.

Die Aufgabe des Künstlers war es gewesen, den Weltkrieg, die Februarrevolution und die Oktoberunruhen widerzuspiegeln.

Mein Unbekannter schlug das Buch auf und las laut:

Geliebte,
sei du heut'
meiner Zärtlichkeit Sündenbock.

Dieser Dreizeiler nannte sich Poem, und der ihm zugedachte Sinn sollte die Wahrhaftigkeit und künstlerische Kraft aller Bilder der Liebe übertreffen, welche die Weltliteratur bis dahin hervorgebracht hatte. Davon ging zumindest sein Autor aus.

Wie empört war ich, als unser Unbekannter in das unflätigste Gelächter der Welt ausbrach und sich damit als Menschen auswies, der nichts von den schönen Künsten verstand!

Zu guter Letzt rief er noch, sich den Bauch haltend:

»Das ist bemerkenswert ... Noch nie in meinem Leben habe ich solchen Quatsch gelesen!«

Bob wies daraufhin mit dem Finger auf mich und sagte: »Und das ist der Autor.«

Der Unbekannte streckte mir freundschaftlich die Hand entgegen.

Als er zehn Minuten später das Zimmer mit dem in Pensa erschienenen ersten Almanach der Imaginisten als Andenken verlassen hatte, fragte ich Boris zitternd vor Wut: »Wer ist dieser ...«

»Bucharin!« antwortete Bob und bestrich einen Kanten Schwarzbrot mit Butter, die ich aus Pensa mitgebracht hatte.

An diesem Abend hatte sich mein Schicksal entschieden. Zwei Tage später saß ich bereits als verantwortlicher Sekretär hinter einem großen Schreibtisch im Verlag des Gesamtrussischen Zentralen Exekutivkomitees, Tverskaja, Ecke Mochovaja.

Zitiert nach: Anatolij Marienhof: Roman bez vran'ja. Leningrad: Chudožestvennaja literatura 1988, S. 6f.

Rjurik Ivnev: Boheme (1981)

»Wo willst du hin?« Marienhof packte mich bei der Hand.

»Tolik, wer hätte das gedacht!«

»Ich suche dich, aber du warst nicht zu Hause.«

»Bei mir ist es hundekalt. Ich gehe dort nur zum Schlafen hin.«

»Hör mal, kannst du mir nicht helfen! Ich möchte in ein bestimmtes Museum, aber ohne dich geht es nicht.«

»Du sprichst in Rätseln ...«

»Was für Rätsel! Hast du von Kusikow* gehört? (...) Wir sind uns heute morgen begegnet, er hat mich ins ›Alcazar‹ geschleppt und mich erst wieder laufen lassen, nachdem er mir seine gesamte Ahnentafel kundgetan hatte. Dann mußte ich ihm versprechen, heute abend zu ihm zu kommen, und er erwähnte scheinbar nebenbei, daß sein Papa kaukasische Speisen und Weine besorgt hat.«

»Und, bist du in Versuchung geraten?«

»Selbstverständlich, doch mehr als die Weine reizt mich das Museum.«

* Aleksander Borisovič Kusikow (1896 bis 1977), Dichter, Imaginist. (Anm. d. Ü.)

»Aber was habe ich damit zu tun? (...) Ich sehe keinen Sinn darin.«

»Wenn man in allem einen Sinn sucht, stirbt man vor Langeweile.«

»Tolik, du bist hier nicht auf der Bühne ...«

(...)

»Majakowskij ist derjenige, der auf der Bühne den Hanswurst spielt, ich aber ...«

»Nicht nur auf der Bühne«, unterbrach ich Marienhof.

(...)

»Rjurik! Nichts verstehst du. Ist es etwa uninteressant, die menschliche Dummheit zu betrachten und dabei so zu tun, als würde man sie nicht bemerken?«

»Dann geh und betrachte sie, doch verschone mich.«

»Weißt du, was?« rief Marienhof fröhlich aus. »Bei dir zu Hause ist es kalt, ich aber bin besser dran. Der Vermieter der Wohnung, in die ich einquartiert wurde, hat jede Menge Steinkohle und versorgt mich mit diesem Produkt, das man zwar nicht essen kann, aber das nützlich ist beim Verfassen von Versen. Auch wenn alle Poeten dieser Welt behaupten, sie könnten bei jeder Temperatur arbeiten, so glaube ich das nicht. Leicht hungrig kann ich schreiben, doch bei Kälte gefrieren die Reime. Laß uns zu mir gehen, und am Abend sehen wir uns das Museum bei den Kusikows an.«

Ich war einverstanden und wir liefen, die Schneewehen bezwingend, zur Bogoslovskij-Gasse.

Als wir am Korš-Theater vorbeikamen, sagte Marienhof:

»Offen gestanden träume ich davon, ein Stück zu schreiben, das die Welt erschüttert. (...) In meinem Kopf ist das Stück schon fertig. Du bist der einzige Mensch, dem ich wage, davon zu erzählen.«

»Und wenn ich das Stück vor dir schreibe?«

Ohne zu lächeln, antwortete Marienhof: »Niemals.«

»Werde ich es wollen oder werde ich es können?«

»Du wirst es nicht wollen, weil du es nicht kannst.«

Anatolij verstummte.

Wir kamen an, er öffnete die Wohnungstür. Der Flur glich allen Fluren jeder Zeit, er war fast bis zur Decke mit zusammengestellten alten Möbeln und verschiedenem Gerümpel vollgestopft. Am Ende befand sich ein kleines Zimmer, das an eine Rumpelkammer erinnerte und in das zwei Personen paßten. Marienhof heizte den Ofen an, es wurde warm.

(...)

»Ich verrate dir jetzt das Geheimnis meines Sujets. Ich habe mich immer für Nero als Figur interessiert und alles gelesen, was man über ihn kriegen konnte, aber es war enttäuschend. Das ist jedoch unwichtig. Das wichtigste ist, daß ich von der Figur losgekommen bin. Der Diktator des riesigen Römischen Reiches wird verrückt, und keiner wagt es, darüber zu sprechen. Der Mechanismus des Imperiums aber funktioniert weiter. Das Volk lebt wie immer, es ißt, es trinkt, treibt Handel, vermehrt sich.« Marienhof wurde nachdenklich und sagte nichts mehr. Sein Gesicht wurde fahl, sein Blick leer.

Mir wurde unwohl, ich hielt es nicht aus: »Wie geht es aus?«

»Wenn ich das nur wüßte«, sagte Marienhof nach einer langen Pause, »hätte ich das Stück längst geschrieben.«

»Wie konnte dir ein solcher Gedanke kommen?«

»Weißt du, was?« sagte Anatolij mit der gewohnten Stimme. »Mir scheint manchmal, daß die Gedanken unabhängig von uns existieren und daß sie einem nicht kommen, sondern sich gegen unseren Willen in unseren Kopf eingraben. Ich bin davon überzeugt, daß dieser Gedanke mich erst dann loslassen wird, wenn ich das Stück geschrieben habe. Doch nun ist es genug. Man sollte nie von seinen Ideen erzählen. Das entmagnetisiert sie.« Und nach einer kurzen Pause fügte er hinzu. »Kannst du im Sessel schlafen?«

»Ja, ich sitze im Zug manchmal in der Ecke.«

»Dann stell dir vor, daß du einen Eckplatz hast, und schlaf ein bißchen, so wie ich. Wir müssen Kräfte sammeln für den heutigen Abend, denn auch das Lachen ermüdet.«

»Du sprichst so viel über das Lachen, als sei es, um nicht weinen zu müssen.«

»Das Lachen ist vom Weinen nicht weit entfernt.«

Zitiert nach: Rjurik Ivnev: Bogema. In: Izbrannoe. Moskau 1988, S. 186ff.

Anatolij Marienhof: Roman ohne Lüge (1927)

Endlich wurde ein Treffen vereinbart für eine Einigung und, falls wir in unseren Empfindungen und Auffassungen über die Sprachkunst übereinstimmen sollten, zur Ausarbeitung eines Manifestes. (...)

Bis in die späte Nacht hinein tranken wir Tee mit Sacharin, redeten über das »erfinderische« *Bild*, über seinen Stellenwert in der Lyrik, über die Wiedergeburt der großen Sprachkunst im »Lied der Lieder«, in »Kalevala« und im »Igorlied«.

Jesenin hatte eine eigene Rangordnung für Bilder. Die statischen nannte er *Drucke*, die dynamischen *Schiffe*, wobei er letztere ungleich höher schätzte. Er sprach über das Ornament unseres Alphabets, über die Bild-Symbolik des Alltags, über das Rößlein auf dem Dach einer Bauernkate, die von ihm wie ein Leiterwagen himmelwärts gezogen wird, über Stickmuster, über den Kern eines Bildes in Rätseln, Redensarten und modernen Spottliedern.

Eine formale Schule war für Jesenin unabdingbar. Und nicht nur für ihn allein. Unserem erbärmlichen Geisteszustand konnte ein bißchen Lernen nicht schaden.

Zitiert nach: Anatolij Marienhof: Roman bez vran'ja. Leningrad: Chudoženstvennaja literatura 1988, S. 9f.

Deklaration (1919)

Beschämt und erfreut müssen wir Euch heute eine alte Wahrheit in die Ohren brüllen.

Doch was soll man tun, wenn Ihr selber sie nicht schreit? Diese Wahrheit ist kurz wie die Liebe einer Frau, genau wie eine Apothekerwaage und hell wie eine Hundertwattglühbirne.

Das Kind ist tot, ein Schreihals von zehn Jahren (geboren 1909 – gestorben 1919). Der Futurismus ist krepiert. Stimmt an: Tod dem Futurismus und dem Futurentum. Der Akademismus futuristischer Dogmen verstopft jugendliche Ohren wie Watte. Vom Futurismus wird das Leben trüb.

(...)

Wie lächerlich, wenn man vom Inhalt der Kunst spricht! Man muß lange das Analphabetentum angestrebt haben, um zu fordern: »Schreib über die Stadt.«

Das Thema und der Inhalt sind der Blinddarm der Kunst, der darf nicht wie ein Bruch aus dem Werk hervortreten. (...) Eine Kunst, die auf den Inhalt setzt, eine Kunst, die sich auf die Intuition stützt, eine Kunst, die von Gewohnheit umrahmt ist, mußte an Hysterie zugrunde gehen. Oh, an dieser Hysterie fault der Futurismus schon lange.

(...)

Der Futurismus schrie von Sonne und Freude, aber er war düster und finster. Ein Großhandelsspeicher der Tragik und des Schmerzes. Von den Tränen Schwielen unter den Augen.

Der Futurismus, der zur Harlekinade aufgerufen hatte, landete bei winterlicher Mystik, beim Mysterium der Stadt. Wahrlich, wir sagen Euch: Nie war die Kunst dem Naturalismus so nah und dem Realismus so fern wie heute in der Periode des tertiären Futurismus.

Die Poesie: das überspannte Greinen Majakowskijs, die poetischen Zoten von Kručonych und Burljuk, in der Malerei: Kuben und das Übertragen Picassos in die Sprache der heimatlichen Espen, im Theater – Verhöhnung, in der Prosa eine Null, in der Musik zwei Nullen (00 – frei).

(...)

Mit 42-Zentimeter-Kehlen auf der festen Lafette unserer muskulösen Logik erteilen wir Imaginisten Euch Befehle. Wir, die wahren Handwerksmeister der Kunst, wir, die das Bild schleifen und den Staub des Inhalts besser von der Form wischen als jeder Straßenschuhputzer, wir sagen: Das einzige Gesetz der Kunst, ihre einzige unvergleichliche Methode ist, das Leben durch das Bild und den Rhythmus der Bilder auszudrücken. Oh, Ihr hört in unseren Werken den Vers libre der Bilder.

Das Bild und nur das Bild. Das Bild – gestuft nach Analogien, Parallelismen wie dem Vergleich, dem Gegensatz, den geschlossenen und offenen Epitheta, den polythematischen Attributen, den mehrstöckigen Konstrukten – das ist das Handwerkszeug des Meisters der Kunst. (...) Nur das Bild kann, wie Naphthalin, über das Werk ausgeschüttet, letzteres vor dem Mottenfraß der Zeit schützen. Das Bild ist der Harnisch des Verses, der Panzer des Gemäldes, die Festungsartillerie des Theaters.

In einem künstlerischen Werk ist jeglicher Inhalt genauso dumm und sinnlos wie Zeitungsausschnitte auf einem Gemälde. Wir verkünden die klare und eindeutige Trennung der Künste, wir verteidigen die Differenzierung der Künste.

(...)

Wir nehmen bereits jetzt schon mit entschiedener Freude alle Vorwürfe entgegen, unsere Kunst sei eine Kopfgeburt, ausgedacht und bedeckt mit Arbeitsschweiß. Oh, ein größeres Kompliment hättet Ihr Wunderlinge Euch nicht für uns ausdenken können. Ja. Wir sind stolz darauf, daß unser Kopf nicht dem kapriziösen Lümmel, dem Herzen, untergeordnet ist. Und wir meinen, daß, wenn wir Gehirn im Schädel haben, es keinen besonderen Grund gibt, das zu leugnen. Unser Herz und unsere Feinfühligkeit heben wir uns für das Leben auf, und die freie, ungebundene Kunst betreten wir nicht naiv-rätselnd, sondern weise-verstehend. Der Kolumbus mit den weit aufgerissenen Augen, der Kolumbus wider Willen, der Kolumbus in Ermangelung an Landkarten – diese Rolle liegt uns nicht.

(...)

Seht, wie glücklich wir sind. Wir haben keine Philosophie, wir protzen nicht mit der Logik des Gedankens. Die Logik der Gewißheit ist stärker als alles.

Wir sind nicht nur davon überzeugt, daß wir allein auf dem richtigen Weg sind, wir wissen es. Wenn wir nicht zur Zerstörung des Alten aufrufen, dann nur deshalb, weil wir keine Zeit haben, den Dreck wegzuräumen. Dafür gibt es die Totengräber, die Schakale des Futurismus.

In der heutigen Zeit der kalten Wohnungen kann nur die Glut unserer Werke die Seelen der Leser und Zuschauer wärmen.

(...)

Wer Lust hat, kann die Philosophie des Imaginismus schreiben und so tiefschürfend, wie er will, die Tatsache unseres Erscheinens erklären. Wir wissen es nicht. Vielleicht kommt es daher, daß es gestern in Mexiko geregnet hat, vielleicht auch daher, daß Eure Seele letztes Jahr gejungt hat, oder vielleicht gibt es noch einen anderen Grund. Doch der Imaginismus mußte entstehen, und wir sind stolz darauf, daß wir seine Waffenträger sind und zu Euch sprechen wie Plakate.

Die vorderste Front der Imaginisten.

Dichter: Sergej Jesenin, Rjurik Ivnev, Anatolij Marienhof, Vadim Šeršenevič.

Künstler: Boris Erdman, Georgij Jakulov.

Musiker, Bildhauer und andere: Wo seid Ihr?

In: Sergej Esenin. Sobranie sočinenij v šesti tomach, tom V. Moskau 1979, S. 252–256.

Wasilij Katanjan: Geschichten über Majakowskij

In einem Notizbuch von 1922 gibt es eine Strophe über die imaginistischen Dichter, die möglicherweise in ein nicht geschriebenes Gedicht eingefügt werden sollte:

Qualifizierte Arbeiter gab es wenige.
Natürlich,
    vergaß man weder
        Šeršenevič
            noch Marienhof:
Šeršenevič lag im Empfangsraum
            anstelle eines Journals,
und Marienhof
    servierte
        den Wartenden Kaffee.

In: Znamja, Nr. 3, 1940.

Sergej Šumichin: Aus der Sicht großartiger Augenzeugen (1990)

Nicht weniger ungewöhnlich sehen die Lebensgewohnheiten der Imaginisten in der Zeit des Kriegskommunismus aus. Marienhof gibt seine Anzüge und Mäntel beim besten Schneider Moskaus in Auftrag und überredet Jesenin, es ihm gleichzutun. Die Freunde ernähren sich nicht nur von »brauner Plempe mit zartem Fohlenfleisch« in den öffentlichen Garküchen, sondern auch von »außergewöhnlichen Blätterteigpasteten und Schweinekoteletts« sowie von »Haselhühnern und Auerhähnen, Halbgefrorenem und Fruchtmousse und goldenem Napfkuchen mit Rum«, welche Jesenins und Marienhofs Wirtschafterin (!) Emilia ihnen auftischt. Mehr noch, nachdem sie nach einer Razzia in einer Spelunke verhaftet worden waren, nahmen sie »Decken, Kopfkissen, Käserollen, Gänse, Hühner, Schweinebraten und Kalbshaxen« mit ins Gefängnis, (»Roman ohne Lüge«). (...) Es sei daran erinnert, daß zur selben Zeit Marina Cwetajevas jüngste Tochter im Kinderheim an Auszehrung starb. (...)

Als das Verkehrssystem zusammenbrach und die Züge ohne Fahrplan durch Rußland krochen – vollgestopft mit Hamsterern, Bauern, Flüchtlingen, Rotarmisten, Deserteuren und obdachlosen Kindern auf den Dächern – reisten Jesenin und Marienhof komfortabel in einem eigenen Salonwagen. Der Wagen gehörte Kolobov, einem Schulfreund Marienhofs, der den Imaginisten nahestand und selbst versuchte, Gedichte zu verfassen. Abgesehen von seiner Nähe zur literarischen Boheme oblag ihm die Ausführung überaus verantwortungsvoller Pflichten: Damals bekleidete Kolobov den Posten des Leiters der Tramotom (Transport- und Materialabteilung des Obersten Rates für Volkswirtschaft). L. O. Povitzkij erinnerte sich daran, daß »der frischgebackene Bahnbeamte einen Salonwagen zur Verfügung gestellt bekam, mit dem er unabhängig auf den Schienenwegen der Sowjetunion reiste und in welchem er Marienhof und Jesenin einen ständigen Platz reservierte. Oft bestimmten Jesenin und Marienhof auch noch die Fahrtroute einer Reise und erhielten dafür ohne große Mühe die Zustimmung des Besitzers des Salonwagens.« Derartige Privilegien waren eine Seltenheit. Uns ist in der literarischen Welt nur ein einziger ähnlicher Fall bekannt. Demjan Bednyj, der in der damaligen literarisch-politischen Hierarchie weit oben stand, wurde für seine Reisen ebenfalls ein Salonwagen zur Verfügung gestellt. (...)

Nicht zu vergessen ist auch die gekonnte Ausnutzung der Gunst, welche der in jenen Jahren einflußreiche und mächtige Lev Trockij den Imaginisten entgegenbrachte. (...) Er lud die Dichter zu sich ein, um sie kennenzulernen und mit ihnen zu plaudern. Trockijs Sekretär, der ehemalige Tschekist Jakov Bljumkin, war ein enger Freund Marienhofs, Šerševičs und Jesenins, und er verkehrte im »Pegasusstall«. Wahrscheinlich sind die Konflikte der Imaginisten mit der Tscheka nicht ohne sein Dazutun beigelegt worden.

Zitiert nach: Glazami »velikolepnych očevidcev«. Vorwort zum Sammelband: Moj vek, moi druz'ja i podrugi. Vospominanija Mariengofa, Šerševiča, Gruzinova. Moskau 1990, S. 8f.

Anatolij Marienhof: Roman mit Freunden (1960)

Jesenin und ich wohnten zusammen, schrieben an einem Schreibtisch; war die Dampfheizung kaputt, schliefen wir unter einer Decke; vier Jahre lang sah man uns nie getrennt; wir hatten gemeinsames Geld: er hatte meins und ich seins; einfacher ausgedrückt, beides war unseres; wir gaben unsere Gedichte zusammen heraus und widmeten sie einander; wir wußten stets, wer von uns worüber schweigt.

Zitiert nach: Anatolij Marienhof: Moj vek, moja molodost', moi druz'ja i podrugi. Leningrad: Chudožestvennaja literatura 1988, S. 377.

Matvej Rojzman: Meine Erinnerungen an Jesenin (1970)

Marienhof las die Stelle in Lunačarksijs Artikel, wo der Volkskommissar die Imaginisten rügte (...), und machte daraufhin den Vorschlag, daß alle Mitglieder des »Ordens« des Nachts auf die Straße gehen und die Häuserwände mit Flugblättern folgenden Inhalts bekleben sollten:

»Imaginisten aller Länder, vereinigt euch!
Allgemeine Mobilmachung der Dichter, Maler, Schauspieler, Komponisten, Regisseure und Freunde der aktiven Kunst.
Nr. 1
Für Sonntag, den 12. Juni (1921), wird eine Demonstration der Suchenden und der Urheber der neuen Kunst festgesetzt.
Sammelpunkt: Theaterplatz, 9 Uhr abends.
Marschroute: Tverskaja, Puschkindenkmal.
Parade der Selbstdarstellung, Reden, Orchester, Verse und eine fliegende Galerie. Erscheinen ist Pflicht für alle Freunde und Anhänger der aktiven Kunst.

1.) Imaginisten
2.) Futuristen
3.) Andere Gruppierungen
Grund für die Mobilmachung: der Krieg, welcher der aktiven Kunst erklärt wurde.
Wer nicht mit uns ist, ist gegen uns! ...«
(...)

Viele der Moskauer, die nicht Bescheid wußten, kamen am Morgen, als sie ihre Häuser verließen, zu dem Schluß, eine Mobilmachung der Dichter, Maler, Schauspieler usw. stünde bevor. Einige hatten Väter, Söhne, Verwandte in diesen Berufen.

Um elf Uhr morgens wurden alle Imaginisten, welche die »Allgemeine Mobilmachung« unterschrieben hatten, zur Tscheka vorgeladen. Uns wurde erklärt, eine derartige Manifestation locke unerwünschte Subjekte an, welche die Sowjetmacht provozieren könnten.

(...)

Man riet uns, die Demonstration selbst abzusagen, was wir auch taten, als wir am 12. Juni um neun Uhr abends auf dem Theaterplatz erschienen. Viel Volk war zusammengekommen. Sie schrien: »Jesenin! Jesenin!« Doch wir gingen schweigend davon.

Zitiert nach: Matvej Rojzman: Vse, èto pomnju o Esenine. Moskau 1973, S. 137–142.

Anatolij Marienhof: Biographie (1930)

Damit unsere Poeme gelesen würden, waren wir in jenen Jahren, als in jedem Dekret mehr Romantik war als im ganzen Schiller, gezwungen, anstelle von Papier die grauen Wände der Klöster und Kathedralen zu benutzen, und anstelle der Setzmaschine den Malerpinsel. Wäre die Miliz nicht eingeschritten, hätten die vierzig mal vierzig Moskauer Kirchen für die vollständige Ausgabe meiner Werke ausgereicht.

Zitiert nach: Anatolij Marienhof: Biografija. Handschrift im Staatlichen Russischen Literaturarchiv.

Sergej Jesenin: Abschied von Marienhof (1922)

(...)
Bist du es Tolja, ist es möglich?
Und wieder, wieder starrt
Das Rund der Augen unbeweglich
Wie Milch geronnen, hart.

Werd ich noch sehn den Freudentag
Wenn ich im Mondenfeuer brenne?
Von allen Jungen, die der Ruhm umgab,
Warst du der Beste, den ich kenne.

Doch eines Tages vielleicht findet
Der ein' den andern wieder, irgendwann.
Mir bangt, denn auch die Seele schwindet
Wie Liebe, wie die Jugend, die verrann.
(...)

Zitiert nach: Sergej Esenin: Sobranie sočinenij v trech tomach, tom 1. Moskau 1970, S. 316 f.

Anatolij Marienhof: Roman ohne Lüge (1927)

Als Jesenin verreist war, lernte ich in Šerševičs Buchladen Anna Nikritina, Schauspielerin des Kammertheaters, kennen, die später meine Frau wurde.

In einer lauen Aprilnacht saßen wir in der Nähe der Steinernen Brücke. Die Kuppel der Christus-Erlöser-Kathedrale schwamm im dunklen Wasser der Moskva wie ein riesiges goldenes Boot. Über die Brücke fuhren hin und wieder Autos, die ihre Äuglein aufrissen und mit ihren Reifen quietschten. Die Wellen schlugen mit ihrem kalten gläsernen Leib gegen die Steine.

Ich wollte mit ungewöhnlichen Worten etwas Ungewöhnliches sagen.

Ich hob einen Stein auf und warf ihn in den Fluß, in das Spiegelbild der Kathedralenkuppel.

Das goldene Boot sprühte vor Funken, aufblitzendem Span und bekam schwarze Risse.

»Schauen Sie!«

Auf der Flußoberfläche schwamm wieder das massive und ebenmäßige Gold. Der Stein jedoch, der es zerschnitten hatte, hinterließ weder Erinnerung noch Spuren.

Ich sprach über die Freundschaft, verglich sie mit dem Abbild der Kathedrale im Fluß, und über die Frauen, die wir gehabt hatten und die dem Stein glichen.

Dann machte ich einen Knoten in mein Taschentuch, tauchte das Ende ins Wasser, zog ihn noch fester, gab ihn der Nikritina und sagte:

»Und nun versuchen Sie mal... Lösen Sie ihn...«

Sie sah mich an.

»Wozu?«

»Der Knoten ist wie aus Stein ... wie die Freundschaft zwischen Jesenin und mir...«

Und ich erzählte von den Jahren der gemeinsamen Freuden und Leiden, der Hoffnungen und Ernüchterungen.

Sie lächelte.

»Reime und Jamben gelingen Ihnen aber wohl besser.«

Da kam ich mir selbst ein wenig lächerlich vor, peinlich berührt von meinen truthahnig daherstolzierenden Worten.

Jesenin und ich gingen ein paar Jahre später auseinander. Doch heute weiß ich, daß dies nicht im Jahr 1924 geschah, nachdem er aus dem Ausland zurückgekommen war, sondern viel früher, vielleicht sogar in Šeršenevičs Buchladen, als ich die Nikritina zum ersten Mal sah. Vielleicht auch in jener Nacht, als ich mit ungewöhnlichen Worten über diese Freundschaft sprechen wollte.

Zitiert nach: Anatolij Marienhof: Roman bez vran'ja. Leningrad: Chudožestvennaja literatura 1988, S. 84 f.

Matvej Rojzman: Meine Erinnerungen an Jesenin (1970)

Am 29. Dezember gab ich mein Essay dem stellvertretenden Redakteur des »Večernaja Moskva«, Mark Tscharnyj. Er sagte mir, daß Jessenin im Hotel »Angleterre« Selbstmord begangen habe. Mir wurden die Knie weich.

(...)

Dann kam mir in den Sinn, daß Sergej vielleicht nur einen Versuch unternommen haben könnte, sich das Leben zu nehmen, und gerettet wurde. Ich verließ die Redaktion, rannte zum nächstbesten Kutscher, der mich, von mir angetrieben, schnell zum Café »Mauseloch« fuhr. Dort traf ich Marienhof an. Als er die grausige Neuigkeit hörte, erblaßte er. Wir beschlossen, sie zu überprüfen, riefen in der »Izvestija« an, erreichten dort aber niemanden. Wir machten uns auf den Weg über die Neglinnaja-Straße in die Zeitungsredaktion und trafen unterwegs Michail Kolcov bei der Petrovskij-Passage. Er bestätigte, daß auch die »Pravda« eine Meldung über den Selbstmord Jessenins erhalten habe. Ich sah, wie aus Anatolijs Augen Tränen liefen...

Es ist schwierig und schmerzlich, über Marienhof zu schreiben: Nach den Gedichten wandte er sich den Theaterstücken zu und blieb dabei der Figur seines lyrischen Helden, dem Narren und Wahrheitssucher, treu. Er war begabt, ein scharfzüngiger Dramatiker, doch Jesenin sollte recht behalten, als er sagte, der literarische Ruhm würde Anatolij den Rücken zukehren. Unglücklicherweise geschah in seiner Familie das größte Leid, das einem Vater widerfahren kann: Sein geliebter Sohn, der sechzehnjährige Kirill, der Gedichte, Erzählungen, das Stück »Robespierre« u. a. geschrieben hatte, brachte sich auf dieselbe Weise um wie Jesenin im Hotel »Angleterre« ...

Zitiert nach: Matvej Rojzman: Vse, čto pomnju o Esenine. Moskau 1973, S. 262f.

Anatolij Marienhof: Biographie (1930)

Lev Nikolajevič Tolstoj schrieb den ersten russischen Boulevardroman (»Anna Karenina«), Dostojevskij einen mustergültigen Kriminalroman (»Schuld und Sühne«). Das ist allgemein bekannt. Ich wollte mir weder an einem Boulevard- noch an einem Kriminalromanschriftsteller ein Beispiel nehmen. Was war zu tun? War ich nicht gezwungen, mir den Klatsch zum Lehrmeister zu nehmen? Genau besehen, haben das schon viele vor mir getan. Doch sie haben sich darüber diskret ausgeschwiegen. Zum Beispiel Monsieur Flaubert. Wie hatte er »Madame Bovary« ins Gerede gebracht! (...)

Die Form gucke ich mir beim Witz ab. Ich träume davon, genauso mit Worten zu geizen und in der Wahl der Epitheta ebenso genau zu sein. Gleichermaßen vollendet zu sein in der Komposition, einfach in der Intrige, überraschend und nicht weniger komisch, zotig, anstößig, authentisch, tragisch, sentimental. Nur die Schandmäuler fürchten die Sentimentalität. Und die Kleinbürger das Grammophon. Wenn noch dazu meine Bücher genauso langlebig wären wie ein guter Witz und in nicht geringeren Auflagen verbreitet würden, könnte ich ruhig schlafen.

Zitiert nach: Anatolij Marienhof: Biografija. Handschrift im Staatlichen Russischen Literaturarchiv.

Sergej Schumichin: Aus der Sicht »großartiger Augenzeugen« (1990)

Vom »großen Terror« blieb Marienhof im Unterschied zu seinen Freunden wie Bljumkin, Mejerchold oder Nikolaj Erdman verschont. (...) Doch die Atmosphäre der bedrückenden Angst, des Argwohns und Mißtrauens schadete Marienhofs künstlerischem Schaffen, und das war für ihn eine Art Vergeltung. Seine Versuche, sich der veränderten politischen und literarischen Situation anzupassen, brachten Marienhof mit seinen späten Gedichten und Theaterstücken künstlerische Mißerfolge. Nur die Werke, die er ohne besondere Hoffnung auf Veröffentlichung für die »Schublade« schrieb und in denen er dem Imaginismus treu blieb (doch ohne das Extrem der früheren »Schockästhetik«), behielten einige literarische Bedeutung.

Zitiert nach: Glazami »velikolepnych očevidcev«. Vorwort zum Sammelband Moj vek, moi druz'ja i podrugi. Vospominanija Mariengofa, Šerševiča, Gruzinova. Moskau 1990, S. 12.

Michail Kozakov: Onkel Tolja Marienhof

Mein Vater Michail Kozakov und Anatolij Marienhof haben einige Theaterstücke zusammen geschrieben: »Das Verbrechen auf der Marat-Straße«, »Der goldene Faßreifen«, »Die Insel der großen Hoffnungen«. Die Stücke waren für die Zeit geschrieben.

Mit dem »Goldenen Faßreifen« in der Regie von Majorov wurde das Theater auf der Spartakusstraße eröffnet (später: Theater auf der Malaja Bronnaja). Dieses Stück, das ungefähr dreihundertmal lief, ernährte nach dem Krieg die Familien Marienhof und Kozakov. Auf die »Insel der großen Hoffnungen« in Petersburg in der Regie von Georgij Tovstonogov im Leningrader Theater des Leninkomsomol setzten Marienhof und mein Vater wirklich große Hoffnungen. Im Stück und in der Inszenierung agierten Lenin, Stalin, Churchill, Roosevelt ... Die Premiere fand 1951 statt. Papa und Onkel Tolja hatten beschlossen, »Speichel zu lecken«. Sie waren literarisch und finanziell in einer verzweifelten Lage: Sie wurden nicht gedruckt, nicht neu aufgelegt, nicht bezahlt ... Die Inszenierung wurde in der »Pravda« verrissen und fiel dem ZK-Beschluß über Dramatik zum Opfer ... Auch Speichellecken will gelernt sein. Das war weder meinem Vater noch Onkel Tolja gegeben. (...)

Onkel Tolja hatte viele Freunde: Tairow, Kačalov, Ejchenbaum, Tyčler, Berkovskij, Šostakovič, Obraszow ...

In jenen Nachkriegsjahren besaß Marienhof kein hohes Ansehen, viele hielten ihn sogar für einen Menschen der Vergangenheit, der nicht gebraucht wurde, dessen Zeit vorbei war ...

»Roman ohne Lüge« nannte man Lüge ohne Roman. Von den »Zynikern« habe nicht einmal ich etwas gehört ... Sein Theaterstück in Versen »Der Narr Balakirev« wurde nirgends gespielt. Die Gedichte des Lyrikers des Imaginismus, den Lenin einen »kranken Jungen« genannt hatte, wurden nicht gedruckt, nicht erwähnt. Wie lebte er, wie lebten sie? Ich kann es kaum nachvollziehen. Und sie lachten auch noch, scherzten, freuten sich des Lebens, tranken manchmal, flirteten, hörten Musik, diskutierten über Čechov, Tolstoj, Dos Passos, gingen ins Kino. Sie liebten das Theater, die Kunst, sie liebten sich ...

Ein besseres Paar als Marienhof und die Nikritina habe ich nie gesehen, nie gekannt und werde es wohl auch nie zu sehen bekommen oder kennenlernen. Nach Anatolijs Tod sagte Tante Njuša zu mir: »Minja, weißt du, Tolja und ich konnten es am Tag noch so schwer gehabt haben, aber am Abend tranken wir ein Gläschen, krochen in unser Bett und sagten einander: »Wir sind zusammen, und das ist das Glück ...« (...)

Jedesmal, wenn ich nach Petersburg kam, hielt ich mich natürlich auch im Haus des verstorbenen Marienhof auf.

Bereits in den siebziger Jahren öffnete Anna Nikritina ihren Mahagonischreibtisch und gab mir seine

Aufzeichnungen. Zu dieser Zeit waren Auszüge aus dem »Roman mit Freunden« in der Zeitschrift »Oktjabr« erschienen. Doch da gab es noch die Hefte mit Anatolijs handschriftlichen Aufzeichnungen und den im Ausland erschienenen Roman »Zyniker«.

Meine Frau und ich konnten die hochbetagte Nikritina gerade so überreden, uns die Hefte abschreiben zu lassen. Die Angst, dieses verfluchte Sklavenerbe, machte sich noch bemerkbar. Wir überredeten sie, schrieben die Hefte mit der Schreibmaschine ab, und ich gab sie Moskauer Freunden zu lesen.

Mir scheint, daß im Genre der Memoiren des zwanzigsten Jahrhunderts Marienhof einer der besten Rußlands ist. Ton, Stil und Intonation waren bei ihm außergewöhnlich. Darin übertraf er seine schwülstige und falsche Zeit und hat viel gewonnen. Jetzt ist er mit uns. Und er wird uns überleben, mein geliebter Onkel Tolja.

Aus dem Russischen von Franziska Seppeler

Zeittafel

24. Juni 1897

(6. Juli neuen Stils) – Anatolij Borisovič Marienhof wird in Nižnij Novgorod geboren. Sein Vater, Boris Michajlovič Marienhof, führt als Aktionär der britischen »Grammophon« ein unabhängiges Leben. Als Marienhofs Mutter an Magenkrebs stirbt, siedeln Vater und Sohn nach Pensa um, wo Marienhofs Vater ein Grammophongeschäft betreibt, dessen Kassiererin er später zur zweiten Frau nimmt. Anatolij Marienhof gibt in Pensa zusammen mit einem Schulfreund den »Revolutionären Almanach« *Ischod* (Der Ausweg) heraus.

1916

Marienhof beendet das Gymnasium und wird zum Kriegsdienst eingezogen.

1917

Marienhofs Vater kommt bei einem Angriff tschechoslowakischer Bataillone ums Leben.

1918

Mit einem Koffer voller Exemplare des *Ischod* geht Marienhof nach Moskau. Bereits in den ersten Tagen lernt er sein Idol Sergej Jesenin kennen. Die beiden freunden sich an und bilden mit anderen Dichtern und Künstlern den Kreis der Imaginisten, zu dessen rechtem Flügel Sergej Jesenin, Rjurik Ivnev, Ivan Gruzinow, Aleksander Kusikow und Matvej Rojzman gehören, zum linken hingegen Marienhof selbst, Vadim

Šeršenevič, Nikolaj Erdman und sein Bruder Boris Erdman (Bühnenmaler) sowie der Maler Georgÿ Jakulov.

Im Almanach *Jav* (Wirklichkeit) erscheint erstmalig ein Gedichtzyklus von Marienhof.

1919

Das Manifest der Imaginisten, die »Deklaration«, erscheint in der Zeitschrift *Sirena* (Die Sirene). Marienhof und Jessenin eröffnen einen Buchladen.

1920

Die Imaginisten verfügen in Moskau über einen Verlag, das Café »Pegasusstall«, und sie gründen die »Assoziation der Freidenker« unter Marienhofs Vorsitz.

Marienhof und Jesenin fahren nach Charkov zu Velemir Chlebnikov und geben mit ihm zusammen einen Sammelband heraus. Reise in den Kaukasus.

1919 bis 1922

Im Verlag *Imaginisten* erscheinen von Marienhof: *Magdalena* (1919), *Konditorei der Morgenröte. Poem* (1919), die programmatische Schrift *Die Insel Bujan. Imaginismus* (1920), *Krawattenhände* (1920), *Wichtigtuerei mit Versen* (1920), *Wolkenflieger* (1921), *Unzucht mit meiner Inspiration* (1921), *Die Enttäuschung. Poem* (1921) sowie die Tragödie *Verschwörung der Narren* (1922).

1922 bis 1924

Die Imaginisten bringen die Zeitschrift *Gostinica dlja putešestvujuščich v prekrasnom* (Gasthaus für Reisende im Schönen) heraus, für die Marienhof schreibt, und in der auch Beiträge von Chlebnikov und Mandelštam erscheinen.

1922

Marienhof lernt die Schauspielerin Anna Nikritina kennen und heiratet sie am 31. Dezember. Jesenin wiederum, der 1921 die Bekanntschaft mit der amerikanischen Tänzerin Isadora Duncan gemacht hatte, begleitet diese auf ihren Gastspielreisen quer durch Europa und Amerika.

1923

Am 10. Juli wird Marienhofs Sohn Kirill geboren.

1924

Zwischen Jessenin und Marienhof kommt es zum Bruch.

Am 31. August geben Sergej Jesenin und Ivan Gruzinow in der Zeitung »Pravda« die Auflösung der Gruppe der Imaginisten bekannt.

1925

In der Nacht vom 27. zum 28. Dezember nimmt Sergej Jesenin sich im Hotel »Angleterre« in Leningrad das Leben.

1926

Marienhofs *Erinnerungen an Jessenin* werden veröffentlicht.

1927

Roman ohne Lüge, in dem es um seine Zeit mit Jessenin geht, erscheint.

1928

Der Roman *Zyniker*, der in seiner Komposition an die Montagetechnik der Filme Eisensteins erinnert, erscheint in Berlin. 1992 wird er verfilmt.

Anna Nikritina wird an das Gorkij-Theater in Leningrad verpflichtet, die Familie siedelt dorthin um.

1929

Zyniker und Jevgenij Zamjatins *Wir* werden auf einer Vollversammlung der sowjetischen Schriftsteller als »Antigesellschaftliche Erscheinung auf literarischem Gebiet« verurteilt.

1930

Der rasierte Mann erscheint in Berlin.

1936

Einzelne Kapitel des historischen Romans *Jekaterina* über die Kindheit, Jugend und den Aufstieg der Zarin Katharina der Großen werden im *Literaturnyj sovremennik* (Literarischer Zeitgenosse) veröffentlicht.

1940

Am 4. März nimmt sich Marienhofs Sohn Kirill das Leben.

1942

Während des Zweiten Weltkriegs arbeitet Marienhof für den Leningrader Rundfunk, wo er seine Gedichte und Poeme über den Krieg liest.

1922 bis 1955

Marienhof schreibt an die 15 Theaterstücke, einige zusammen mit Michail Emmanuilovič Kozakow. Fast alle fallen einer vernichtenden Kritik zum Opfer, darunter auch *Das Ehrengericht* (1948), das Marienhof auf dem Höhepunkt des Kampfes gegen den »Kosmopolitismus« in der Sowjetunion schreibt.

1953 bis 1956

Marienhof schreibt seinen autobiographischen *Roman mit Freunden.*

1962

Am 24. Juni stirbt Anatolij Marienhof.

1965

Roman mit Freunden wird in der Zeitschrift *Oktjabr* (Oktober) veröffentlicht.

In den achtziger und neunziger Jahren werden die meisten Romane und Gedichte von Anatolij Marienhof in Rußland neu aufgelegt.

I n h a l t

Der rasierte Mann

Zyniker

Anatolij Marienhofs Romane *Der rasierte Mann* und *Zyniker* sind im Mai 2001 als einhundertsiebenundneunzigster Band der ANDEREN BIBLIOTHEK im Eichborn Verlag, Frankfurt am Main, erschienen.

Der rasierte Mann heißt im russischen Original, das 1929 oder 1930 ohne Jahresangabe im Berliner Exil bei Petropolis verlegt wurde, *Brityi čelovek*. Der Roman wurde mit freundlicher Genehmigung der Russischen Autorengesellschaft übersetzt und abgedruckt. Brigitte van Kann hat ihn für diese Ausgabe erstmals aus dem Russischen übersetzt. – Die *Zyniker* erschienen auf deutsch, in der Übertragung von Gregor Jarcho, erstmals 1929 bei S. Fischer in Berlin, kurz nach dem Original, *Ciniki*, 1929, ebenfalls bei Petropolis.

Das Dossier beruht auf Moskauer Recherchen von Inga Kuznecova. Franziska Seppeler hat es redigiert und übersetzt. Die Textrevision lag in den Händen von Klaus-Dieter Baumann.

Dieses Buch wurde in der Korpus Bodoni Antiqua von Wilfried Schmidberger in Nördlingen gesetzt und bei der Fuldaer Verlagsanstalt auf holz- und säurefreies mattgeglättetes 100 g/m² Bücherpapier der Papierfabrik Schleipen gedruckt. Den Einband besorgte die Buchbinderei G. Lachenmaier in Reutlingen.

Ausstattung und Typographie von Franz Greno.

1. bis 8. Tausend, Mai 2001. – Von diesem Band der ANDEREN BIBLIOTHEK gibt es eine handgebundene Lederausgabe mit den Nummern 1–999; die folgenden Exemplare der limitierten Erstausgabe werden ab 1001 numeriert. Dieses Buch trägt die Nummer:

№ 4714